KB212286

오롯이 인성으로 키웠습니다

오롯이 인성으로 키웠습니다

변화하는 세상에서 아이의 마음을 지키는 비결

초 판 1쇄 2024년 10월 23일

지은이 이은정
펴낸이 류종렬

펴낸곳 미다스북스
본부장 임종익
편집장 이다경, 김가영
디자인 윤가희, 임인영
책임진행 안채원, 이예나, 김요섭, 김은진, 장민주

등록 2001년 3월 21일 제2001-000040호
주소 서울시 마포구 양화로 133 서교타워 711호
전화 02) 322-7802~3
팩스 02) 6007-1845
블로그 http://blog.naver.com/midasbooks
전자주소 midasbooks@hanmail.net
페이스북 https://www.facebook.com/midasbooks425
인스타그램 https://www.instagram.com/midasbooks

ISBN 979-11-6910-882-9 03810

값 19,000원

미다스북스는 다음세대에게 필요한 지혜와 교양을 생각합니다.

변화하는 세상에서 아이의 마음을 지키는 비결

오롯이 인성으로 키웠습니다

이은정 지음

미다스북스

들어가는 글

"당신에겐 아무런 문제가 없다! 문제를 만드는 생각만 있을 뿐이다!"

세계인의 영적 스승, 바이런 케이티가 한 말입니다. 전 이 말을 참 좋아합니다. 우리는 살면서 많은 관계를 마주합니다. 얼기설기 얽혀 있는 관계로 인해 고통이 시작되죠. 사랑받지 못해서, 존중받지 못해서, 그들이 나를 실망케 하고 화나게 만들어서, 그들보다 내가 가진 것이 적어서 등으로 괴로워합니다. 누구도 나를 힘들게 할 수 없는데도 말이지요. 문제는, 그 사람 때문이 아니라 그 사람에 대한 우리의 '생각' 때문입니다. 고통에 빠졌을 때 그동안 믿어 왔던 생각에 대한 집착을 놓는 순간, 우리 삶은 송두리째 변화합니다. '생각'에 갇혀 있는 한, 다른 사람은 물론 나 자신도 사랑할 수 없으니까요.

자녀가 셋입니다. 첫째가 태어났을 땐 우주를 마주한 기분이었고, 둘째가 태어났을 땐 천사가 찾아왔다고 느꼈으며, 막내가 태어났을 땐 반짝이는 보물을 발견한 기쁨이었죠. 사람들은 종종 '요즘 같은 시대에 애가 셋이라며 국가가 상을 줘야 한다.'라고 말을 합니다. 이유를 알 순 없지만, 어깨가 으쓱 올라갑니다. 아이 셋을 잘 키우고 싶었습니다. 남편이 가끔 말하죠. '어쩌다 아이를 셋이나 낳아 가지곤.' 속상하기도 했지만, 정신 차리고 보면 현실 앞에서 도망치고 싶을 때도 분명 있었습니다. 한 가지 일을 오래하다 보면 노하우가 생긴다 하지요. 세 아이를 키우면서 좌충우돌, 갈팡질팡의 시간을 거쳤습니다. 그럴 때마다 더 잘 키워야겠다는 바람이 간절했죠. 그 과정에서 교육자로, 상담가로, 코치로, 수행가로 활동했습니다. 박사과정 공부도 하고 책도 쓰면서 나름 전문가가 되었지요. 빠르게 변화하는 세상에서 아이의 마음을 지키는 건 오롯이 '인성'이라는 확신으로.

가끔은 신념이 너무 강한 엄마인가 싶어 흔들리기도 했습니다. 아이들이 학교 다니면서, 그들이 보여 준 태도를 보며 더 선명해졌죠. 아이들 '덕분'에. 살면서 누군가가 나를 대하는 태도가 맘에 들지 않을 때가 있습니다. 혹시, 생각에 나를 가두고 있지는 않은지 성찰해 봅니다. '아이가 나를 함부로 대한다, 공부나 수업을 잘 따라가지 못한다, 누군가 나를 귀찮게 한다, 기운이 다 빠져 버렸다, 삶이 나를 괴롭게 한다, 벌어진 상황을 어떻게 다뤄야 할지 모르겠다.' 등등. 모든 건, 내가 나를 그렇게 대해도 된다고 허락한 겁니다. 현실이 다르길 바라면서 '조상 탓', '부모 탓', '아이 탓'을 하며 불평하는 거죠. 지금의 결과가 마음에 들지 않는다면, 그것은 전적으로 내가 선택한 결과입니다. 아이들을 '사랑하기'로 선택했습니다.

사람들을 만나 이야기를 들어 보면, 인성 교육이 어렵다고 합니다. 내 자녀는 더 '막막'하고 '답답'하다며 조언을 구하기도 하죠. "공부 잘하는 것보다 인성이 중요하다고 생각해요. 그런데 정작 어떤 식으로 교육해야 할지를 모르겠어요. '친구들하고 사이좋게 지내라, 어른 보면 인사 잘해라.' 이런 건 기본이잖아요. 그 외에 구체적으로 어떻게 교육하면 좋을까요?", "요즘, 우리 아이 교육 중인데요, 정말 힘들어요. 교육보다는 잔소리꾼으로 전락하는 거 같아요. 인성의 기준이 뭔지도 헷갈릴 정도예요. 인성 교육은 어른도 힘든데, 아이한테 어떻게 해야 하는지. 도와주세요.", "어른에게 존댓말을 해야 한다고 말했더니, '왜 나한테만 옳은 행동을 하라는지, 엄마 아빠는 안 그러지 않느냐.'라는 말이 되돌아와 부끄럽고 답답한 심정이에요."

그렇습니다. 인성 교육을 이렇게 하는 것이 좋을지, 저렇게 하는 것이 좋을지에 대한 전문가들의 조언이 수도 없이 많습니다. 놀이와 접목하라, 이야기와 접목하라, 스포츠나 예술과 접목하라는 등. 어떤 비전과 관점을 가지고 인성 교육을 해야 하는지에 관한 사례는 거의 없었던 것이 사실이죠. 다만, 우리는 생각보다 훨씬 많은 걸 알고 있습니다. 그 힘은 우리 안에 있거든요.

지금이라는 세상에서 부모의 역할은 극적으로 변화하고 있습니다. 한때 가족 관계의 초석이었던 대화는 디지털 상호작용과 바쁜 일정으로 인해 점점 더 소원해지고 있지요. 세 자녀를 키우면서, 이러한 변화가 아이들에게 어떤 영향을 미치는지 직접 목격했습니다. "인성"은 내가 아이들에게 물려줄 수 있는 가장 귀중한 유산이라고 굳게 믿습니다. 특히, 대화와 인성을 촉진하는 전통적이면서도 매우 효과적인 방법인 '밥상머리 교육'의 렌즈를 통해 인성 교육의 다각적인 측면을 탐구했습니다. 단순히 과거에 대한 향수를 불러일으키려는 것이 아닙니다. 아이들의 전반적인 변화와 성장을 보장하기 위한 실용적인 접근 방식이라 확신합니다.

현재의 인성 교육 안에서 우리가 할 수 있는 일을 크게 두 가지로 정리할 수 있었습니다.

첫째, 인성 교육의 시발점은 가정이어야 한다는 점입니다. 인성은 반짝 체험으로 효과가 나타나는 것이 아닙니다. 삶 속에서 지속적으로 진행되어야 하죠. 빠르게 발전하는 세상에서 점점 가정 내 대화가 줄어들고 있습니다. 아이에게 존중, 공감, 회복력과 같은 가치를 심어 주는 건, 그 어느 때보다 중요합니다.

둘째, '밥상머리 교육'이 다시 일어나야 한다는 점입니다. 집안에서 일어나는 일상의 아주 작은 부분부터 시작했던 교육이 언제부턴가 사라졌습니다. 시시콜콜한 잔소리로 치부되거나, 부정적인 감정의 씨앗이라는 연구 결과들 때문이죠. 어릴 때부터 아이 주변의 사소한 일들이 습관으로 길들어질 때까지 일러 주어야 합니다. 아울러 부모도 똑같이 행동하는 것이 인성 교육의 초석입니다. 대수롭지 않은 일로 작게 여겨 그냥 넘어가기를 반복하고 있나요? 나중에 책이나 여행과 같은 체험으로 인성을 키울 수 있다고 생각하나요? 장담컨대, 모래 위에 집을 짓는 것과 같습니다.

흔히 자신과 성격이 맞지 않거나 싫은 사람을 향해 '인성 꽝이네.' 또는 '인성 쓰레기'라는 말을 농담 반 진담 반으로 하는 사람들이 있습니다. '인성'을 한 개인이 가진 성품으로 생각하는 거죠. 인성을 성품으로 이해하니, 인성 교육이 좋게 여겨질 리가 없지요. '인성 교육'도 마찬가지. 개인이 받아들여야 할 '사회적 약속'과 '실천 지침'을 따르도록 하는 데 있었습니다. 단언컨대, 새로운 접근 방법이 필요한 지점입니다. 개인의 성품을 바꾸거나 사회적 약속을 지킬 수 있는 책임과 의무를 지우는 교육도 물론 중요하죠. 다만, 자신과 타인과 환경을 다 함께 아우르고 통제할 수 있는 새로운 마인드를 장착할 수 있는 교육이어야 합니다. 무엇보다도, 인성 교육의 중심에 두어야 할 것은 '나와 타인을 동등한 인격체로 인정하고 배려하는 것'입니다. 즉, 내가 대접받고 싶은 대로 상대방을 대하는 보편적 진리를 이해하고 실천하는 것. 이것이 인성 교육의 핵심이라고 봅니다.

하늘에 항로가 있고, 바다에 해로가 있듯이, 사람의 마음에는 길이 있습니다. 인성 교육은 그 '마음의 길을 보여 주는 교육'으로 패러다임을 바꾸어야 할 때가 왔다고 생각합니다. 수학 공부할 때를 생각해 보면, 지지리도 안 풀리고 어렵던 문제가 공식을 알게 되면 쉽게 풀렸던 경험이 있습니다. 마찬가지로, 인성 교육을 받으면 내 마음이 왜 이렇게 흘러가는지를 알게 되기 때문에 문제가 풀립니다. 그뿐 아니라 문제가 올 수 있는 상황을 미리 예방할 수 있게 되지요. 어쩌면 오랫동안 인성 교육으로 풀 수 없었던 학교 폭력 문제도 막다른 동굴이 뚫린 터널이 되어 빛을 보게 되지 않을까 싶습니다.

변화의 흐름에 '인성이 답이다.'라는 사실! 경험을 통해 증명하고자 했습니다. 아이들의 미래를 형성하는 데 중추적인 역할을 하는 '가정'에서 쉽게 인성 교육을 할 수 있도록 실제 에피소드를 전합니다. 학업 및 성적도 중요하지만, 궁극적으로 자신이 누구인지, 세상을 어떻게 헤쳐 나갈지, 방법을 정의하는 것은 '인성'이 아닐까요. 이 책을 통해, 밥상머리 교육을 실천함으로써, 자비롭고 회복력이 있는 아이, 원칙을 갖춘 아이, 마음이 단단한 아이로 키우는 데 도움 되길 바랍니다. 오롯이 사랑으로.

차 례

들어가는 글 004

1장 **단단한 마음 방패가 필요해!**
인성 교육의 필요성

1. 핸드폰에 집착하는 아이들 017

2. 엄마가 싫어요! 022

3. 집보다 학원이 더 편해요 028

4. 예측불허 아이들 034

5. 얼마 줄 건데요? 040

6. 천상천하유아독존 046

7. 자기주장과 똥.고.집! 052

8. 나 좀 바라봐 주세요 058

우리 아이 인성을 위한 페이지 1 063

2장

밥상머리 교육의 본질
인성 성장의 기초

1. 바쁜 엄마여도 괜찮아요!   067
2. '착한 아이 콤플렉스'에서 벗어나기   072
3. 마루타와 밥상머리 교육   078
4. 미국 의과대 다니는 첫째   083
5. 매년 반장 하는 둘째   088
6. 과묵하지만 카리스마 넘치는 막내   093
7. 링 위에서 마음 푸는 아이들   099
8. 자긍심 넘치는 가족   104
우리 아이 인성을 위한 페이지 2   109

3장

일상의 순간을 포착하기
인성 성장의 실천

1. 오늘 무슨 일 있었구나!   115
2. 매 순간 편안하게   120
3. 엄마의 발자취를 따라   125
4. 조금만 더 기다려 볼까!   131
5. 괜찮아, 잘하고 있어!   136
6. 그거, 좋은 생각인데?!   142
7. 지금 이 순간이 최고   148
8. 가족이 함께하는 봉사   153
우리 아이 인성을 위한 페이지 3   158

4장 실패를 딛고 성공하는 아이
인성 성장의 완성

1. 자신감이 성적표입니다   163
2. 미디어에 흔들리지 않는 좌표   169
3. 타인을 이해한다는 것   175
4. 갈등 해결 능력이 곧 스펙   181
5. 도전은 끝이 없음을   187
6. 원칙을 지키는 '가족문화'   192
7. 긍정적인 마인드 셋   198
8. 알아차림의 시간, 명상   203

우리 아이 인성을 위한 페이지 4   208

5장 인성 교육,
흔들리면서도 튼튼하게

1. 세상 부모들의 시선에 흔들림 없이 213

2. 존중하고 아끼고 사랑하기 219

3. 뭐든 다 할 수 있는 아이로 키우기 224

4. 인내하고 믿어 주고 격려하기 230

5. 생각에 따라 달라지는 세상 235

6. 잠재의식의 막강한 힘 241

7. 사랑과 온정의 이름으로! 247

8. 행복한 인성 방정식 253

우리 아이 인성을 위한 페이지 5 259

마치는 글 262

부록 268

1장

단단한 마음
방패가 필요해!

인성 교육의 필요성

교육은 그대의 머릿속에

씨앗을 심어주는 것이 아니라,

그대의 씨앗들이 자라나게 해 주는 것이다.

_칼릴 지브란

1.

핸드폰에 집착하는 아이들

"핸드폰 끄지?"

"아직 음식 안 나왔잖아요!"

"기다리면서 이야기 나누면 좋잖아~"

오랜만에 외식. 음식을 주문하고 화장실 다녀왔습니다. 아이는 핸드폰을 켜고 동영상을 보고 있습니다. '야!'라고 소리치고 싶은 마음이 목 끝까지 올라왔지만, 숨을 가다듬고 말했지요. 약간의 침묵이 흘렀습니다. 그리고 기다렸지요. 음식이 하나씩 나오기 시작하자 핸드폰을 끕니다. 그나마 다행입니다. 어릴 때는 밥상머리에 핸드폰 자체를 허락하지 않았었는데 조금씩 성장하면서 자기주장이 강해지고, 핸드폰에 집착하는 모습을 보니 씁쓸합니다.

다른 가족을 둘러봤습니다. 마찬가지입니다. 아이들은 핸드폰을 뚫어지게 보고 있습니다. 심지어 웃고 있고 때로는 욕까지 합니다. 좀 더 어린아이들은 핸드폰 거치대까지 준비하였네요. 식당의 배려인지 부모가 가져온 것인지는 알 수 없습니다. 상상할 수 없는 일이었죠. 음식을 먹는 아이들을 보니 더욱더 안타깝습니다. 한입 먹고 핸드폰에 집중. 다시 한 입 먹기까지는 꽤 오랜 시간이 걸립니다. 어떤 경우엔 엄마가 아예 음식을 떠먹여 줍니다.

언젠가 '밥상에서 동영상을 틀어 놓는 이유가 무언지' 물은 적이 있습니다. 다른 사람들에게 피해가 될까 봐, 사람들과 이야기를 나누고 싶은데 자꾸 성가시니까, 아이가 좋아하는 영상을 틀어 준다는 겁니다. 이해할 수 없었지요. 만약 중요한 대화를 할 상황이라면 아이를 데려가지 않았어야죠. 이야기에 집중 못 하고, 아이를 살피지도 못하고. 난감할 테니까요. 두 마리 토끼를 잡을 수는 없습니다. 지금 마주하는 사람에게 집중하려면 하나는 포기해야 하죠. 한편, 아이들은 열정이 있기에 아이입니다. 신나게 소리 지르며 뛰어다니면 건강한 아이지요. 조용히 의자에 앉혀 핸드폰을 들이미는 건 아이러니하게도 아이의 열정을 빼앗는 게 아닐까요. 어느 순간, 핸드폰과 아이는 불가분의 연인 관계가 될지도 모릅니다.

지수는 열두 살입니다. 그녀의 엄마가 상담을 의뢰했습니다. 항상 성실하고 밝은 성격으로 많은 사람에게 사랑받는 아이였다고 합니다. 어느 날, 담임선생님이 전화를 걸어와 조심스럽게 물었답니다. '지수가 이전처럼 성실하게 수업에 참여하지 않는데, 혹시 집에 무슨 일이 있는지', '수업 중에 핸드폰을 만지작거리고, 질문하면 회피하거나 과제 제출하는 것도 어려워하는 것 같다.'고. 그날 이후 지수 부모님은 아이를 관찰하기 시작했지요. 아이는 집으로 들어오자마자 핸드폰을 꺼내 들더니, SNS에서 게시물을 확인하고 즉시 답변을 달아 주었답니다. 생활의 패턴이 변했다는 걸 알아차린 거죠. 과할 정도로 핸드폰에 의존하는 것 같아 걱정되었겠죠. 아마도 그것이 학업에 집중하지 못하는 원인이라 판단한 겁니다. 결국, 성적은 떨어졌고, 여러 차례 아이와 이야기를 나누었지만 역부족이었답니다. 계속되는 관심에 지수는 짜증만 내고, 최근엔 아예 학교 가기 싫다며 울고불고 난리가 났답니다.

과연 지수의 성적 하락과 핸드폰 사용 사이에 연관성이 있을까요? 물론입니다. 아이들이 핸드폰에 지나치게 의존하게 될 경우, 사회적 능력과 학업성적에 미치는 영향은 지대하죠. 신문물이라 긍정적으로 활용한다면 큰 문제가 될 건 없겠지요. 하지만 이 문제에 대해 진지하게 생각하고 적절한 해결책을 찾는 게 중요한 이슈인 건 분명합니다.

하루가 다르게 성장하는 성철이. 아이는 엄마 핸드폰으로 가끔 유튜브를 보거나 친구들과 전화 통화만 했답니다. 하지만 엄마의 취업 이후 상황은 달라졌습니다. 처음엔 전화기의 필요성을 못 느꼈지만, 시간이 지나며 근심 걱정으로 아이에게 스마트폰을 사 준 거죠. 이제, 성철이에게 새로운 친구가 생겼습니다. 여러 가지 기능을 만져 보고 찾아보면서 매력에 빠져 들었겠죠. 게임, 음악, 동영상, 온라인 수업, 책 읽기 등 원하는 거의 모든 것이 손바닥 위에서 가능했으니까요. 작은 화면을 보며 점점 더 많은 시간을 보냈답니다. 밥 먹을 때도 핸드폰을 놓지 않았고, 가족이 함께 이야기 나누는 시간에도 집중하지 못하고요. 얼굴은 벽에 걸린 시계를 향해 있고, 눈동자는 돌아가거나 흔들리기를 반복했으며, 눈치를 살피며 핸드폰만 만지작거립니다. 대화에 참여는커녕, 결국 자기 방으로 들어가 폰을 들여다봅니다. 엄마가 잔소리하니 아예 방문을 잠가 버린 겁니다. 가족들의 웃음소리, 대화 소리를 멀리한 채 SNS 친구들과 채팅을 시작했다는군요. 한번은 대화창을 보니 친구들 욕하는 걸 본 적도 있다 합니다. 아이의 행동과 태도를 자각한 순간 걱정이 이만저만이 아니었겠죠. 성철이가 중요한 사회적 기술을 잃을지도 모른다는 두려움에 사로잡힌 겁니다. 더 늦기 전에 상담을 받아 보기로 한 거죠.

핸드폰 사용이 과도해지면 상호작용이 어렵다고 느끼는 경우가 많습니다. 실제 사람들과 마주할 때 얼굴 보며 말하는 걸 어려워하거나 불편하다고 여기죠. 표정이나 몸짓은 경직되어 있거나 불안해하기도 하고요. 아울러 상대방이 하는 말의 의도를 알아차리지 못하거나 동문서답하기도 합니다.

그렇습니다. 핸드폰에 집착하다 보면 많은 기회를 놓칩니다. 특히, 아동기와 청소년기는 사회적 기술 능력을 키우는 중요한 시기죠. 놓치게 되면 그들의 사회적 발달에 지연이 생길 수 있습니다. 또 컴퓨터나 핸드폰 화면 앞에서 많은 시간을 보내는 아이들은 감정 조절 능력을 키우는 데 어려움을 겪을 수 있다는 연구도 있습니다. 아마도 스트레스나 불안, 우울 등의 부정적 감정을 표현하는 데도 서툴겠지요. 물론 긍정적 감정을 느끼는 데도 어려움을 겪을 수 있고요. 나아가 핸드폰 사용이 지나치게 많아지면 아이들의 주의력도 분산됩니다. 그로 인해 성적이 떨어질 수 있습니다. 매일 4시간 이상 미디어를 소비하는 아이들은 평균적으로 학업성적이 낮았다는 연구 보고도 있습니다. 단언하건대, 지나친 핸드폰 사용은 집중력을 방해합니다. 궁극엔 학습 효율도 떨어질 테고요.

사람들과 대화를 나누어 보면 집에서 아이들과의 대화가 거의 없다는 이야기를 듣습니다. 어쩌면 핸드폰과 SNS에 과도하게 의존하기 때문이 아닐까요. 이는 다양한 문제를 일으킬 수 있습니다. 물론 현대 사회에서 디지털 기기를 완전히 배제할 수는 없습니다. 다만, 건강한 방식으로 적절하게 활용할 수 있도록 어른들의 지원과 관심이 동반되어야 하겠지요. 어른인 '나'부터 말이죠.

2.

엄마가 싫어요!

"어디야?", "응, 지금, 서재지!", "안 자고 뭐 해?" 시계를 보니 새벽 4시. 남편이 자다 깼는데 옆에 없어서 전화한 겁니다. 논문 마무리, 프로젝트 기획, 강의 준비까지 하느라 시간 가는 줄 몰랐거든요. 이런 날이 반복되었고, 날 밝아서야 두어 시간 자고 일과를 시작한 적도 많았습니다.

"엄마, 오늘 학교에서 재미있는 일이 있었어요."
"나중에 얘기하자, 보고서 작성 마무리해야 하거든."
마치 공이 떨어지면 안 되는 저글링을 하는 듯 바빴습니다. 일, 청소, 요리, 그리고 둘째와 셋째 돌봄⋯⋯. 모두 나의 발에 묶여 있었지요. 막내가 어린이집 다닐 때, '아빠랑 캠프'라는 프로그램이 있었어요. 회사 다니는 아빠들과 아이들에게 추억을 만들어 주기 위한 프로젝트였죠. 당시엔 엄마인 내가 참여해야 할 만큼 일상이 분주했습니다. 취지에 맞지 않아, 결국 막내는 캠프에 참여하지 않았죠. 일이 많고 바쁘다는 핑계로 아이 양육은 남편에게 미루곤 했습니다. 그 '나중'이란 시간은 다신 오지 않는다는 걸 알고 있었지만, 상황이 어쩔 수 없었지요.

어느 날, 책상 위에 있는 첫째의 일기장을 우연히 보았습니다. '엄마가 싫어요!' 그 순간, '이건 뭐지?'라는 생각이 스쳤지만 무시했죠. 나를 진심으로 미워한다는 의미가 아니리라 여겼거든요. 나중에 깨달았지만, '엄마! 나와 대화 좀 해요.'라는 아이의 외침이었던 겁니다. 당시, 일이 많았고 뭐가 급한지 분주했던 나에겐 전달되지 않았거든요. 나름의 이유로 함께하는 시간이 양적으로 확보되지 않았습니다. 시간을 쪼개서 질적으로 아이들을 대하려고 애썼죠. 집안일과 가정의 대소사까지 소화하면서 말이죠. 남편이 둘째와 막내를 챙기고, 첫째까지 케어했습니다. 첫째는 동생들이 태어나기 전까지 7년 동안 혼자였습니다. 듬뿍 사랑을 줬으니 아무런 문제가 없을 거라고 믿었지요. 말로는 서로를 향한 관심이나 애정이 넘쳤지만, 점점 뻐딱해 가는 것도 모른 채 각자의 방에서 각자의 일을 잘하고 있다고 착각한 겁니다. 같은 공간에 있지만, 서로 다른 세계에 살고 있던 거였죠. 그런 상황에서도 아이들과 남편은 나를 싫어하진 않을 거라며 스스로 위로했습니다. 대화하지 않는 게 싫었으니까요. 그것이 관계를 소원하게 만드는 원인이 된다고 생각했거든요. 집안이 다시 웃음과 대화로 가득

차길 원했어요. 아무리 바쁘더라도 서로에게 관심을 가지고, 상대의 이야기를 들어 주는 것이 얼마나 중요한지 아니까.

"난, 천사 엄마가 싫어! 우리 엄마 아니야!"

첫째가 6학년 때였습니다. 당시에 아이가 다니는 초등학교에서 1년 동안 '인성 교육 프로젝트'를 진행했습니다. 1학기에는 5학년 9학급, 2학기엔 6학년 11학급. 아이들에게 '천사 선생님'으로 불렸죠. 쉬는 시간이면 아이들은 내가 있는 공간으로 달려왔습니다. 나를 둘러싸고는 서로 자기 이야기 좀 들어 달라며, 쉬는 시간 마치는 종 칠 때까지 종알거렸지요. 심지어 매달리고 엉겨 붙는 아이들도 있었죠. 한참 후에 첫째에게 들었는데, '오순도순 대화를 나누는 모습을 보면 화가 났다.'고 하더라고요. 집에서는 맨날 바쁘다고 대화도 짧게 하면서, 학교에서 친구들이 '천사쌤'이라고 부르면서 따라다니니까 엄마를 뺏긴 것 같았다고. 또, 친구들이 '너는 좋겠다. 천사 엄마를 둬서!'라고 이야기할 때마다, 엄마가 더~ 싫어졌다고 말하더군요. 그저 아이에게 미안했습니다. 아마도 그 일이 있고 난 후부터 서서히 삐뚤어지기 시작한 듯합니다.

공부하면서 깨달은 건, 우리는 모두 서로에게 '나중에 얘기하자.'가 아닌 '지금 얘기하자.'라는 태도가 중요하다는 사실입니다. 바쁘다는 핑계로 놓쳤지만, 이건 진리입니다. 그렇게 해야 진정한 소통이 이루어지고 서로를 더 깊이 이해할 수 있으니까요. 나아가 진심 어린 사랑과 존중을 실천할 수 있지요. 지금 내가 있는 이곳에서 아이에게 온전히 집중할 때 엄마가 싫다는 부정적인 감정도 희미해질 테니까요. 단지 내 개인적인 경험만을 의미하지는 않습니다. 어쩌면 많은 가정에서 비슷한 상황이 벌어지고 있죠. 대화가 줄어드는 현상은 우리 사회 전체의 문제라고 봅니다.

중2 여학생을 상담한 적이 있습니다. 갈등이 시작된 배경부터 천천히 들어 보았지요.

"학교에서 받아 본 성적표는 원하던 것과 달라 속상했어요. 그날 저녁, 부엌 테이블에 그 성적표를 올려놓았거든요. 속상한 마음으로 엄마를 봤는데, 표정이 장난 아닌 거예요. 엄마 눈에서 걱정과 실망이 동시에 느껴졌어요." 여학생의 어머니는 "다음번에는 더 노력해!"라고 단호하게 이야기했다 합니다. "넌 실패했어!"라는 말로 들렸는데, 그날 이후 엄마가 자신을 싫어한다고 느꼈고 매일 힘들었답니다. '겨울 방학 동안 빡세게 공부해야 성적을 올릴 수 있다.'라며 학습 일정표를 세웠고 그걸 따르도록 강요했다는 거죠. 그녀에게 더 이상의 자유는 없었고 대신 공부가 자기 삶을 지배했다고 합니다. 아울러 엄마의 굳은 표정과 날카로운 목소리가 학생을 미치게 했고, 어쩌다 공부에 집중하지 못하면 심하게 혼냈다고 하더군요. 그런 날이 계속될수록 엄마랑 점점 멀어지는 기분이었다고. "마음속으로 엄마를 탓했어요. 엄마를 이해할 수 없었고, 엄마도 나를 이해하지 못하는 것 같았어요. 결국, 엄마의 눈빛과 목소리 심지어 엄마의 존재마저도 끔찍해요. 엄마가 싫어요!"

눈물이 고였다가 어느새 코끝이 빨개집니다. 그리곤 어깨를 들썩거리며 사뭇 단호하게 이야기를 마칩니다. 잠깐의 침묵으로 그녀를 바라보다가 조심스레 질문했지요. '엄마는 널 어떻게 사랑해야 하며, 그 사랑이 어떻게 전달되었어야 했는지', '너의 성장을 위해 엄마가 얼마나 많은 걱정을 했는지'를. 그것이 엄마의 사랑 표현이었다는 걸 알기 바랐거든요. 이후 몇 차례의 상담이 진행되는 동안, 학생은 질문에 대해 진지하게 고민하더군요. 사뭇 진지했죠. 아이는 엄마의 불안과 걱정을, 엄마는 아이의 부담과 스트레스를 이해하려고 노력했습니다. 점차 자기감정을 통제하고 엄마와의 관계도 회복되지요. 결과적으로 관계가 완전히 달라졌습니다. 상담을 마칠 즈음, 아이가 웃으며 말하더군요. '이제는 엄마가 싫다는 감정으로 나를 괴롭히지 않으며, 엄마를 얼마나 이해하고 사랑하는지 알게 되었다.'라고. 다행입니다. 엄마가 싫었던 그 모든 순간이, 사실은 엄마의 사랑을 이해하지 못했던 순간들이었다는 걸 이제라도 알게 되었으니 말이죠. 나의 첫딸, 하늘이처럼.

대화의 부재!

현대 사회에서 많은 가족이 직면하는 현실입니다. 부모와의 갈등과 아이들끼리의 갈등, 때로는 이유를 알 수 없는 오해로 거리감을 느끼기도 하죠. 특히 아이들은 감정을 표현하는 걸 어려워하죠. 이러한 상황에서 자주 들리는 말 중 하나가 '엄마가 싫어요!'입니다. 어떻게 소통해야 할까요? 저의 경우, 아이들을 오롯이 이해하고 존중하기, 매 순간 잘 듣고 기다려 주기, 그리고 가족 모두가 함께하는 소통의 시간을 가졌습니다. 내가 먼저 바뀌고 지금에 집중하려고 노력했죠. 자연스럽게 아이들이 따라오더라고요. 자신의 감정을 표현하는 법도 배우고, 만나는 사람들을 사랑으로 대합니다. 삶을 대하는 태도 또한 긍정적이고요. 바라건대, 건강하고 단단하게 성장하는 특권을 가정에서 누리기를 소망합니다.

3.

집보다 학원이 더 편해요

　요즘 아이들은 학원을 향해 눈길을 돌립니다. 그 이유가 무얼까 생각해 보았습니다. 사람들은 가정에서의 학습 환경이 좀처럼 학원과 비교되지 않는다고 말합니다. 물론 핸드폰이나 인터넷 등과 같은 디지털 기기 등이 한몫했지요. 집중력을 흐트러트리는 원인 중 하나라고 봅니다. 또 집에서는 쉴 수 있는 시간이 자유롭습니다. 마음대로 텔레비전을 시청할 수 있고, 온라인 게임에도 쉽게 빠질 수 있죠. 어쩌면 학습에 전념하기 어려운 환경에 노출되어 있습니다. 그에 비해 학원은 수준별 수업, 그룹 형식의 학습, 그리고 맞춤 지도를 해 준다고 하더군요. 아이들이 집중력을 유지하고 독서나 문제 풀이에 전념할 수 있는 조용한 공간 제공, 동기부여 해 주는 다양한 프로그램과 활동, 각자에게 지속적인 관심과 격려를 통해 자신감을 높여 주는 등 이외 다양한 이유로 집보다 학원을 선호한다고 합니다.

그렇다고 모든 아이가 다 그런 건 아니지만 말이죠.

'저희 엄만 공부만 잘하면 된대요!'
'우리 부모님은 자꾸 친구와 성적을 비교해요!'
'우리 아빠는 그래서 대학은 가겠냐라며, 밥 먹을 때마다 잔소리해요.'
'엄마 눈치 안 보고 친구랑 놀 수 있어서 학원이 더 좋아요!'

집에 있으면, 반복되는 잔소리에 짜증만 나온다고 말하는 아이들이 많습니다. 여러 이유가 있겠지만, 컴퓨터나 핸드폰 하는 걸 간섭하거나 친구들을 만나는 것에 대해 심하게 관여한다는 거죠. 반면, 학원에 가면 수업 전후에 친구들과 노는 시간이 꿀맛이라며 집보다 학원이 편하다고 합니다.

대화가 제한된 가정의 아이들이 말하길, 지적으로든 사회적으로든 고립되었다고 느낀답니다. 아이러니하게도 조용하고 자유로운 집보다 학원을 선택하는 거죠. 북적북적한 학원이 은근 편하고, 친구들과 놀 수 있으며, 아이들이 공부하는 모습을 보면 집중도 더 잘 된다는 겁니다. 어떤 아이들은 공부와 성적을 중요시하는 부모님을 피해 학원으로 도망치기도 한답니다. 아이들은 자기 생각이 옳다며 이러한 가치관을 내면화하고, 학원에 대한 선호도로 연결되기도 하죠. 일부 아이들은 간단한 테스트를 거쳐 선별적으로 스터디 그룹을 배치하는 시스템에 끌리기도 합니다. 집에선 간과되거나 고립되었다고 느끼는데, 학원에선 긴밀한 우정을 형성할 수 있다고 믿는 아이들도 더러 있고요. 의미 있는 상호작용의 가능성 면에서 보더라도 학원이 더 매력적이라 생각하는 거죠. 심지어 잔소리하는 환경으로부터 탈출하여 학원으로 도망간다고 여기기도 하니까요. 되풀이되는 일과에 싫증이 나서 '그다지 자극적이거나 매력적인 이슈가 없다.'고 말하는 아이들도 있습니다. 어떤 아이들은 친한 친구가 학원에 다니거나, 공부 잘하는 아이가 다니는 학원으로 바꾸기도 한답니다. 처음에는 부모의 압박으로 학원을 옮기기도 하지만, 궁극엔 학원 선택에 결정적인 영향을 미치는 건 친구라고 합니다. 또 친구들과 어울리는 데 방해나 제한도 없고, 수준에 맞게 배울 수 있어 학원이 좋답니다. 특정 학원에 다니면 나중에 원하는 대학에 들어가거나 더 나은 직업을 얻을 가능성이 높을 거라 믿는 아이도 더러 있습니다.

한편, 맞벌이 부모이거나 형제자매 없이 외동인 경우가 많습니다. 엄마 아빠가 바쁘니까, 아이가 혼자니까 등의 이유로 학원을 더 선호하기도 하죠. 이럴수록 시간을 내서 아이와 대화하는 시간을 갖거나, 질적으로 함께하는 활동을 통해 긍정적인 피드백을 해 주면 좋습니다. 중요한 건 아이의 감정과 생각을 존중하고 같이 시간을 보내며 소통하는 겁니다. 그러한 환경이라면 분명 아이들은 학원보다는 집을 더 좋아하겠지요.

아이 셋 모두 학원에 보내지 않았습니다. 아이들도 굳이 학원 보내 달라고 하지 않더군요. 학원이 더 좋다는 아이들이 바라는 게 무엇일까요. 물론 복합적인 이유가 존재합니다. 다만, 다양한 내적·외적 요인이나 아이들 각각의 독특한 동기 등에 의해 영향을 받고 있다는 걸 간과할 수는 없지요. 그렇다고 방법이 없는 건 아닙니다. 아이들을 집으로 돌아오도록 하거나, 집도 편안하고 안정적이라는 사실을 알려 주기 위해 실천했던 방법을 소개해 보려 합니다.

우선, 아이들과 대화하는 시간을 확보했습니다. '가족 대화 시간'을 정해서 정기적으로 나누었지요. 저녁 식사시간에는 핸드폰을 끄고 그날 있었던 일이나 느낌을 공유했습니다. 일상의 태도에 대한 피드백과 격려를 해 주기도 하고요. 무언가에 집중하는 모습을 봤을 때나 학교에서의 성취에 대해서 구체적으로 칭찬했습니다. 이를테면, "수학 공부하며 어렵고 힘들다고 징징거리더니, 끝까지 포기하지 않고 문제를 푸는 모습이 대견한데!"라고. 관찰한 걸 구체적으로 피드백을 하는 거죠.

둘째, 가족이 함께하는 소규모 활동을 해 보는 것도 좋았어요. 주말마다 또는 월 1회 간단한 프로젝트를 진행했죠. 둘레길 걷기, 함께 요리하기, 내 방 정리하기, 가족회의 진행하기, 책 읽고 서평 쓰기 등의 활동을 '프로젝트'라는 이름으로 의미를 부여한 겁니다. 아이들이 흥미 가질 만한 주제나 활동을 함께 계획해서 실제로 해 보았습니다. 예컨대, 첫째는 어릴 때 우주에 관심이 많았습니다. 함께 천문대를 방문하였고, 불을 끄면 별자리가 보이도록 아이 방 천장에 형광별로 꾸며 주었지요. 우주와 별자리에 관한 책을 읽고 나누었던 것도 아주 효과적이었어요. 지금도 함께 할 수 있는 활동들을 계획합니다. 그 활동을 통해 아이들과 소통하며 교육적이고 의미 있는 경험까지 하니, 일석이조가 아닐 수 없습니다!

셋째, 집에서도 공부할 수 있도록 개인 공간을 만들어 주었습니다. 아이만을 위한 책상, 의자, 조명, 필요한 학용품 등을 마련한 거죠. 문방구에 가서 함께 고르고 준비했더니 아이들도 좋아합니다. 각자의 일정과 가족이 함께하는 일정을 공유하니 시간 관리가 쉽고 규칙적이며 편안하기까지 합니다. 이를테면, '저녁 식사 후 1시간 동안은 가족 모두 책을 읽거나 필요한 공부를 하는 시간'으로 정했죠. 그 시간에 아이들이 무얼 하든 존중해 주면 끝! 단, 게임이나 오락은 그 이후에 하기로 약속했죠.

마지막으로, 함께 즐길 수 있는 교육 및 봉사활동에 참여했습니다. 아이들이 좋아하는 학습 앱이나 웹 사이트를 함께 탐색하거나 교육적인 TV 프로그램을 함께 시청했죠. '가족 봉사의 날'을 정해 그 시간을 오롯이 함께 참여했습니다. 그때그때 순간의 감정에 대해 나눌 수 있으며, 사람들의 감정이나 느낌에 대해서도 소통하게 되더라고요. 힘들거나 기뻤던 일 또는 걱정되는 일이 있을 때 그 감정을 표현할 수 있게 도와줄 수 있었지요. 오늘 어떤 일이 있었는지, 그렇게 느끼는 이유가 무엇인지, 그럴 때 어떤 선택이 도움이 될지 등 아이의 감정을 확인하고 인정하고 격려해 주는 기회가 되었죠. 함께 활동하며 대화하고 가족 간 소속감도 생기니 존재 자체로 마음이 충만해집니다.

4.

예측불허 아이들

 예전에는 가족들이 모여 함께 대화 나누고 소통하는 시간이 많았습니다. 지금은 각자 스마트폰과 컴퓨터에 빠져 있는 시간이 늘었지요. 세상은 점점 디지털화되고, 얼굴 보며 이야기하는 시간은 줄어들고 있죠. 이에 맞물려 대화가 부족하거나 불통으로 인해 다양한 문제가 발생하고 있습니다. 물론 스마트폰과 컴퓨터는 현대 사회에서 필수 불가결한 기술이지요. 다만, 디지털 기기의 사용이 대화와 소통에 어떤 영향을 미치는지에 대해 충분히 숙고해 봐야 할 지점인 건 분명한 사실입니다.

 한 가지 짚고 넘어가야 할 건, 청소년 범죄가 심각한 사회적 문제로 부각 될 만큼 예측할 수 없는 방향으로 전개되고 있다는 겁니다. 굳이 통계치를 열거하지 않아도 알 수 있습니다. 최근 미디어를 통해 전해지는 사례만으로도 심각성을 이해할 수 있으니까요. 아울러 해를 거듭할수록 범죄의 정도는 심해지고 잔인해지며, 종류도 다양해지고 있는 현실입니다. 발생하는 문제는 예측불허의 양상으로 진전되어 펼쳐지고 있지요. 정보화 시대의 큰 파도가 일던 90년대부터 지금까지 디지털의 발달로 인한 범죄들이 더욱 기승을 부립니다. 디지털과 정보의 확산을 빠르게 받아들이는 청소년들이 가해자가 되어 버리는 실상이지요. 더불어 그 범죄에 가담하는 나이는 점점 낮아지고 있고요.

"XXXX, 이리 와 봐. XXXX 와 봐."

욕설을 내뱉더니 경찰관을 발로 차고 난동을 부립니다. 23년 4월, 충남 천안에서 택시를 타고는 택시비를 내지 않아 파출소에 잡혀 온 13세 남학생. 파출소에서 한바탕 소란을 피웠지만, 만 14세 미만 촉법소년이라 형사처벌이 아닌 보호처분만 받았습니다. '보호처분'은 징역 같은 처벌이 아니라, 보호자 감호 위탁, 수강 명령, 사회봉사 명령, 소년원 송치 등을 말하죠. 이 사건은 현행 촉법소년 제도의 타당성에 대해 논란을 일으켰던 사례입니다. 이 외에도 실제 각종 범죄는 끊이지 않고 있습니다.

23년 1월, 인천 미추홀구에서 10대 청소년 5명이 40대 남성을 집단 폭행하는 사건이 발생했습니다. 성인 남성을 한구석에 몰아넣고 둔기로 때리는가 하면, 뛰어 내려와 발로 차기도 했답니다. 충격적인 사실은 이 5명 중엔 12세 초등학생 등 촉법소년 3명이 포함되어 있었다는 겁니다. 22년

12월 초, 광주에서 역시 초등학생이 포함된 10대 청소년들이 금은방을 털어 경찰에 붙잡히는 일도 있었습니다. 귀금속을 훔친 12세 남학생은 촉법소년으로 가정법원에 넘겨졌지요. 이처럼 촉법소년이 가담한 강력범죄가 계속되는 상황입니다.

10세에서 14세 미만 청소년은 범죄를 저질러도 교도소 구금 같은 형사처벌을 받지 않습니다. 촉법소년이라고 하죠. 대신 소년원 수용 등의 보호처분이 이뤄집니다. 최근 촉법소년의 범죄가 사회적 논란을 일으키고 있습니다. 전체적인 범죄 건수도 증가할 뿐만 아니라 갈수록 대담해지고 있지요. 법을 악용해 처벌을 피하려는 사례가 점점 늘어나고 있는 거죠. 어쩌면 우리에게 익숙해진 일이 됐습니다. 이 때문에 나이를 13세 미만으로 낮추는 정책도 추진되고 있고 언론을 통해서도 갑론을박이 벌어지고 있습니다. '갈수록 태산'인 아이들, 특히 촉법소년 사건이 반복되는 이 상황을 어찌해야 할까요?

청소년기의 특성에 대해 굳이 이 책에서 논할 필요가 없다고 생각합니다. 하지만 밥상머리 교육의 중요성을 강조하기 위해 잠시 지면을 할애해 봅니다. 청소년기는 아동으로부터 성인이 되는 단계입니다. 즉 미성숙에서 성숙 단계로 가는 성장의 과도기라 할 수 있죠. 대부분의 행동이 순탄하지 못하고 불안정합니다. 신체적으로 성숙해지고 있으나 지적으로나 정서적으로 성숙하지 않지요. 호르몬 변화는 물론 또래 관계와 사회적 기대치의 변화에 민감합니다. 변화의 불균형은 몸과 마음 상태에 많은 영향을 미치죠. 극단적인 부적응으로 불규칙적인 생활 태도가 장착되고, 종종 일탈 행동으로 나타나기도 합니다. 문제는, 정서 발달의 변화와 도전이 많은 시기라는 겁니다. 자신의 정체성을 찾으려 하고 자율성 추구가 중요한 이슈라고 할 수 있죠. 자신만의 가치관과 신념을 찾으려는 노력이 일어나기도 하죠. 이 과정에서 정서적 불안정성과 갈등을 겪기도 합니다. 정서적 변동이 폭발적이다 보니 실제로 많은 아이가 가치관의 갈등과 혼란을 경험하고 있습니다. 나아가 핵가족화와 가족 내 대화 단절 등으로 공동체 의식이 부족하거나 정서적으로 불안을 호소하기도 합니다.

더 이상 특수한 범죄를 행한 청소년만의 문제가 아닙니다. 사회 안에서 갖가지 비행에 노출된 모든 아이의 문제죠. 이미 80년대부터 양적 팽창과 더불어 질적으로 조직화 · 폭력화되는 경향입니다. 심각한 사회문제로 대두되고 있지요. 최근에 이르러, 위험 수위에 있는 대중 영상 매체에 의한 모방 범죄, 사이버 공간에서의 문제 행동 조장, 학교 폭력 등등 과거에는 흔치 않았던 것들입니다. 급속한 사회문화적 변화가 아이들의 행동에 그대로 반영되고 있음을 보여 주는 단적인 예라 할 수 있지요.

문제 행동이 발생하는 이유는 다양하고 복합적입니다. 미리 예방하는 게 결코 쉬운 일은 아니죠. 분명한 것은, 소년 범죄는 사후 처벌보다 사전

예방이 중요하다는 사실입니다. 다양한 변화에 적응하는 시기니까요. 아직 인격 형성의 과정에 있기에 정신적으로도 미성숙하고요. 처벌보다는 훈육하는 적극적인 작업도 물론 필요합니다. 특히, 대화의 부족은 단지 하나의 잠재적인 요인일 뿐이죠. 이 사실을 인정하고 받아들인다면 인성 교육이 중요하다는 사실을 뼈저리게 공감할 수 있습니다.

덧붙이면, 가정뿐만 아니라 교육 기관 및 지역 사회 차원에서 더욱더 적극적인 노력과 관심이 필요합니다. 즉 가정, 학교, 또래, 사회의 순기능을 회복해야 합니다. 바람직한 사회를 경험할 수 있도록 선도하는 거죠. 대화와 소통의 부재에 대한 경각심과 함께 디지털화된 시대에 맞춰 핸드폰과 컴퓨터를 통해 소통할 수 있는 새로운 방식을 찾을 수 있으면 좋겠습니다. 건설적인 대화와 소통은 스마트폰 앞에선 절대로 빼놓지 말아야 할 가치 있는 경험이니까요. 일단은 아이들이 원하는 걸 이해하는 게 필요합니다. 아이들 스스로가 하나의 인격체로서 자신의 소중함과 성장의 중요성을 인식하도록 돕는 거죠. 시시각각 변하는 마음을 어떻게 해야 하는지, 사회적 관계를 유지하려면 어떻게 해야 하는지, 갈등을 어떻게 해결할지 등을 알려 줘야 하죠. 궁극엔 살아가면서 마주하는 모든 순간에 느끼는 감정을 어떻게 표현하고, 그 감정을 어떻게 이해하며, 나아가 감정을 어떻게 조절할지를.

흔히 아이들은 어른의 뒷모습을 보고 자란다고 합니다. 일상에서 아이들이 표현하는 말이나 행동, 심지어 무언의 메시지를 매 순간 포착하는 게 중요하죠. 그러려면 관심과 관찰이 필수입니다. 아이들이 자율성을 추구하면서 사회적 갈등을 해결할 수 있도록 지속적으로 지원하는 거죠. 아이들의 의견을 존중하고 자신의 정체성을 찾도록 격려하는 것도 함께요. 이를 위해서는 첫째, 안정되고 편안한 가정환경과 긍정적인 학교생활 경험, 그리고 정서적 지지가 필요합니다. 아이들 마음이 안정되고 또래 관계가 건강해집니다. 둘째, 아이들이 감정표현을 맘껏 할 수 있도록 북돋아 줍니다. 시시때때로 올라오는 감정을 조절하고 타인을 공감하는 능력을 개발할 수 있지요. 셋째, 열린 대화를 촉진하는 겁니다. 이를 통해 아이들에게 지지적인 환경이 제공되리라 확신하거든요. 잊지 말아야 할 건, 아이들에게만 책임을 돌려 일방적으로 처리하거나 처방하는 방식으로는 쉽게 해결될 문제가 아니라는 사실입니다. 아이들의 무한한 성장 가능성을 믿는 것이 먼저입니다!

5.

얼마 줄 건데요?

"7단지에 살면 '금수저'예요?"

어느 날 둘째가 묻더군요. 친구들과 돈에 관한 이야기를 했답니다. 게다가 규칙적으로 용돈을 받는 친구들이 부럽다고 합니다. 별도의 용돈을 주지 않았거든요. 아이들이 필요한 게 있다고 하면 돈을 주거나 함께 사러 갑니다. 간혹 신발 정리, 설거지, 방 청소, 빨래 개기 등 집에서 할 수 있는 선행을 했을 때 약간의 보상을 하는 게 전부입니다. 언제부터인지 친할머니, 외할아버지와 외할머니, 그 외 사람들에게 받는 용돈은 아이들이 직접 관리하죠. 누구로부터 용돈을 받았는지 알려 주면 사용처를 묻지는 않습니다. 낭비하는 것 같지 않거든요.

지금의 가족은 분명 대화가 줄었습니다. 서로의 생각을 공유하거나 이해하는 데 어려움을 겪기도 하죠. 감정적으로 연결되는 지점이 점점 더 부재하고 있으니까요. 상담현장에서 만난 아이들이 종종 말합니다. "나중에 크면 건물주 될 거예요. 돈이 전부잖아요!"라고. 이 선언을 듣는 순간, 그들의 돈에 관한 생각이 궁금해졌습니다. 빠르게 변화하는 디지털 시대인 지금 전례 없는 편리함을 가져온 건 사실이니까요. 아이러니하게도, 서로를 연결해 줄 것을 약속하는 장치가 스마트폰이라 해도 과언은 아닙니다. 아울러 자존감을 재정적 성공과 연결하는 건 정신적으로나 정서적으로 부담입니다. 스트레스나 불안 및 관계의 부적절함으로 이어질 수 있거든요. 금전적 이정표를 달성해야 한다고 끊임없이 압력을 받을 테니까요.

"얼마 줄 건데요? 그러면 생각해 볼게요!"

상담받는 대가로 돈을 요구한 중2 남자아이. 게임에 빠져 있고 어떤 방법도 먹히질 않는다며 수소문하여 상담 요청을 해 왔죠. 아이를 만났습니다. 어릴 땐 학습지로 자신의 시간을 통제했고, 초등학교 입학하고부터는 학원을 여러 군데 등록했답니다. 중간에 비어 있는 시간엔 간식 사 먹으라며 돈을 주었다고 하고요. 학원에서 만난 친구와 우연히 기계 오락을 했는데 시간 가는 줄 모를 정도로 빠져들었을 만큼 처음 pc방 간 날은 신세계였답니다. 그때부터 가끔 학원 빼먹고 게임을 즐겼는데, 부모님이 알고는 학원을 다 그만 다니게 했다고 합니다. 이젠 공부에는 전혀 관심 없으며 집에서 게임 하는 게 유일한 기쁨이라고 하더군요. "엄마요? 그동안 바쁘다며 관심 일도 없었어요."라며, 필요한 문제집 산다고 하거나 공부하다 배고플 때가 있다고 말하면 달라는 대로 용돈만 주면 끝이었다고 덧붙입니다. 지금 와서 통제하고 간섭하니 말도 하기 싫다고 하더군요. 특히, 게임을 못 하게 하면 '시간으로 환산해 돈을 달라.'는 게 실상입니다. 상담하면서 알게 되었죠. 부모의 생각과 아이의 반응이 다르다는 것을.

　빠르게 변화하는 세상입니다. 대화로 화기애애했던 식사 시간이 사라졌습니다. '혼밥'을 하거나 핸드폰을 들여다보며 화면의 빛에 빨려 들어가는 사람들이 많습니다. 밥상에서 이루어지던 대화나 일상의 공유된 경험은 잔소리로 치부되곤 하죠. 전통적으로 전해져 이어 온 가치, 윤리, 신념이 사라지고 있달까요. 대중매체나 SNS를 통해 듣는 각양각색의 메시지가 사람들에게 자연스럽게 스며들고 있습니다. 어쩌면 시대적으로 가장 큰 목소리라고 할 수 있지요. 부와 권력, 사치와 동등한 성공의 이미지로 끊임없이 공격받고 있으니까요. '돈은 많을수록 좋다.'는 이야기가 매일 강화되고 있는 현실입니다.

　아이들은 변화의 최전선에 있습니다. 이대로 가다가는 미래가 위험할 수 있지요. 사실 걱정됩니다. 해결하지 않으면 성공에 대한 좁은 인식이 형성될 테니까요. 성장하는 과정에 금전적 이득의 관점에서만 볼지도 모르고요. 궁극엔 아이들의 잠재력도 억누를 겁니다. 진정한 열정이나 도덕적인 태도가 금전적 보상에 밀리는 거죠. 사회에서 보여 주는 부정적인 모습들로 성공을 돈과 동일시하는 가치를 물려줄까 우려됩니다. 삶의 기회와 질을 형성하는 데 돈이 결정적인 역할을 한다는 걸 부인하지 않습니다. 다만 성공과 성취에 대한 폭넓은 이해가 무엇보다 중요하죠. 아이들이 돈보다 사람을 우선으로 두었으면 좋겠습니다. 돈이 유일한 원동력이 되면, 아직 미성숙한 아이들은 윤리적 경계가 흐려질 위험이 있으니까요. 부에 대한 욕구는 옳고 그름에 대한 고려를 무시할 수도 있고요. 결국, 삶의 가치에 대한 균형 잡힌 이해가 필요합니다. 스스로 설정한 재정 목표를 달성했다 해도 진정한 성취가 없는 공허함을 느낄 수 있을 테지요. 아이든, 어른이든.

물질주의의 매력이 아이들에게 마치 긴 그림자를 드리우고 있는 것 같습니다. 만족하지 않는 현재, 충족되지 않은 삶, 공감과 진정한 연결이 없는 사회 등 억제되지 않은 물질적 욕망의 흐름에 떠내려가게 하는 위험은 극명합니다. 물질주의 사회가 주는 어려움은 부인할 수 없지만 노력하여 없애거나 좋아지게 할 수 있습니다. 성공에 대한 포괄적인 이해를 포함하여 열린 대화, 자기 인식, 생각 노출, 독서, 공감 및 봉사 등의 과정에서 아이들에게 권한을 주는 겁니다. 당장은 헤쳐 나가는 것이 어려울 수 있지요. 그러나 세상 모든 도전에 대해 충분히 극복할 수 있다고 확신합니다.

첫째, '대화의 날'을 정했습니다. 감정이나 관계 및 공감을 소중히 여기는 태도를 배울 수 있거든요. '지금 바라는 것을 원하는 이유가 뭐지?'와 같은 질문을 하며 통찰하는 시간을 가졌습니다. 정기적으로 자신의 믿음과 목표를 되새기도록 격려했죠. '무엇이 진정으로 너를 행복하게 만들지?'라고 물으며 동기를 이해하는 시간도 가졌지요. 사회적 가치와 자신이 진짜 원하는 욕구를 구별하도록 돕고 싶었거든요. 아이들이 폭넓게 사고하고 질문하고 나누고, 다양한 활동에 참여하도록 선택의 기회를 주었습니다. 결국, 대화는 행복과 성취에 이르는 수많은 길이 있음을 깨닫는 시간이니까요.

둘째, 가족이 '함께 책 읽는 시간'을 가졌습니다. 독서를 통해 자신의 역할을 모델링 할 수 있지요. 세계관을 형성하는 데 중추적인 역할도 하고요. 부와 관련된 멘토뿐만 아니라 다양한 분야의 전문가와 간접적인 상호작용의 기회가 됩니다. 성공에 대한 섬세한 이해는 물론 새로운 배움이 가능하죠. 독서는 열정을 추구하는 즐거움과 태도의 중요성 그리고 성공의 만족감 등에 대한 통찰도 줍니다. 마음만 먹으면 부모는 멘토가 되고, 책은 스승이 될 수 있습니다. 역할과 공감의 가치를 배울 수 있다고 장담합니다.

셋째, '같이 봉사에 참여하는 시간'을 만들었습니다. 지역 사회 봉사든 일상생활에서의 단순한 친절 행위든 뭐든 할 수 있는 걸 찾아보고 시도했죠. 진정한 만족은 축적보다 베푸는 데서 오는 경우가 많다는 걸 알려 주고 싶었거든요. 그 과정에 충분한 대화가 이루어지면 최고지요. 돈, 성공, 실패 및 성취에 대한 열린 토론의 장이니까요. 아울러 사회적 책임감을 심어 줄 기회입니다. 아이들의 궁금증이나 믿음 및 소망을 공유하고 표현하는 시간이기도 하죠. 봉사를 통해 균형 잡힌 세계관을 형성하리라 확신했습니다. 다양한 경험을 통해 그 안에서 깨닫기를 바랐죠. 돈은 필수적이지만 만족스러운 삶의 여러 측면 중 하나일 뿐이라는 사실을.

아이들이 직면한 압력과 영향을 이해하는 게 먼저입니다. 그래야 시기적절한 조언을 해 주고 필요할 때 개입할 수 있으니까요. 문제를 해결하는 방법, 스트레스 푸는 스킬, 긍정적인 자기 대화와 같은 전략을 가르치는 것도 방법입니다. 사회적 압력에 정면으로 맞설 수 있도록 준비시킬 수 있으니까요. 종종 들은 것보다 보이는 것에서 더 많은 걸 배웁니다. 어른들의 태도가 중요한 이유죠. 물질적 이득보다 관계나 태도가 중요하다는 걸 삶으로 보여 주고자 했습니다. 작은 성취를 인정하고 축하해 주는 가족문화를 만드는 것도 좋았고요. 아이들이 진정한 가치를 추구하는 세상을 물려받을 수 있기를 희망합니다.

6.

천상천하유아독존

"엄마, 우리 반 아이들 이상해요.", "수업시간에 껌 씹어요.", "쌤이 뭐라 하면, 욕하거나 책상을 엎고 나가 버려요." 한 달 넘게 방황하던 둘째가 적응하더니, 마주한 친구들의 행동에 놀란 듯합니다. 일부 아이들이 폭력적인 말로 약한(?) 친구를 괴롭힌다는 거죠. 새로 전학 온 처지라 어쩔 도리가 없지만 친하게 지내고 싶은 마음이 없다고 하더군요. 어쩌면 범죄로 이어질 수 있는 위험한 행동이라는 걸 인지하지 못하는 것 같다고 말이죠.

지금을 사는 사람들은 대체로 자신밖에 모르는 이기적인 성향을 왕왕 보입니다. 사람과 사람과의 관계에서 지켜야 할 기본 소양 교육이 부족해서일까요. 아니면 대학입시나 취업을 중요시하는 사회구조 때문일까요. 안타깝게도 상대방에 대한 배려심은 부족하고, 자기주장이 관철되지 않으면 공격적으로 돌변하기도 합니다. 대개 응석받이로 자란 아이들은 급작스러운 상황에서 공격적 반응을 보이기도 하죠. 소위 상대방이 느끼는 고통이나 어려움 또는 아픔 등의 감정을 이해하지 못하거나 공감하지 못하는 거죠. '내 생각이 옳다.'며 자기주장만 하기도 하고요. 때로는 말이나 행동으로 상대를 향해 심한 장난을 치거나 놀리기도 합니다. 더군다나 일시적이지 않고 지속적 '괴롭힘'으로 이어지는 경우가 빈번하죠.

한번은 학생들끼리 집단으로 폭행한 사건이 있었습니다. 학교폭력위원회가 열렸지요. 그때 자기 아이만 감싸는 부모가 있었습니다. 폭행 발생의 원인을 맞은 아이의 일방적 과실이라고 우기더군요. 교사와 경찰의 중재가 먹히지 않았습니다. 결국엔 각각 한 명씩 불러서 처리하기로 했지요. 아이들끼리의 사소한 다툼은 대개 학교 안에서 교사와 상담사를 통해 원만하게 해결되기도 합니다. 다만, 극성스러운 부모들이 개입하면서 문제가 확대됩니다. 때로는 법적인 문제로 비하되기도 하고요. 어떤 경우는 가해자와 피해자 부모들이 싸우기도 하죠. 그동안 당사자인 아이들은 큰 문제가 아닌 듯이 서로 장난치거나 웃으며 같이 뛰놀기도 합니다. 결과적으로, 어른들이 문제를 키우는 게 아닐까요.

첫째가 고등학교 때, 학부모회장을 맡았습니다. 일부 학부모들은 학교 방문이 잦았고, 학교와 교사를 상대로 도를 넘어 과도하게 참견하는가 하면, 어떤 학부모들은 교사에게 폭언과 폭력을 행사하거나, 학교를 상대로 법적 대응을 하기도 했습니다. 어쩌면 아이들이 문제 행동을 양산하는 악순환으로 몰고 가는 분위기였죠. 부모가 교사에게 폭언을 행사하는 것을 본 아이들은 더 심각했어요. 더 이상 교사의 말을 듣지도 들으려고도 하지 않더군요. 교사가 뭐라고 하면 자기 부모에게 전화해서 알린다고 협박(?)을 하는 아이들도 있었으니까요. 무관심한 부모도 안타깝지만, 동시에 지나치게 학교 교육에 개입하는 부모도 역시 생각해 봐야 하는 지점이었습니다.

요즘 부모들은 거의 맞벌이를 합니다. 이혼 또는 사별 등의 이유로 '한부모 가정'이나 '조부모 가정'이 많아졌죠. 아이들을 양육해야 하는 보호자들이 먹고살기 바쁜 환경이랄까요. 가정에서 밥상머리 교육 기회는 점점 사라지고 있다 해도 과언이 아닙니다. 인성 교육에 대한 인식이 부족하기 때문일까요. 가정에서의 예절이나 사회 규칙 등에 대한 교육도 방치되는 게 현실입니다. 혹은 과도하게 압박하는 형태로서의 극단적 교육이 이루어지고 있고요. 아울러 스마트폰이나 SNS 등이 점점 더 간단하면서도 강렬한 자극으로 사람들을 홀리고 있습니다. 디지털 기기에 빼앗긴 관심은, 의미 있는 대화가 없는 가족이 증가하고 있다는 사실과 평행선을 이루고 있죠. 놀라운 일이 아닙니다.

아이들의 태도나 인성은 특히 가족의 대화에서 비롯됩니다. 아이가 사회적 상호작용에 처음 노출되는 기회니까요. 대화가 부족한 가정에서 자란 아이들은 정서적으로 타인에 대한 애정이나 신뢰를 느끼는 걸 어려워합니다. 시간이 지남에 따라 부모와 아이 사이의 소외로 이어질 수 있지요. 그렇게 되면 살아가면서 필수적인 대인 관계 기술, 즉 타인의 마음을 이해하거나 헤아리는 데 어려움을 겪을 수밖에요. 대화가 없으면 아이들은 강력한 도덕적 나침반을 개발하지 못할 수 있습니다. 아울러 바람직한 지도가 없으면 아이들은 정보와 가치를 얻기 위해 또래나 인터넷과 같은 외부 소스에 의존할 수밖에요. 궁극엔 바람직하지 않은 영향에 쉽게 노출되죠.

14세 남자아이의 부모를 만난 적이 있습니다. 부모 모두 일을 했고 외동이라 혼자 저녁 먹는 날이 많았답니다. 담임선생님 전화를 받은 후 상담을 의뢰한 거죠. '수업시간에 아이들을 자주 방해하고 규칙을 무시하며 선생님에게 반항'하거나, '키 작은 아이를 조롱하고 비하하거나, 몸으로 밀치기까지 하는 상황'이었죠. 가정에서도 상황은 다르지 않답니다. 방에 틀어박혀 온라인 게임과 채팅에 몰두할 뿐, 대화를 거부한다는 거죠. 가끔은 시도 때도 없이 말대꾸하거나 가족이 정한 규칙도 고려하지 않고, 종종 강아지를 발로 차거나 방에 가두기까지 한다며 울먹거리며 몸을 벌벌 떨더군요. 그래요. 대화가 없는 가정에 노출된 아이는 타인을 존중하고 배려하는 게 어려울 수 있습니다. 물론, 먹고살기 바쁜 부모들에게 효과적인 자녀 교육이 이루어지기란 여간해선 쉽지 않지요. 하지만 돌이킬 수 없는 상황은 아닙니다. 대화와 소통, 공감과 격려, 구조화된 울타리를 혼합한다면 이해와 상호 존중의 유대로 연결될 수 있답니다.

요즘은 자녀가 한 명 혹은 많아야 두 명입니다. 형제간의 우애나 관계하고 소통하는 방법을 잘 모르는 경우도 많습니다. 자신밖에 모르거나, 자기중심적이며, 때로는 이기적이지요. 남을 배려하고 존중하는 방법도 잘 모릅니다. 가정에서 형제간 공동체 정신을 배울 기회가 없기 때문이죠. 다들 '천상천하유아독존'이며 '독불장군'입니다. 궁극엔 학교에서 친구들과의 충돌과 갈등이 많을 수밖에요. 분명히 말하지만, 남을 배려하는 태도와 행동은 가정에서부터 시작됩니다. 부모의 태도로부터 자연스럽게 학습하지요. 어릴 적부터 다른 사람과의 관계 속에서 해야 할 말과 올바른 행동을 차근차근 가르쳐야 하는 이유입니다. 즉, 밥상머리 교육이 바탕이 되어 차차 깊어진 대인 관계 기술을 교육해야 하지요.

그러나 현실은 그렇지 않습니다. TV나 영화 속에선 '막장' 드라마가 방영되고 사람들은 열광하죠. 건강한 모델링의 기회가 없습니다. 많은 가정에서 아이들이 관계 맺는 행동에 대해 스스로 가치 판단하도록 가르치는 데 실패하고 있죠. 잘못된 행동을 보이는 아이에게 설명과 훈계를 병행하지 못하고 크게 야단치거나 아니면 방관하는 경우가 대다수입니다. 게다가 부모의 잔소리에 아이들은 반항하죠. 방관하는 부모의 무관심에 아이들은 옳고 그름을 판단할 능력을 배우지 못하고, 그렇게 학교에 진학합니다. 아이들과 어울리지 못하거나 약한 아이를 괴롭히는 결과로 나타나는 거죠.

  타인을 존중하고 배려하는 태도! 가정과 학교가 나서야 하지 않을까요. 첫째, 아이들과 오픈 대화를 합니다. 둘째, 타인의 감정, 생각, 경험을 자신의 것처럼 이해하고 실천하는 모범을 보입니다. 셋째, 지킬 수 있는 약속을 하고 울타리를 명확하게 설정합니다. 이것이 기둥이 된다면 아이들은 사소한 것까지 이야기를 신나게 나누며 주고받을 겁니다. 그 과정에서 아이들은 존중하는 방법과 배려하는 기회를 포착하는 거죠. 나아가 본질적인 가치를 보존하는 데에도 도움 되리라 확신합니다.

7.

자기주장과 뚱.고.집!

"지후야! 더운데 마스크 벗고 가지!"

얼굴에 여드름이 나고 땀이 나도 여전히 마스크를 벗지 않습니다. 학교를 포함한 실내에서 마스크 착용 의무가 해제된 지 6개월. 버스나 지하철 등 대중교통에서 마스크 착용이 자율로 전환했고요. 동네 병원과 약국에서도 더 이상 마스크를 안 써도 되죠. 코로나 유행하기 이전부터 마스크를 '한 몸'처럼 쓰고 다녔습니다. 한창 외모에 관심이 있는 듯해서 고집부려도 내버려두었죠. 식사하면서 얼굴을 보니 말을 꺼낼 수밖에 없더군요. 친구들도 다 쓰고 다닌다며 잔소리 좀 그만하라고 합니다. 얼굴 보여 주기 싫어서 쓰는 애들도 있고, '마기꾼'이라는 말로 놀리기도 한다고 알려 주더라고요. 마기꾼은 '마스크'와 '사기꾼'을 합친 코로나19 신조어입니다. 마스크를 벗은 모습과 마스크를 쓴 모습이 상상한 얼굴과 달라 실망스럽다는 뜻이죠. 물론 자아 형성의 시기인 청소년기와 코로나 팬데믹이 맞물려 벌어진 시대적 현상이긴 하지만 걱정되었죠. 외모 평가를 중시하는 아이들에게 특징적으로 나타나는 모습이니까요. 코로나가 한창 유행일 때, 원격 수업을 받으며 친구들에게 내 모습이 어떻게 보일지 신경 쓸 수밖에 없었겠지요. 어쩌면 나의 외모를 적나라하게 드러내고 싶지 않을 수도 있었을 테고요. 점차 마스크를 벗고 예전처럼 일상이 회복될 텐데 얼른 마음이 열리기를 바라는 마음뿐입니다.

중학교 2학년 엄마가 상담을 의뢰했습니다. "아이가 말을 하지 않은 지 3개월입니다. 도무지 원인을 알 수 없어 미치겠어요. 아이의 행동을 고집이라고 생각하면서도 무시할 수가 없어요. 그렇다고 무조건 받아 줄 수도 없고. 난감해요." 처음엔 일시적인 10대의 반항이라 생각했는데, 오산이었답니다. 원인을 알 수 없는 침묵의 시간이 길어지자 문제가 심각해지고 있음을 알아챈 거죠. 거슬러 올라갔더니, 초등학교 때부터 자기 뜻대로 안 되면 고집 피우고 음식을 거부한 적도 많았답니다. 아이에게 질문했는데 선뜻 대답하지 않고 굼뜨면 "빨리해!"라며 화를 내거나 재촉하는 일이 빈번했다고. 더군다나 점점 고집도 세지고 자기주장을 관철하려는 아이의 행동을 그냥 내버려둔 것이 화근이었다고 하더군요. 엄마나 아빠의 훈계에 '잔소리 좀 그만요.'라고 짜증을 냈던 때가 차라리 좋았다고 합니다.

아이와 부모 따로 일대일 상담을 진행하며 알게 되었습니다. 아이의 침묵은 점점 커지는 좌절감의 표현이었음을. 아이는 SNS가 유일한 친구라고 하더군요. 채팅과 게임을 하면서 고민도 이야기하고 위로도 받으니까 살아 있는 것 같다고. 하지만, 아이러니하게도 가족과 단절되고 있음을 간과한 것이지요.

스마트폰, SNS, 이메일 등 끊임없는 온라인의 산만함에 빠진 사람이 많습니다. 디지털 회오리바람에 정신을 잃은 것이지요. 자연스레 대화의 불통으로 연결됩니다. 가족이 끈끈한 유대감을 향상하려면 경험을 공유하고 열린 대화를 하며 함께 나누는 순간들이 필요하죠. 잠시 시간을 내어 반성해 봅니다. 나는 과연 진정으로 사랑하는 사람들을 위해 존재하고 있는가? 남편과 아이들, 부모님과 가족을 세심하게 보고 듣고 느끼고 있는가?

"엄마, 다 읽었어요!", "저는 필사도 끝냈어요!"
아이들에게 낭독하며 책 읽고 서평을 쓰도록 했습니다. 자신의 느낌과 감정을 간단하게 표현하도록 독려했지요. 자신과 '조용한 대화'를 나누며 속마음을 알아차리기를 바랐죠. 아이들의 노트에는 친구들 이야기부터 성적뿐만 아니라 자신이 누구인지 주목받고 싶은 이야기로 가득했습니다. 이를 인식하는 것이 중요하죠. 아이들에게 그런 기회를 제공할 수 있음이 다행입니다. 가족회의 시간에는 모두가 한 번 이상은 발언할 수 있도록 했습니다. 시를 암송하기도 했고 잘하는 걸 공연하기도 했지요. 화기애애한 분위기 속에, 있는 그대로의 여과되지 않은 감정과 느낌을 만끽할 수 있는 장이 되도록 했습니다. 맘껏 말하고 즐기며 나누는 동안에도 놓치지 않았던 건 '제대로 듣는 것'을 경험하게 하는 거였어요. 다만, 누군가 말을 할 때는 끊어짐 없이 말할 수 있도록 '끼어들기 금지'라는 울타리를 쳤답니다. 아이들의 자존감과 자신감을 키우는 데 일조했다고 확신합니다.

고집불통이거나 자기주장이 강한 아이들이 많습니다. 이대로 성장한다면 학교생활뿐 아니라 친구 관계가 나빠질까 염려됩니다. 방법이 있습니다.

첫째, 아이 의견을 존중하면서 단호하고 분명하게 말합니다. 고집부리면 무조건 "안 돼!", "그만해." 등 무시하는 경향이 있나요? 좋은 방법은 아닙니다. 어쩌면 고집부리는 게 자기 의견을 표현하는 것일 수도 있거든요. 주장이 강하다면 그 이유를 들어 봅니다. 합리적이라면 들어주면 되고요. 만약 안 된다면 왜 안 되는지 타당한 이유를 알려 줘야 합니다. 아무런 이유 없이 명령하듯 강압적으로 말하면 반발심을 부추길 수 있으니까요. 그러니 아이를 설득시킬 생각이라면 이해할 수 있는 쉬운 언어로 자세하게 알려 줍니다. 때론 다른 사람의 표정이나 말투, 제스처를 보고 상황을 판단하거나 눈치를 보기도 하죠. 먼저 진지하고 분명하게 말합니다. 그러면 아이도 있는 그대로 부모의 말을 듣습니다.

둘째, 일관된 태도를 유지합니다. 아이가 고집부릴 때 처음에는 안 된다고 했다가, 끝내는 요구를 들어주는 부모가 많습니다. 분위기와 감정에 따라 누가 볼까 봐 부끄러운 마음에 다르게 반응한다면 아이는 혼란스러워하죠. 처음과 다르게 바뀌지 않는 태도를 보여 주는 게 중요합니다. 아무리 울고 떼를 써도 부당한 것이라면 단호히 거절해야만 합니다. 마음으로는 알고 있지만 잘 안될 때가 많지요. 막무가내로 고집을 부린다 해도 위험한 일이 아니라면 그냥 내버려두는 방법도 괜찮습니다. 시행착오를 경험하게 함으로써 스스로 자기 고집에 대한 책임을 지게 하는 거죠. 다만, 아이들은 칭찬에 약합니다. 고집부리는 것을 그만두고 바른 행동을 했을 때 아낌없이 격려하고 칭찬합니다. 생각보다 효과가 큽니다. 기억할 건, 어디까지나 자발적으로 부모의 말을 듣도록 하는 겁니다.

셋째, 시간을 충분히 활용합니다. 아무리 말을 해도 뭉그적거리며 듣지 않을 때가 있지요. 혼을 내도 무서워하지 않는 거죠. 이런 행동이 반복되면 화가 납니다. 인내가 필요한 순간이죠. 이럴 땐 알람을 이용합니다. "20분 후에 알람이 울리니까, 그때까지 정리하고 세수하고 양치하자.", "30분 후 알람이 울리면 학교에 가야 하니까, 그때까지 일어나." 등 시간을 제시해 주니 행동 교정에도 도움이 되더군요. 고집이 세다는 건 자기주장이 강하다는 겁니다. 책임감과 성취 욕구가 높은 거죠. 아이를 있는 그대로 관찰하고 바라보면 칭찬할 게 보입니다. 발견한 걸 즉시 지지해 주면 리더십이 개발되고 상황 판단력도 좋아집니다.

자기주장이 강하거나 고집을 부리는 아이들은 다루기가 어려울 수 있습니다. 같이 소리를 지르거나 말싸움을 하는 것, 윽박지르는 것, 때리는 것은 효과적이지 않습니다. 근본적인 원인을 이해해야 하지요. 대화하는 방법이나 스스로 감정을 조절하는 방법 그리고 자신의 선택에 대해 책임질 수 있도록 알려 줍니다. 사실 머리로는 이해됩니다. 누구나 잘 알고 있으니까요. 어느 순간, 자꾸 아이에게 굴복하게 되거나 나도 모르게 짜증을 내거나 소리 지르는 상황을 마주합니다. 그래서 매 순간 알아차림이 필요하죠. 좀 더 아이를 보듬고 살펴봐야 합니다. 그렇다고 또 너무 오냐오냐해서도 안 되는 게 양육의 현실입니다. 끊임없이 인내심을 갖고 일관되게 반응을 보여 줘야 합니다. 건강한 방법으로 감정과 필요를 표현할 수 있도록 말이죠. 무뎌진 오감을 깨워 있는 그대로 아이를 바라봅니다. 지지하고 이해하는 환경을 위한 노력이 필수니까요.

8.

나 좀 바라봐 주세요

온몸을 긁어 댑니다. 진물이 납니다. 먹는 약도 바르는 약도 소용이 없습니다. 온갖 검사를 해 보았지만 도통 나아지질 않습니다. 아이의 고통은 갈수록 심해졌습니다. 초등 4학년 때, 전학을 왔지요. 교실에 들여보내고 돌아서서 가려는데 둘째가 부릅니다. 달려와서 안기고는 이유 없이 울기만 합니다. 평소에도 자기표현을 잘 하지 않았지요. 언니와 동생이 뭐라고 해도 화를 낼 줄도 모릅니다. 원하는 것도 요구하지 않고 좋고 싫음의 표현이 너무 없으니 답답할 때가 많습니다. 전학 온 학교에서 적응을 잘하리라 생각했는데, 오산이었습니다. 거의 한 달간 애를 태웠지요. 화를 낼 줄 모르니 친구들도 만만하게 생각하는 듯했습니다. 툭하면 울고 다가가지 않으니 특별히 가까운 친구도 없습니다. 매 순간 긴장이죠. 특히 처음 보는 사람을 대할 때면 눈을 피합니다. 겁먹은 표정이었죠. 마음이 어떤지를 물으면 '모르겠어요!' 원하는 것을 물어봐도 '몰라요.'만을 반복했죠. 질문에 대한 답을 거부한다기보다는 아이 생각이 무언지, 감정이 어떤지 말을 하지 않았습니다. 아이는 표현할 줄도 심지어 인식할 줄도 모르는 걸까요? 깨달았습니다. 자신의 감정 배출구를 찾지 못하니 간접적인 채널, 즉 아토피로 나타났다는 걸.

밤새 고통스러워하며 긁는 아이를 보며 몰래 눈물 감추며 잠 못 이룬 날 많았습니다. 최대한 아이에게 스트레스를 주지 않으려고 했지요. 그래도 나아지진 않더라고요. 방법을 고민한 끝에 실내 트램펄린을 주문했습니다. '방방이'를 타면서 가볍게 자신의 마음과 생각을 표현할 수 있기를 바랐죠. 처음에는 손도 대지 못하다가 언니와 동생이 즐겁게 타는 걸 보고 도전합니다. 조심스럽게 한 발만 구르더니 곧 깔깔거리며 신나게 즐깁니다. 물꼬가 터졌습니다. 첫 느낌이 어땠는지, 발을 구르니까 기분은 어떤지, 높이 올라가니까 어떤 마음이 들었는지 등등. 감정 표현할 때 눈치 보던 아이가 바뀌기 시작! 그러면서 학교에서 친구가 언제 어떻게 놀렸고, 어떤 상황이 벌어졌고, 어떻게 대처했는지를 종알거리며 표현합니다. 이때다 싶어 학교 상황으로 화제를 전환했지요. 전학 와서 친구들을 처음 본 소감이 어떤지, 두려울 때 어떻게 하면 될지, 나의 감정을 표현하면 친구들은 어떨지 등을 물어봤죠. 하나하나 대화를 나누면서 아이는 다양한 감정을 인식합니다. 감정 표현하는 것이 나쁜 게 아님을 알게 된 것이죠.

'아이는 아이답게 커야 한다.'는 말이 있습니다. 감정 표현을 잘하는 아이들은 문제가 없지만, 표현이 서툰 아이들은 어쩌면 가족 간의 대화가 부족하거나 다른 이유가 있겠지요. 사람들이 느끼는 감정은 다양합니다. 어떤 감정들이 있는지, 그 감정들은 나에게 어떤 영향을 주는지, 그 감정들을 어떻게 처리해야 하는지 등을 배울 필요가 있습니다. 다시 말하면 감정 표현 방법을 학습하면서 성장하는 것, 그것이 아이답게 크는 게 아닐까요. 가장 가깝게는 밥상머리 교육을 통해 다양한 감정의 순간을 경험할 수 있습니다. 그러기 위해서는 먼저 감정에는 좋고 나쁜 것이 있다고 판단하지 않는 어른들의 태도가 중요하죠. 왜냐? 마음껏 자신의 감정을 표현하면 감정의 폭과 깊이가 확장되니까요.

'아파도 학교에서 아파야 돼.', '화내면 안 돼.', '친구를 미워하면 안 돼.'

돌아보면 아이들을 강하게 키운다는 명분 아래 이런 말을 자주 사용했던 게 화근이었습니다. 슬픔, 분노, 불안, 질투, 외로움 등의 부정적이거나 불편한 감정을 억압한 거죠. 무조건 억누르기보다는, 이러한 감정들도 필요한 역할을 한다는 걸 알려 주었어야 했습니다. 거기다가 다양한 감정을 알아챌 수 있도록 도와주어야 했지요. 무지했습니다. 둘째의 아토피를 키운 셈이죠. 다양한 감정을 수용하지 못하고 내면에 계속 쌓아 두게 했으니까요. 얼마나 힘들었을까요. 반성하면서 숱한 세월 공부했습니다. 치열하게(지금까지도 공부하는 중) 다양한 감정어들을 배워서 익혔습니다. 일상에서 자주 사용하는 감정 단어가 '재미있다', '화난다', '행복하다', '고맙다', '슬프다', '즐겁다' 등으로 한정되어 있더군요. 처음에는 감정 단어 10개를 채우질 못하겠는 거예요. 자성했습니다. 공부하면서 감정을 표현하는 단어가 450여 개가 있다는 걸 알았죠. 그야말로 감정은 추상적이고 다양하더군요. 감정에 이름을 붙여 보았습니다. 다양한 감정어를 표현하고 싶었거든요. 그런 의미에서 부모가 먼저 공부해야 한다고 봅니다.

"책상 붙여야지!"

"싫어요. 쟤랑 같은 조 안 할 거예요."

학교 프로그램 중 모둠 활동을 하겠다며 책상을 재배치하도록 부탁했죠. 유독 한 아이를 꺼리며 피합니다. 말하기도 싫고 어울리기도 싫다고. 그 아이와 대화를 해 보니 사회성이 부족했고 위축되어 있습니다. 초등학교 졸업 후 하필이면 혼자만 다른 중학교에 입학했답니다. 친구 한 명 없이 혼자 다니고요. 급식도 혼자 먹습니다. 교실에서 빙빙 겉돌 뿐이었죠. 아이들은 그녀를 혼자서도 잘 노는 아이로 생각하고 있었습니다. 모든 활동에서 그 아이를 배제하더군요. 이른바 전교의 '은따(은근한 왕따)'로 만들어 버렸죠. 마침내 등교를 거부한 겁니다. '은둔형 외톨이'를 선언하고서.

흔히 사람을 사회적 동물이라고 합니다. 태어나는 순간부터 우리는 관계를 맺지요. 기본적으로 가정에서 시작되고 학습됩니다. 관계 맺는 방법이나 감정을 표현하는 말과 방법 등을 배우죠. 가정에서의 경험들이 쌓여 경청과 배려, 양보와 기다림 같은 사회적 관계 형성 기술들의 기초가 형성됩니다. 사회적 기술 중 하나가 친구를 잘 사귀는 거죠. 그런데 주변을 보면 사회성이 떨어지는 아이들이 많습니다. 감정 표현도 서툴고 자기중심적이기도 하죠. 사회적 상황에 대처하는 문제 해결력도 부족하고요. 이런 태도는 친구들과 지속적으로 어울리는 데 어려울 수 있습니다. 또래들 사이에선 어색한 행동으로 정의를 내리니까요. 궁극엔 왕따라는 이름으로 친구들을 소외시켜 버리죠. 결국, 자기표현이 서툰 아이들은 관계를 맺는 데 어려워하거나 두려워합니다.

　이제 어떻게 하면 될까요? 결론은 나왔습니다. 첫째, 아이의 감정을 충분히 공감해 줍니다. 둘째, 감정에는 좋고 나쁜 게 없음을 알려 줍니다. 셋째, 감정을 표현할 때까지 충분히 기다려 줍니다. 맞습니다. 감정을 충분히 읽어 주면 아이들은 자연스럽게 정서가 발달 됩니다. 감정 표현도 당연히 수월할 테고요. 하지만 그런 과정을 경험하지 못하면 감정을 인식하고 표현하는 게 서툴거나 힘듭니다. 어른도 마찬가지입니다. 그러니까 감정을 억압하거나 위협하진 말아야겠죠. 감정을 조금씩 인식하고 표현할 수 있도록 모범을 보여 주면 끝납니다. 끊임없이!

1 **작은 도전으로 인내심 훈련**

인내가 필요한 작은 도전 과제를 설정합니다. 성공은 하루아침에 이루어지지 않으며, 끈기가 중요하다는 것을 이해하도록 도와주는 거죠. 새로운 과제(자전거 타기, 퍼즐 맞추기, 악기 연주 등)에 도전하는 경우, 어려움을 느끼더라도 계속 노력하도록 격려합니다. 즉시 개입하는 대신 "어려운 건 알지만 좀 더 연습하면 해낼 수 있을 거야. 다시 해 보자!" 또는 "유명한 음악가들도 오랫동안 연습했어. 이 곡을 작은 부분으로 나눠서 하나씩 연습해 보자."라고 말할 수 있지요. 인내심과 탄력성이 장애물을 극복하는 데 핵심이라는 걸 보여 주면 됩니다.

2 **감정 점검으로 자기 인식 촉진**

자신의 감정을 인식하고 표현하도록 가르칩니다. 단단한 마음을 키우는 데 중요한 정서적 지능과 자기 인식을 키울 수 있습니다. 학교에서 힘든 하루를 보냈거나 사회적 상황을 겪고 있다면 "오늘 일어난 일에 대해 어떻게 느꼈니?"라고 물어봅니다. 자신의 감정(분노, 슬픔, 행복 등)을 확인하고, 이를 어떻게 처리했는지 토론해도 좋아요. 결과적으로 현재 느끼는 자신의 감정을 이해하고 조절하여 정서적 힘을 키울 수 있답니다.

3 **관점 수용으로 공감 능력 향상**

다른 사람의 감정과 관점을 수용하도록 지도하면 공감 능력을 키울 수 있습니다. 타인(친구나 동생 등)의 행동 때문에 기분이 상했을 때, 상대방의 관점에서 생각하도록 격려해 줍니다. "그 일이 일어났을 때 친구의 기분이 어땠을 것 같니? 그들이 왜 그렇게 행동했다고 생각해?"라고 말하는 거죠. 다른 사람들과의 정서적 연결을 강화하고 정서적 성숙을 촉진할 수 있습니다.

4 **모델링을 통한 스트레스 관리법 장착**

스트레스가 많은 순간에 평온함과 감정적 통제력을 보여 주면, 아이들도 자신의 스트레스를 관리하는 방법을 배웁니다. 만약 음료수를 쏟았거나 물건이 망가지는 등 실망스러운 일이 발생하면 "사고는 일어날 수 있어. 같이 청소하자."라고 차분하게 반응합니다. 엄마의 반응을 관찰함으로써 아이는 스트레스 속에서도 침착함을 유지하는 방법을 배우고, 어떤 감정이라도 효과적으로 관리할 수 있다는 것을 알게 됩니다.

5 **명상으로 자기조절능력 키우기**

마음 챙김 호흡법이나 짧은 명상을 할 수 있도록 가르치면, 어떤 상황에 압도되거나 불안감을 느낄 때 스트레스를 조절하고 어려운 감정을 관리할 수 있습니다. 만약 속상하거나 좌절감을 느낀다면 "진정해."라고 말하는 대신 "다섯 번 심호흡을 해 봐. 자, 이제 그것에 대해 나누어 볼까?"와 같이 간단한 호흡 운동을 안내합니다. 아이는 충동적으로 반응하기 전에 감정을 잠시 멈추고 조절하는 힘을 기릅니다. 나아가 스트레스 상황에서 자신의 감정을 조절할 수 있는 기반이 됩니다.

2장

밥상머리
교육의 본질

인성 성장의 기초

나는 일곱 아이의 인성교육을 위해

새벽녘 읽은 글 중에서 가장 좋은 글귀를 모아

아이들이 항상 보고 마음에 새기면서

행할 수 있도록 집안 이곳저곳에 붙여 두었다.

그리고 나도 글귀대로 행했다.

_신사임당

1.

바쁜 엄마여도 괜찮아요!

　직장 다니면서 집안일에 아이 돌보기까지 힘드시죠? 저도 겪어 봐서 그 마음 잘 압니다. 세 아이 모두 영·유아기 때 어린이집에 보냈거든요. 일과 육아 사이에 많은 고민을 했습니다. 매일 매일 아이들에게 미안했거든요. 죽을 만큼 열심히 공부했습니다. 하루의 일상을 세밀하게 계획했죠. 균형 잡힌 일과만이 바쁜 일상을 돌아가게 할 수 있다고 믿었습니다.

　깜깜한 서재. 부지런히 메모하며 교재 연구 중입니다. 컴퓨터의 빛이 피로감으로 둘러싸인 눈을 밝게 비출 뿐, 집안은 여전히 조용합니다. 아침 햇살이 커튼 사이로 스며들 때쯤, 빠르게 아침 식사를 준비합니다. 어린이집 차가 오기 전에 아이 가방에 이유식과 기저귀를 챙기죠. 서두르다 가방을 미처 챙기지 못한 날도 있었지요. 아이들을 카시트에 태우면서 종종 죄

책감에 사로잡히곤 했습니다. 아이들의 중요한 성장기 시절을 놓치고 있는 건 아닌지, 엄마와 떨어져 있는 시간 때문에 나를 원망하는 건 아닌지. 하지만 연구하는 분야에서 최고의 학자가 되고 싶었습니다. 매 순간 시간과 싸우면서 말입니다. 처음엔 오기로 시작했지만, 점점 아이들과 가족으로 향하는 공부에 빠져들었죠. 치열하게 살았습니다. 대신, 매일 저녁 내가 놓친 시간의 공백을 메우려고 노력하면서요. 무지개를 어떻게 그렸는지 이야기하는 첫째, 알아듣지 못하는 노래를 부르는 둘째, 통통한 손을 엄마에게 내밀며 옹알이만 하는 막내. 미안함을 씻어 내듯 정성스럽게 놀아 주었지요. 잠자리에서 불을 끄기 직전까지 함께 책도 읽고요. 하루가 지날 때마다 작은 의심의 속삭임을 마주했습니다. '과연 올바른 선택을 한 걸까? 내 꿈은 희생할 만한 가치가 있을까?'

첫째가 8개월 때, 어쩔 수 없이 어린이집에 보내야 하는 현실이었죠. 원장선생님은 그 마음을 알아주듯 편안하고 따뜻한 미소로 화답합니다. 보육교사도 친절했어요. 매번 온화한 미소로 아이를 맞이해 주었거든요. 그야말로 사랑스러운 곳이었습니다. 진정으로 돌봐 주고 있는 것 같았고, 그 믿음은 언제나 위안이 되었습니다. 아이에게 의미 있는 보호자였으니까요. 원장선생님의 한마디 "하늘이가 너무 빨리 자라죠!"라는 말을 듣고 순간 '뭐지? 이 말의 의미는.' 잠시 머뭇거렸죠. 아뿔싸! 내가 놓친 이정표. 손을 흔들며 웃는 아이의 아랫니가 삐져나오는 걸 발견했죠. 쏟아질 것 같은 눈물을 애써 참았습니다.

둘째와 막내도 100일이 되던 날, 어린이집에 보내야 했죠. 처음엔 첫째가 다녔던 어린이집으로 등원했는데 갑자기 사정이 생긴 겁니다. 바쁜 현실에 막막했습니다. 두 아이는 다른 어린이집으로 가야만 했거든요. 남편이 수소문해서 집과 가까운 거리에 있는 새로운 어린이집을 찾았죠. 두 아이는 차량으로 등원했습니다. 늦은 시간까지 어린이집에 있는 날도 잦았고, 그때마다 첫째는 하교 후 혼자 시간을 보내야 했습니다. 세 아이 모두 주로 양육한 사람은 어린이집 원장님과 선생님들이었습니다.

"엄마, 잠이 안 와요. 같이 자요!"

둘째가 이불을 끌고 와서는 소리칩니다. 논문에 몰두하고 있었는데 생각의 흐름을 방해한 거죠. 순간 짜증이 올라왔지만 애써 미소 지으며 아이를 따라 방으로 갔습니다. 이불을 덮어 주며 토닥토닥. 겨우 재웠더니 이번엔 첫째가 깹니다. 눈을 비비며 잠긴 목소리로 속삭입니다. 선생님이 말해 주었는데 엄마는 매우 용감하다고, 공부하면서 엄마가 되는 건 쉽지 않다고. 엄마가 자랑스럽다고 말입니다. 가슴이 벅찼습니다. 말이 필요 없었지요. 아이를 꼭 껴안아 주었습니다. 그날 이후 새로운 결심으로 연구에 전념했습니다. 그 여정은 힘들었죠. 희생과 의심의 순간들이 가득했거든요. 다행인 건 꿈의 무게가 아이들의 웃음과 사랑으로 얽혀 앞으로 나아가게 했죠. 세월은 흘렀고 헌신은 결실로 보여 주었지요. 박사학위를 받았을 때의 감격과 기쁨. 말로는 표현을 다 할 수가 없었습니다. 아이들이 가장 큰 지지자들이었죠. 모든 단계에서 응원해 주었거든요. 힘이 되었고 동기가 되었으며 가장 큰 성취였는지도 모르겠습니다. 어쩌면 사랑이 모든 걸 이겨 내게 하는 원천이랄까요. 부모 교육을 처음 하던 날이 떠오릅니다. 무대에 올랐을 때 글썽거리는 눈물을 겨우 참으며 말했습니다.

"감히, 꿈을 꾸는 모든 엄마에게 전합니다. 그 여정은 힘들 수 있습니다. 단언컨대, 사랑은 언제나 길을 밝혀 줄 것이라는 사실을 알아차리길 바랍니다."

이쯤에서 한 가지 짚고 넘어가야 할 건, 아이들에게 어린이집 선생님이 '바쁜 엄마'를 대신했다는 사실입니다. 아이들이 엄마의 빈자리를 느끼게 하고 싶진 않았죠. 결단했고 도전을 극복했으며 꿈을 찾아가는 것이 중요하다는 걸 보여 주고 싶었습니다. 그래서 나름의 원칙을 정했고 묵묵히 나아갔습니다. 아이들이 열망을 갖고 끊임없이 노력하며 야망과 목표 설정의 가치를 알았으면 좋겠다는 바람으로.

첫째, 나의 가치를 인정했습니다. 그저 개인적인 공부와 강의와 일에서 최선을 다했습니다. 크든 작든 노력은 칭찬받을 만하니까요. 내가 행하는 모든 단계에 대해 인정받을 자격이 있음을 기억합니다.

둘째, 완벽해야 한다는 마음을 내려놓았습니다. 모든 일이 계획대로 진행되지 않는 날도 있으니까요. 그래도 괜찮습니다. 통제할 수 있는 것에 집중하고, 통제할 수 없는 것은 버리면 됩니다. 가벼워지거든요.

셋째, 작은 성과도 축하해 주었습니다. 아무리 사소해 보일지라도 성취를 축하하는 시간은 중요합니다. 완료된 논문, 성공적인 강의, 함께하는 즐거운 순간은 모두 인정받을 가치가 있으니까요.

바쁜 엄마였지만 아이들을 위해 기꺼이 시간을 냈습니다. 아이들의 핵심 가치를 이해하고 그에 따라 행동하도록 돕는 건 나의 역할이었으니까요. 매일 저녁 하루 동안 있었던 일들을 나누는 시간을 가졌습니다. 대화의 중요성을 알기 때문이지요. 시시콜콜 소소한 이야기까지 들어 주었습니다. 오늘 무얼 했는지, 무얼 먹었는지, 어떤 일이 있었는지, 꿈은 무언지, 현재 어려운 점은 무언지 등등. 나 역시 제대로 놀아 주지 못하는 미안한 마음과 몸과 마음이 힘든 상황들, 그리고 해야 할 일들이 있다는 것을 숨기지 않았습니다. 서로의 상황과 감정을 이해할 수 있게요. 모든 인간은 때때로 취약할 수 있으니 도움이 필요할 땐 요청하는 것도 괜찮다고 알려 주었죠.

분명한 건, 현재의 성취와 결과가 아이들이 도와주었기 때문에 가능했다는 사실입니다. 아이들의 공로를 인정합니다. 핏덩이 아이들을 어린이집에 맡기고, 공부하고 일하는 그야말로 바쁜 엄마였습니다. 그러면서도 잃지 않았던 건 단호함, 사랑, 헌신 등의 태도였죠. 아마도 생생한 모델링이 되었다고 장담합니다. 내가 줄 수 있는 최고의 교육이라 믿으니까요. 나의 모든 선택과 행동을 열렬히 격려하면서.

2.

'착한 아이 콤플렉스'에서 벗어나기

보리수나무가 많고 해안가로 이어진 작은 마을이 내 고향입니다. 농사 짓는 아빠, 물질하는 엄마, 활기 넘치는 동네 주민들. 부모님은 동네에서 유명했습니다. 흔들리지 않는 공손함과 흠잡을 데 없는 예의, 그리고 옳은 일을 하기 위한 확고한 헌신과 나눔. 그 속에서 완벽한 울타리로 둘러싸인 삶을 살고 있다고 생각했죠. 이 울타리가 나를 조였고, 새장으로 변했다는 사실을 알기 전까지.

"그 집 딸내미는 착한 아이야!"

동네 사람들은 한결같이 말했습니다. 하지만 내 삶은 그들이 생각하는 것만큼 가볍지 않았습니다. 삶의 불협화음 속에서 무거운 짐을 짊어진 것 같았거든요. '착한 아이'라는 꼬리표는 명예의 휘장이자 족쇄였던 겁니다.

나의 모든 선택과 행동이 다른 사람들을 실망시킬지도 모른다는 두려움으로 가득했으니까요. 결과적으로 완벽함의 신기루가 나를 짓눌렀던 거죠. 겉으로 보기에는 존경심과 예의가 넘쳤으나 속으론 진정한 욕구과 열망을 억누르면서.

"삼촌! 밥 먹언?"

"감히, 삼촌한테 반말하냐? 어디서 배운 버르장머리지?"

어느 아침에 외삼촌이 집에 방문했습니다. 식사했는지 여쭈었는데 엄마 귀에 거슬렸나 봅니다. 된통 혼났죠. 그날 이후 사람들 눈치를 봅니다. 나보다 약간 나이 많은 사람과 말을 할 때면 경어체를 쓰고요. 이러한 행동이 내 성격의 표시로 인식된 겁니다. 엄마는 돌에 새겨진 규칙과 구름만큼 높은 기대치를 지닌 최고 수준의 교육자였습니다. 유독 우는 걸 싫어했어요. 좋은 감정이든 나쁜 감정이든 남들 앞에서는 눈물 한 방울도 흘려선 안 된다고 강조했거든요. 친구들 때문에 속상한 일이 있어도 감정을 억눌려야 했죠. 베개만이 증언해 준 시절이었습니다. 자라면서 보니 부모님의 신념이라는 사실을 알았습니다. 거짓말과 도둑질에 관한 한 용서할 수 없는, 인간이 보여 줄 수 있는 최악의 행동으로 간주되었거든요. 이러한 기대의 무게가 내 어깨에 올라탄 거죠.

어릴 때 위인전에 푹 빠져 살았습니다. 부모님이 원하는 모습이기에 거

역할 수 없었죠. 생각을 바꾸기로 했습니다. 내 삶과 주인공의 삶 사이의 유사점을 찾으면서. 책을 통해 천 번의 삶을 사는 것 같았지요. 감정을 자유롭게 투사했거든요. 위인들의 실수와 승리로부터 배울 수 있었죠. 물론 진정한 진화가 시작된 건 대학가서부터인 듯합니다. 조용한 반항 속에서 위안을 찾았거든요. 자취했는데 부모님으로부터 해방이자 자유의 시작이었죠. 광대한 기회와 책 이상의 교훈을 선물 받았다고나 할까요. 때때로 숨 막힐 때도 있었지만 그 누구도 따라올 수 없는 힘과 결단력이 나에게 있음을 깨달았습니다.

시간이 흘러, 집안에서는 심하게 반대했지만 결국 지금의 남편과 결혼했습니다. 새로운 장을 마주할 기회였죠. 시댁 식구들에 대한 존경과 의무에 대한 헌신으로 빛이 났습니다. 나름 이상적인 며느리였다고 확신하거든요. 부모님께 받은 유산이 '착한 아이'였으니까요. 그것이 나의 정체성을 가리게 가만두지 않았지요. 그동안의 경험과 배움을 혼합하면서 열망의 균형을 맞추어 갔죠. 얼마 지나지 않아 삐걱거리고 있음을 직감했습니다. 착한 아이 딱지를 달고 있는 한 모든 게 구속이었음을. 벗어나고 싶었습니다. 피난처가 공부였고 악착같이 매달렸지요. 오기로 시작한 공부가 확장될 때까지.

마음이 무거웠던 어느 날 우연히 '버츄 프로젝트'를 발견했습니다. 이름 자체가 희망의 속삭임이었죠. 마음 바뀌기 전에 필사적으로 등록했습니다. 프로그램 장소는 서울 여성회관. 첫 수업을 듣고 매력에 빠졌습니다. 기본과정, FT 과정, 캠프까지 참여하면서 나를 찾기 시작했죠. 그중에서 강력했던 건 '꼬리표 떼기'라는 작업이었지요. 내 안의 수많은 이야기가 올라왔거든요. 그 안에는 해방과 자유를 갈망하는 내 모습과 이야기들 그리고 영혼의 마음이 있었습니다. 서울 도심의 혼란스러운 리듬과는 극명한 대조를 이루는 고요한 순간이었지요.

대표님의 안내를 받으며 '착한 아이 콤플렉스'의 뿌리에 대해 알아차렸습니다. 기억이 떠오를 때마다 어떤 것은 즐거웠고, 많은 것은 고통스러웠습니다. 프로그램이 무르익을 무렵 '완벽한' 이미지를 유지하기 위해 진심을 무시했던 시절을 기억해 냈지요. 실현되지 않은 꿈과 표현되지 않은 감정의 무게가 무너졌습니다. 꼬리표 떼는 작업! 부여된 정체성의 층을 벗겨내는 방법을 배우는 순간이었죠. 함께 참여한 사람들과 깊은 유대감을 형성했습니다. 새로 찾은 친구들은 거울이 되었죠. 진정한 자아를 반영하는 거울. 종종 사회적 기대로 인해 가려지기도 했지만 말입니다.

변화의 순간 중 하나는 어린 나에게 편지를 쓸 때였습니다. 한 글자 한 글자마다 사랑과 이해와 용서를 쏟아부었지요. 억압된 감정과 스스로 부과한 장벽의 그물을 서서히 걷어 내면서. 프로그램이 끝날 무렵 이제 더 이상 단순한 참가자가 아니었습니다. '자기실현의 힘'에 대한 증거였죠. 진정한 힘은 '착한 아이'라는 딱지를 붙이는 게 아니라 꼬리표를 떼는 데 있다는 것을 자각했죠. 궁극에는 이 세상에 존재하는 사람들에게 정신적 동반자가 되기로 선언했습니다. 연구하고 강의하고 프로그램을 진행하면서 성장했다고 장담하거든요. 여전히 친절하고 사려 깊습니다. 이제는 부담 없이 자유롭게 마음의 리듬에 맞춰 춤을 춥니다.

삶의 여정을 되돌아보았습니다. 각각의 도전들과 흘렸던 눈물, 그리고 일상의 모든 경험은 아마도 내가 세상에 기여 하고자 하는 마음이었습니다. 고향 사람들은 나를 예의 바르고 착한 소녀로 기억할 수도 있습니다. 괜찮습니다. 가치와 힘을 알았으니 어떻게 보든 보이든 중요하지 않거든요. '착한 아이'라는 꼬리표 떼는 공부를 통해 '참된 나'를 찾았으니까요. 성장을 넘어 진화한 거나 다름없습니다. 이제는 스스로 정한 울타리를 뛰어넘어봅니다. 누군가에게 등대가 되길 바라는 마음으로.

기대로 가득 찬 세상입니다. 그 기대가 진실을 가리기도 하죠. 사회적 정의에 휘둘리는 겁니다. 다른 사람의 칭찬과 인정으로 좌지우지되는 경우도 종종 있습니다. 나의 가치는 누군가가 결정하는 게 아니라 내가 부여하는 겁니다. 외부에서 부여된 기준을 따르는 건 아마도 꼬리표에 갇혀 사는 게 아닌지. 겉보기에 긍정적인 꼬리표라 할지라도 그 안에 가두는 겁니다. 사람들의 말과 행동에 집중하면 내면의 목소리를 듣지 못하죠. 잠시 시간을 내어 성찰하는 시간을 가집니다. 내면으로 깊이 빠져들 때 오롯이 나를 만날 수 있습니다. 물론 완벽한 사람은 없습니다. 살면서 실수하기도

하고 실패를 경험하기도 하죠. 약점도 가지고 있고요. 인간 경험의 필수적인 부분입니다. 그걸 부끄러워하기보다는 성장의 기회로 받아들입니다. 꼬리표나 낙인이 아니라 나만의 가치로 재정의합니다. '열정이자 꿈이며 사랑이었다.'라고. 내가 진정 누구인지에 대해 걸러지지 않은 상태, 즉 있는 그대로의 날것의 나로부터 본질을 찾을 수 있으니까요.

3.

마루타와 밥상머리 교육

현명한 엄마가 되는 게 나의 역할이라 여긴 적 있습니다. 아이 셋을 키우며 하는 공부는 늘 배움의 연속이었죠. 단순한 지식 습득을 넘어 삶에 대한 다양한 시각과 방향성을 제시해 주었거든요. 그 과정에서 느낀 행복은 아이들의 변화와 성장으로 이어졌다는 사실입니다. 그저 오기로 시작했던 공부가 결국 나에게는 가장 값진 보물이 되었죠. 교육법과 상담 스킬들, 그리고 유머의 조합은 아이들에게 고스란히 전해졌으니까요.

첫째는 호기심 많은 아이입니다. 유머를 통해 그녀의 호기심을 더욱 부추겼지요. 학습의 깊이를 더욱 깊게 가져갈 수 있도록 돕고 싶었죠. 둘째는 조용했어요. 아토피가 심해서 그런지 조금은 까다로운 아이였지요. 생각을 표현하는 걸 어려워했는데, 역시나 유머가 한몫했죠. 셋째는 잘 웃습니다. 무엇보다도 웃음을 사랑했죠. 막내를 통해 유머의 힘을 체험했답니다.

강의를 듣거나 대화할 때 재미있는 사례와 유머를 들으면 그대로 메모합니다. 어떨 땐 알아보지 못한 글자도 많지만, 집에 돌아오면 어김없이 아이들에게 적용해 보았죠. 매번 아이들의 반응을 관찰하면서. 이후 강의에 반영하는 과정에서 큰 통찰을 얻습니다. 아이들은 기꺼이 나의 '마루타'가 되어 주었죠. 나에게 실험 대상이 된 거지요. 공부한 것들을 인용해 보는 건 절대 해로운 것이 아닙니다. 어쩌면 나와 아이들 간에 소통하는 다리가 되죠. 열심히 준비하고 연습해서 말하면 엄마는 '허당'이라며 너스레를 떨기도 합니다. 그래도 괜찮습니다. 연습 시간과 경험은 수강생들의 학습 효과를 높일 수 있는 방편 중 하나였으니까요. 회를 거듭할수록 아이들의 반응도 뜨거웠습니다. 심지어 '이렇게 해 보면 어때?'라며 엄마를 코칭해 주기도 합니다.

바쁜 아침. 식사 준비하며 '멍' 때리는 나를 발견하곤 하죠. 다음 주 있을 강의 준비를 제대로 마치려면 어떻게 접근할지 고민 중이었죠. 정신 차리니 아침 식사가 끝나갑니다. 급하게 오늘의 주제를 선언했습니다. '시간'에 대한 이야기를 나눌 거라고.

"시간이라면…… 아! 초시계! 음, 달걀을 삶는 데 얼마나 걸리는지 시간을 재보고 싶어!"

"엄마, 나는 일기 쓰는 데 걸리는 시간을 잴래. 그 시간 동안 내가 얼마나 많은 생각을 할 수 있는지 알아보고 싶어!"

"엄마, 나는 숨을 쉬는 시간을 세 보고 싶어."

첫째는 스톱워치를, 둘째는 일기장을 가져옵니다. 반면, 셋째는 아무런 도구가 없었지요. 간단한 발언엔 아이들의 깊은 호기심이 숨어 있습니다. 이제 식탁에서 '시간' 실험이 시작됩니다. 첫째는 달걀을 삶으면서 시간을 잽니다. 둘째는 감사 일기를 쓰며 그 속의 시간의 깊이를 탐험합니다. 막내는 숨을 깊게 들이쉬고 내쉬며 그 안에서 느껴지는 시간의 흐름을 체험합니다. 다 끝나고 나서 '결과'를 들을 수 있었지요.

"달걀을 완벽하게 삶는 데 10분 32초가 걸렸어!"

"나는 감사 일기 쓰는 데 15분 걸렸어. 일기 쓰는 동안, 50가지나 생각했어."

"난 1분 동안 열다섯 번 숨을 쉬었어."

아이들의 실험과 발견은 나에게 새로운 영감을 주었지요. 단언컨대, 아이들은 나의 최고의 선생님이자, 최고의 연구 파트너입니다. 그들의 호기심, 실험, 웃음, 반응…. 식탁에서의 모든 순간은 충분히 의미 있고 가치 있는 시간이었죠.

함께 밥을 먹으면서 자연스럽게 학습의 장이 펼쳐집니다. 식탁에서 대화하며 아이들의 반응과 피드백을 관찰하죠. 그동안 공부해 왔던 지식과 경험을 적용하는 시간이거든요. 개인적으론 교수법을 수정하고 성장하는 데 도움 되었습니다. 특히 상담하거나 소논문을 쓰는 데 다양한 아이디어를 얻을 수 있었지요. 마음이 힘들어 시작한 공부가 내 인생에 큰 변화를 가져다준 결과죠. '밥상머리 교육'의 탁월한 이점이랄까요. 함께한 시간을 되돌아보니 파노라마처럼 펼쳐집니다. 이 얼마나 경이로운지!

밥상머리 교육의 본질은 여기에 있습니다. '마루타'인 아이들에게 지식과 경험을 전하면서 내가 더 배우고 성장한다는 사실! 즉, 연구하고 공부하면서 배우는 것보다 더 많은 깨달음과 기쁨을 선물 받았다는 거죠. 그래요. 주변에는 항상 배울 수 있는 순간과 기회가 가득합니다. 교실이나 현대의 교육 시스템만이 지식을 전달하는 수단은 아닙니다. 아이들뿐만 아니라 세상에 존재하는 모든 것들로부터 배울 수 있지요.

무엇보다 중요한 건, 어디서든 호기심을 일으키는 질문을 할 수 있고 다양한 활동을 하면서도 교육은 가능하다는 사실입니다. 그저 아이들이 보이는 자연스러운 반응과 흥미를 존중하기만 하면 됩니다. 세 아이가 보여준 것처럼 그들은 각자의 방식으로 세상을 탐험하고 있으니까요. 난 단지 아이들의 가이드이자, 동반자이며, 조력자일 뿐. 그 여정에 함께할 수 있는 것만으로 축복입니다. 새로운 가능성을 발견할 기회지요. 이제 해야 할 건 간단합니다. '일상의 모든 순간이 교육의 기회가 될 수 있다.'라는 것을 잊지 않는 거죠. 아이들의 호기심과 질문에 온전히 귀를 기울입니다. 밥상머리 교육은 그저 시작일 뿐이니까요.

4.

미국 의과대 다니는 첫째

"하늘아, 네 엄마는 천사 같아!"

"화내지도 않고, 수업도 재밌어. 우리 엄마였으면 좋겠어!"

첫째의 표정이 스칩니다. 나중에 치과의사가 될 거라며 반짝거리는 눈으로 신나게 꿈을 이야기했었는데, 언제부턴가 꿈에 대해 말하지 않습니다. 아마도 초등학교 6학년 때, 아이 학교에 인성 교육 강사로 나간 후부터인 듯합니다. 또 이전에는 동생들과 장난하며 놀아 주곤 했는데 중학교 진학 후 친구들과 어울리는 시간이 늘었습니다.

첫째에게 동생들을 부탁하고 급하게 집을 나선 어느 날. 밤 10시가 넘도록 아이의 흔적은 어디에도 없었지요. 전화했더니 친구들과 밖에서 놀고 있습니다. 전화기 너머로 당황하는 목소리와 약간의 반항이 섞여 있음이 느껴졌죠. 한참 후 귀가한 아이를 혼냈는데 예상보다 반발이 심합니다. 급기야는 자기도 친구들과 재미있게 놀고 싶은데 맨날 동생들 돌보라고 한다며 소리치고 짜증 냅니다. 이어서 어깨를 들썩이며 꺼이꺼이 서럽게 웁니다. 속상하더군요. 자기만의 시간을 만끽하고 싶은 아이에게 바쁘다는 핑계로 동생들을 부탁했으니까요. 그때 깨달았습니다. 아이의 성장, 그것은 부모의 통제를 벗어나려는 자연스러운 과정임을. 잠시 후 차분해진 아이에게 단호하게 말했죠. 충분히 너의 감정을 이해한다고. 하지만 말도 없이 동생들만 내버려둔 건 잘못된 행동이었다고.

중2, 급기야는 가출. 기껏해야 하룻밤을 못 넘겼지만, 특단의 조치가 필요했습니다. 남편에게도 선언했죠. '아이들 교육은 나에게 맡기라.'고. 큰 도전이었으며 힘든 시간이었습니다. 아이들의 자립을 위해 필요한 과정일지 모른다 생각했거든요. 어쨌든 아이의 반항을 혐오하거나 제재하려던 건 아니었습니다. 아이들의 감정과 생각을 이해하고 그것을 받아들이며 함께 성장하려고 했을 뿐입니다.

"미안해. 엄마가 잘못했어."
아이 앞에 무릎을 꿇었습니다. 심상치 않음을 느낌으로 알았는지 아이는 자기가 잘못했다고 말합니다. 약간의 침묵이 흐른 후 껴안고 꺼이꺼이. 그야말로 눈물바다였죠. 그 일 이후 아이에게 선언했습니다. 이제부터 공부 안 해도 되는데, 대신에 책을 읽자고. 책만 읽자고! 이렇게 시작된 독서 프로젝트.

목표는 1년간 천 권, 한 달에 백 권 읽기. 그러려면 일주일에 스물다섯 권, 하루 평균 서너 권을 읽어야 합니다. 가혹하다 해도 상관없습니다. 수업시간에도 쉬는 시간에도 점심시간에도 책 읽기! 책력을 기르기 위해 처음 백 권은 쉬운 책으로 골랐습니다. 약속했으니 아이를 믿었습니다. 대박이었죠. 그걸 해내다니요. 3개월간 삼백 권을 읽었고 계속해서 오백 권을 읽는 동안 변화가 생겼습니다. 2시간이면 책 한 권을 다 읽는 겁니다. 그후로 다른 미션을 제시했죠. '서평 쓰는 법'을 알려 주었고, 독서 노트를 쓰게 했습니다. 처음에는 간단하게 써도 좋다며 독려했죠. 칠백 권 정도 읽었을 때 다시 요청합니다. 나중에 '서평집'을 내 줄 테니 백 권의 책을 선정해서 서평을 제대로 한번 써 보라고. 역시나 오케이! 학년이 끝나갈 즈음 책 천 권 다 읽었고 백 개의 서평을 썼습니다. 결국, 해냈습니다.

여기서 끝이 아니었죠. 중3이 되면서, 동양고전 열 권을 선정해서 읽게 했습니다. 그냥 읽는 것에만 그치지 않도록 한 권을 최소 열 번씩 읽게 했습니다. 1년간의 미션도 클리어. 그리고 고1, 아이가 달라졌습니다. 공부하고 싶다고 하더라고요. 독하게 마음먹은 나는 '공부는 알아서 하시고!'라는 생각으로 또다시 미션을 들이밀었죠. 이번에는 서양 고전 열 권! 아, 그런데 말이죠. 자기가 읽고 싶은 책을 스스로 선정하겠다는 거예요. 물론 오케이였습니다. 내가 다섯 권, 아이가 다섯 권을 선정했습니다. 그렇게 고등학교 1학년도 서서히 저물었습니다. 내가 생각했던 독서 프로젝트, 미션 클리어.

언제부턴가 학교 일에 적극적인 아이는 인기가 많습니다. 학급 반장을 하고 동아리 단장을 맡았습니다. 수업 시간은 물론 학교 토론대회에서 '논리적으로 상대를 압도했다.'라고 의기양양하게 말합니다. 어떻게 그럴 수 있었는지 물었더니 읽었던 책 속의 문구를 종종 활용하는 자신을 발견했답니다. 놀랍기도 하고 뿌듯하다고 덧붙입니다. 내 딸이지만 멋집니다. 공부도 알아서 하고 진로도 고민을 합니다. 기다리기는 일등이니까 아이 선택에 맡기고 오롯이 존중해 줄 뿐이었죠. 엄마지만, 어떤 날은 상담쌤으로, 어떤 날은 친구로, 어떤 날은 애교 많은 동생으로, 그리고 침묵의 동반자로.

현재 아이는 미국 KU(켄자스 대학)에서 의과대 과정을 밟고 있습니다. 고등학교 2학년 마칠 때쯤, 교환학생으로 미국에 갔죠. 처음 알칸사에 갔을 땐 먹먹했습니다. 핸드폰 없이 딸랑 노트북 하나만 사주고서 그곳에 보냈거든요. 연락이 어려웠습니다. 마음이 쓰렸지만 믿고 기다렸죠. 3개월 만에 영어를 '마스터'했더군요. 과정을 들어 보니 살아남으려고 열나게 공부했다는 겁니다. 얼마나 대견한지요. 학원 다닌 적 없습니다. 팝송을 좋아하다 보니 듣기는 어느 정도 가능했기에 그거 하나 믿은 거죠. 근자에 와서 아이가 말하더군요. 힘들어 포기하고 싶을 때마다 버틸 수 있었던 동기는 '독서'였다고. 가슴 속 저 끝에서 탄성이 나왔습니다. 무모하다 할지 모르지만 신선한 도전이었거든요. 우리 관계를 더욱 깊게 만들어 주었다고 확신합니다.

반항의 시절을 함께 극복해 나가야 합니다. 특히, 청소년기의 반항은 피할 수 없는 자연스러운 과정입니다. 사랑과 이해가 필요한 시간이죠. 아이에게 줄 수 있는 사랑은 변화를 받아들이며 함께 성장하는 거였습니다. 그것은 둘째와 셋째에게도 똑같이 적용했죠. 아이의 반응 뒤에 숨겨진 감정과 생각을 알아차립니다. 반항하면 혼내거나 제재하는 대신 그 뒤에 숨겨진 원인을 찾아내고 이해하려 합니다. 갈등의 순간들은 서로에게 성장의 기회니까요. 게다가, 깊이 있는 대화와 소통은 오해를 줄여 주고 서로를 더 잘 이해하는 데 도움 되는 건 분명한 사실이죠. 아이의 성장과 변화를 받아들이고 이를 이해하여 함께 성장하는 것! 이것이 부모로서 가져야 하는 태도와 마음가짐이 아닐까요.

5.

매년 반장 하는 둘째

세상은 언제나 예측할 수 없습니다. 둘째가 4학년 때, 전학을 왔죠. 새로운 환경과 새로운 친구들…. 처음 등교했을 때부터 적응에 어려워했습니다. 거의 한 달이었죠. 아기 때부터 힘들게 했던 아토피까지 시작된 겁니다. 더 심해질까 봐, 상처받을까 봐 혼내기를 주저했지요. 할 수 있는 건 아무것도 없었습니다. 그저 아픔을 달래 주기 위해 최선을 다할 뿐.

아침에 눈을 뜨면 눈치를 봅니다. 눈은 충혈되었고 눈가엔 다크서클이 진합니다. 톡! 건드리기만 해도 눈물이 떨어질 것만 같았지요. 애써 외면하며 아침밥을 먹습니다. 자연스럽게 가방을 들고 현관문을 나서려는 순간 침묵 속에 눈물을 터트립니다. 아무 말 없이 우는 아이를 살피니 피부는 붉게 염증이 나 있었고요. 심지어 얼굴에는 불안과 공포가 가득합니다.

조용히 안아 주고 한 호흡, 두 호흡, 세 호흡. 겨우 달래고는 손을 잡고 학교까지 같이 갔죠. 정문 앞에서 또다시 멈칫하는 아이에게 사랑의 눈빛을 보냅니다. 마지못해 실내화로 갈아신고 건물 안으로 들어섰습니다. 교실에 다가갈수록 잡은 손에 점점 힘이 들어갑니다. 5분 정도 고요히 아이의 반응을 살폈습니다. 괜찮은 듯하여 교실 문을 열고 들여보내고는, 잠시 숨 돌리고 뒤돌아섰지요. 순간, 울면서 교실 밖으로 뛰쳐나오는 아이. 교실의 새로운 친구들을 마주하는 게 어려웠나 봅니다. 여러 날을 반복했지요. 점점 지쳐 갈 무렵 더 이상 교실에서 뛰쳐나오지 않더군요. 여러 번 시도하면서 둘째는 나름의 작은 성장을 한 겁니다. 변화의 시작점을 스스로 찾은 것 같아 안심했습니다.

저녁을 먹거나 식사를 마친 후 아이들과 대화합니다. 오늘은 어떤 책을 읽었는지, 그 책을 통해 어떤 배움이 있었는지 등 서평 쓴 걸 발표한 후, 질문하고 답하며 느낌을 공유하죠. 아이들이 기다리는 시간이기도 합니다. 바쁘다는 핑계로 아이들을 독립적으로 키운다는 명분이었죠. 둘째는 방과 후에 두 살 어린 동생을 챙겨서 곧바로 집으로 옵니다. 학원에 다니지 않았거든요. 귀가하면 책 먼저 읽습니다. 이후엔 뭐가 됐든 원하는 걸하며 시간을 보내도 된다고 약속했으니까요. 동생들이 놀고 있으면 첫째가 하교했고, 이제부터 본격적으로 독서를 합니다. 스스로 선택한 두 권의 책을 먼저 읽고 '따따하 131'이라는 템플릿에 맞게 서평을 씁니다. 그러고 나서 『명심보감』을 큰소리로 낭독한 후, 일정 부분 필사합니다. 스스로 고른 서평 노트를 나름대로 꾸미기도 했더군요. 책 안에 담긴 이야기와 지식, 마음을 울리는 한 줄, 그리고 간단한 서평까지. 이것이 둘째의 루틴이었죠. 끝나면 자유 시간입니다.

시간이 지날수록 둘째는 단단해지고 있었습니다. 사고력도 차츰 확장되었고요. 무엇이든지 받아들이고 소화해 낼 수 있는 놀라운 흡수력을 가진 아이였죠. 독서를 통해 다양한 이야기와 인물들이 아이의 무한한 가능성을 열어 주었다고 확신합니다. 자신도 모르는 사이 책 속 주인공들처럼 용기를 냈고 나름 강해진 겁니다. 그렇습니다. 강하다는 사실을 잊고 있었습니다. 어릴 때부터 해 오던 독서와 필사의 힘이요. 아이는 다시 일어났습니다. 나중에 들은 얘기지만, 책 읽고 필사하고 낭독한 게 자신을 성장시키는 데 도움 되었다고 하더군요. 글자와 문장이 주는 위안과 지혜, 그걸 안고 일어선 용기가 대견합니다. 다양한 단어를 활용해 말로 표현하는 어휘력도 성장했죠. 시의적절한 단어를 선택하여 대화를 나눌 수 있으니 감사할 뿐이죠. 동화책, 과학책, 역사책, 그리고 위인전 등 다양한 장르의 독서가 아이의 성장을 도운 겁니다. 관점을 변화시키고 생각을 깊게 만들고 무한한 상상력까지. 시간이 지날수록 좋아하는 책의 장르도 생겼습니다. 책을 향한 특별한 애정이 보여 뿌듯합니다.

잠자기 전 하루 동안 감사했던 일 3가지를 노트에 쓰도록 했습니다. 어떤 것도 무방하다고 알려 주었죠. 학교에서, 길거리에서, 책에서 배운 지혜와 감동을 담으면 된다고. 어느 날 둘째가 진지하게 말을 합니다. 감사일기를 쓰니 하루가 예쁘게 마무리된다고. 아이의 마음에 풍요롭고 아름다운 세계가 자리 잡고 있다는 걸 상상하니 입꼬리가 올라갑니다.

"저를 반장으로 뽑아 주신다면 첫째, 우리 반을 책 좋아하는 반으로 만들겠습니다. 둘째, 친구들을 배려하고 협동하는 반으로 만들겠습니다. 셋째, 긍정적이고 예의가 일등인 반으로 만들겠습니다."

반장 선거 예행연습. 피켓을 들고 또박또박 공략을 선언합니다. 반장으로서 모두의 친구가 되려고 노력하고 다른 아이들에게도 본인이 느꼈던 책의 행복을 전해 주고 싶다고 하더군요. 마르고 여린 몸으로 웅변하듯이 힘 있게 발언하는 모습이 대견합니다. 그저 지켜보고 응원할 뿐입니다.

매년 반장을 하고 있습니다. 둘째의 리더십은 책에서 배운 것과 현실 세계의 경험을 융합시킨 듯합니다. 여기가 끝이 아니며 이야기는 계속되겠지요. 여전히 책과 함께 성장하고 있습니다. 목적지를 정하지 않고 떠나는 여행처럼. 어떤 미래가 펼쳐질지 궁금합니다. 또, 둘째만의 이야기가 기대됩니다.

아이가 힘들고 어려워할 때 기다려 주었습니다. 편안한 존재이자 방패

막이 될 수 있도록 배려도 했습니다. 변화와 적응의 과정을 지켜보며 지지해 주고 기다리는 게 전부였죠. 아이들은 어려움 속에서도 자신만의 페이스로 성장할 수 있는 잠재력과 가능성이 있으니까요. 나름의 교육관이 아이의 성장에 도움이 되었지요. 이를테면, 감성 지능, 사고력, 상상력 등을 키워 주려고 노력했습니다. 아울러 독서의 중요성을 빼놓을 순 없겠네요. 책은 새로운 관점을 얻을 수 있는 강력한 도구입니다.

아이들의 무한한 성장이 기대되나요? 먼저 '책 읽는 엄마'가 되어 봅니다. 나도 모르게 아이는 따라 할 것이고, 엄마의 모습을 보며 어느새 '책 읽는 아이'가 되어 있을 테니까요. 그렇습니다. 독서 습관을 장착시키는 건 부모의 몫입니다. 아이들은 자신의 시선과 색깔로 세상을 이해하죠. 우리가 예상하는 것보다 훨씬 강합니다. 회복력도 있고요. 자신만의 방식으로 세상을 탐험하고 스스로 필요한 능력을 개발하지요. 성장하면서 겪는 변화와 도전, 감정과 경험을 이해하고 존중해 주기만 하면 됩니다. 모든 가능성을 열어 두고서.

6.

과묵하지만
카리스마 넘치는 막내

띵동! 스마트폰 알림이 울립니다. 열었더니 링크가 하나 왔습니다. 발신자는 막내아들. 말로 해도 될 거를 딸랑 카톡으로 책을 주문해 달라고 합니다. 평소 독서를 신봉하기에 기꺼이 오케이! 노크하고 들어온 아이의 눈빛이 유난히 반짝거립니다. 기대감과 호기심에 그렇게 보였을 수도 있겠지만. 아이도 알고 있겠지요. 세상을 이해하는 방법이나 자신을 성장시키는 방법이 바로 독서라는 것을.

막내아들. 아마도 세상에서 가장 카리스마 넘치는 고딩입니다. 막내가 침묵하는 건 단순히 말이 없는 게 아니라고 여겼습니다. 한창 성장하는 숲속의 나무처럼 깊습니다. 한마디를 해도 임팩트 있고 힘이 있거든요. 일어나면 아이 나름대로 집중의 시간을 가집니다. 아파트 7층에서 창밖의 자연을 바라보며 숨을 깊게 들이쉬고 내쉽니다. 입꼬리가 살짝 올라간 아이의 미소를 보면 이유 없이 편안해집니다. 먹구름 걷히듯 통증이 사라지죠. 순간의 걱정과 스트레스를 녹여 버리는 마법의 미소랄까요. 무엇보다도 아이의 눈빛은 나를 흐뭇하게 합니다. 그 속에는 유치원 시절에 빛나던 상상을 초월하는 호기심과 개구쟁이의 활력, 미래에 대한 무한한 가능성이 여전히 녹아 있거든요. 아이는 분명 자신을 향해 걷고 있습니다. 그 길 위에서도 끊임없이 배우고 성장하고 있음을 안다면 오산일까요. 그럼에도, 엄마니까 가능한 일이라고 단언합니다.

　말을 많이 하지 않습니다. 그래도 친구들이 따른다고 합니다. 과묵하지만 어떤 녀석이고 얼마나 특별한 존재인지를 느끼는 거겠지요. 적어도 저는 압니다. 침묵 안에 거대한 강이 흐르고 그 강물이 아이에게 이야기한다는 것을. 아마도 그건 사랑과 자부심 그리고 끝없는 가능성의 언어라는 것도요. 아이는 침묵의 힘으로 친구들에게 용기와 힘을 주는 리더인 모양입니다. 사실 말수가 적어서 걱정했거든요. '엄마, 축구하러 다녀올게요. 편의점 갔다 올게요. 다녀왔습니다.' 짧지만, 매번 말하고 외출합니다. 언젠가 말하더군요. 『사자소학』에서 '밖에 나갈 때는 반드시 알리고, 들어오면 반드시 뵈어라. 출필고지(出必告之), 반필면지(反必面之)'라고. 외출할 때는 반드시 부모님께 말하고 나가고, 들어와서도 인사를 하는 게 예의라고요.

막내 방 책꽂이에는 그가 애장하는 『사자소학』 책이 여러 권 있습니다. 여섯 살 때부터 이 책을 읽었죠. 처음에는 글자 공부할 요량으로 그대로 베껴 쓰게 했습니다. 반복하면서 의미 있는 문장들 사이에서 지혜를 찾기를 바랐지요. 의도한 대로였습니다. 내가 선택한 교육 방법이었으니까요. '필사하기!' 아이에게 단순히 글자를 옮기는 것만을 의미하는 게 아니었습니다. 그 글자들이 담고 있는 의미와 지혜를 천천히 자기 것으로 체화하는 중요한 시간이었죠. 그 후로 쭉 4학년 때까지 열 번의 필사를 했습니다. 글자들을 한 줄 한 줄 옮기는 시간을 좋아한 건 분명했지요. 미소 띤 얼굴로 필사하고 있는 모습을 여러 번 보았거든요. 종이 한 장 한 장을 정성스럽게 넘기기도 하였고요. 책의 글자들을 집중해서 훑고 있는 모습도 보았습니다. 필사의 마법에 완전히 빠져 버린 것 같았죠. 쓰는 재미를 극대화하기 위해 가끔 이벤트도 열었습니다. 일단은 생각나는 거 한 문장 말해 보게 했죠. 순간적으로 질문했을 때 답하면 작은 선물도 주면서.

방과 후 다른 아이들은 무리 지어 학원으로 갑니다. 하지만 막내는 그들과는 조금 다른 길을 걷습니다. 사람들이 붐비는 길에서 벗어나 한적한 길을 따라 집으로 옵니다. 누나와 함께 오는 날도 있습니다. 집에 도착하자마자 방으로 들어갑니다. 방문을 닫으면 그곳은 세상과는 동떨어진 특별한 공간이니까요. 그 공간 속에서 아이는 자기만의 방식으로 세상을 이해하고 학습하겠죠. 누나들처럼 '책을 두 권 읽고 서평 쓰기'가 막내의 루틴입니다. 서평을 쓰면서 생각을 정리하고 통찰력이 깊어지면 좋겠다고 생각했습니다. 자기가 직접 골라서 사 온 노트에 마음껏 쓰도록 지지했지요. 너무 어려우면 중도에 포기할까 봐 쉽게 쓸 수 있도록 방법도 알려 주었습니다. 책 제목, 내 마음에 드는 문장, 내 느낌을 씁니다. 처음에는 같은 책을 여러 번 읽더라고요. 짧은 서평도 예상했던 대로였고요. 마음을 울리는 문장도 반복해서 쓰는 날이 많았죠. 그럴 수도 있겠다며 기다렸습니다. 시간이 흐르면서 다양한 책을 읽기 시작합니다. 서평의 내용도 풍성해지고요. 생각과 느낌 그리고 그 책에서 얻은 교훈도 적습니다. 놀이로 시작한 독서와 서평 쓰기를 통해 점점 문해력과 사고력이 확장되고 있음을 알았습니다. 대화할 때 쓰는 말이 달라지고 풍성해졌거든요.

감사 노트도 오랫동안 써 왔습니다. 하루 동안 일어난 일들, 만나는 사람들, 주어진 소중한 것들을 쓰게 했지요. 처음에는 단순하게 반복되는 감사 인사 정도였습니다. 조금 어색하고 낯설었던 활동이지만 점차 그 특별함과 중요성을 느낀 듯했어요. 학교에서 친구가 과자를 나눠 준 것, 선생님께서 칭찬해 준 것, 엄마가 만들어 준 맛있는 저녁 식사…. 그리고 그런 작은 일상 속에서 찾아낸 행복들이 노트에 하나둘씩 쌓여 갔습니다. 시간이 지날수록 사람을 넘어 자연과 우주 등 실체가 없는 것까지도 노트에 적었습니다. 더 이상 초등학생 꼬마 아이가 아니었습니다. 자신의 주변에서 일어나는 작은 것들에 대해 더 깊게 생각하고 그것들에 대해 감사하고 있었습니다. 감사 일기를 통해 아이가 어떻게 변화하고 성장했는지 보게 됩니다. 때로는 아이로부터 배울 때도 있거든요.

한번은, 감사 노트를 쓰며 어떤 점이 좋았는지 물었습니다. 처음에는 좀 어려웠는데 이제는 괜찮아졌고 주변에 감사할 일들이 얼마나 많은지 알게 됐답니다. 앞으로는 더 나은 일을 하고 싶다고도 하고요. 미소가 절로 나왔습니다. 감사 노트가 막내에게 긍정적인 영향을 미쳤음을 확인할 수 있었으니까요. 우리는 알고 있습니다. 작은 감사의 행위가 어떻게 큰 변화와 성장을 가져올 수 있는지. 지면을 빌어 막내에게 전합니다. 이만하면 잘하고 있다고. 네 마음이 더욱 넓어지고, 더 많은 것들을 알아 가고 있는 거라고. 아이가 느낀 그 감사의 마음이 자신을 더 행복하게 만들어 주겠지요. 오랫동안 이런 좋은 습관을 계속 유지하면 좋겠습니다.

과묵한 아들. 여전히 책 읽고 서평 씁니다. 최근에는 필사 대신 낭독으로 바꿨지요. 끝없이 모험하며 살고 있습니다. 그 모험을 통해 아름다운 인간으로 성장하길 기대합니다. 이제 막내는 가족회의 때 자주 대화의 중심에 서곤 합니다. 독서의 힘이겠지요. 단순히 글자만 읽는 행위를 넘어 시선을 넓혀 주었으리라 믿습니다. 새로운 아이디어를 떠올리게 했고, 무엇보다 아이의 마음과 영혼에 깊은 통찰력과 지혜를 선물했지요. 가끔 직면하는 어려운 순간에 책은 길을 안내해 줍니다. 거기다 필사하고 서평을 쓰는 건 아이의 지식 창고에 쌓아 둔 또 하나의 보물이 되겠지요.

책은 모두에게 열려 있는 문입니다. 그 문을 통해 새로운 세상을 경험하고 생각과 시각을 넓힐 수 있습니다. 과묵하지만 따뜻한 리더십은 큰 신뢰감을 줍니다. 왜냐고요? 책에서 얻은 지혜와 교훈이 아이 스스로가 특별한 존재라는 사실을 깨닫게 했으니까요. 그 작은 몸에서 놀라운 변화와 성장을 이뤄내고 있다는 사실이 자랑스럽습니다. 말없이 조용히 그리고 묵묵히 주어진 일을 스스로 해내는 아들이 멋집니다.

7.

링 위에서 마음 푸는 아이들

첫째가 둘째를 다그칩니다. 자기 의견을 묻지 않고 먼저 행동한다는 거죠. 그 말에 질세라 둘째는 씩씩거리며 대꾸합니다. 가끔 머뭇거리는 게 싫어서 빠른 결정을 내리려고 했다고. 지켜보는 내내 머리채라도 잡을까 봐 마음 쓰였습니다. 그런데 아이들은 이런 식으론 결론이 나오지 않을 것 같다며 합기도장으로 향합니다. 대련하려는 거죠. 적어도 링 위에선 서로의 감정을 솔직하게 표현할 수 있다고 말하더군요. 최대한 각자의 주장을 이해하려고 노력한다고. 대련 중에도 서로의 감정을 존중하며 상대가 어떤 마음인지 헤아리는 것 같았습니다.

"넌 항상 이렇게 무모하게 행동해! (발차기하려다 멈추며) 그래도 그런 모습이 때로는 부러워."

"나는 나대로 생각하는 거야. 언니도 알잖아, 난 그냥 무언가를 빨리 해결하기를 바라는 성격인 거. (눈빛이 부드러워지며) 하지만 언니 말도 잘 들어야겠지. 다음부터는 더 고려해 볼게."

먼저 공격한 첫째가 말하고 나면, 둘째가 방어하며 말합니다. 아이들의 우애는 항상 평온하기만 한 건 아닙니다. 때로는 감정이 격해지기도 하죠. 서로의 마음이 충돌하기도 하고요. 그럴 때마다 링 위로 올라갑니다. 그곳에서 각자의 마음을 분명하게 표현하며 서로의 마음을 이해하려 노력하는 거겠죠. 관계를 회복할 기회라고 여겼으니까요. 그녀들의 우정이 끈끈해진 건 자명합니다. 대련이 끝나면 자매로서 서로 안아 줍니다. 집으로 돌아온 아이들의 표정을 보면 우애가 더욱 깊어졌음을 느낄 수 있습니다. 각자 차이점을 받아들이며 자신만의 방식으로 사랑을 표현하는 거죠. 시간이 지남에 따라 더욱 단단해진 듯합니다. 아이들은 자신의 마음을 서로에게 열어 주며 함께 성장합니다. 나아가 고민과 두려움 그리고 꿈을 함께 나누기도 하고요. 링 위에서 마음을 표현하고 존중하는 모습이 예쁩니다.

일산으로 이사 오면서 고민했습니다. 어떻게 하면 세 아이가 서로를 아끼고 사랑하며 친밀하게 성장할지를. 엄마라는 존재는 그간의 공부와 노력으로 보여 주고 있다고 믿었지요. 아이 셋의 우정이 돈독할 수 있으면 바랄 게 없거든요. 그래서 선택한 게 운동. 학원엘 다녀 본 적 없기에 처음엔 어찌해야 할지 난감했죠. 이곳저곳 방문해서 알아보고 상담했고, 최종 선택은 합기도였습니다. 세 아이의 나이가 다르지만 같은 시간에 운동하는 조건으로 등록했습니다. 그곳에선 특공무술과 호신술도 배우죠. 아이들에게 도움이 되리라 확신했습니다. 아파트 근처 작은 합기도장에서, 그들은 저녁에 같이 운동하며 땀을 흘립니다. 도장은 아이들에게 단순히 무술만 배우는 곳이 아니었습니다. 그곳은 서로의 꿈과 우정, 도전과 두려움, 그리고 사랑을 만날 수 있는 특별한 장소였지요.

묵직한 킥을 날리며 첫째가 묻습니다. 주말에 영화 보러 갈지, 놀이동산에 갈지. 둘째는 "둘 다 오케이!"라고 말하고는 막내에게 의견을 묻습니다. 진지하게 생각하던 막내는 "링 위에서 시합으로 결정하자."라고 답합니다. 누나들과 운동하는 게 재미있나 봅니다. 세 아이는 이런 식으로 소소하게 선택할 수 있는 일부터 큰일까지 대련을 통해 결정합니다. 일종의 전통이 되었지요. 그날도 예외는 아니었습니다. 일단 몸풀기로 땀을 흘리고 서로를 마주 봅니다. 그들의 눈에는 진지함이 빛났으며, 동시에 서로를 존경하고 사랑하는 눈빛도 느껴집니다. 이어지는 시합은 역동적이었죠. 서로의 기술과 신체를 최대한 활용하여 이기려고 안간힘을 쓰거든요. 중간중간에 웃음이 터지기도 하면서. 둘째가 먼저 막내를 향해 점프하며 말합니다. "놀이동산 가는 것보다 영화 보는 걸 더 좋아하니 이번 주말은 영화를 볼 거야."라며 약 올립니다. 막내는 아니라고, 놀이동산이 더 재미있을 것 같다며 그저 웃습니다. 시합이 끝나 링 밖으로 나옵니다. 아이들은 서로에게 미소를 짓습니다. 월미도에 있는 놀이동산에 가는 것으로 결정!

아빠가 오랜만에 집에 오면 아이들은 주말에 무엇을 할지 고민하곤 합니다. 대화로 장소를 정하기도 하지만 의견이 엇갈릴 때면 어김없이 링위에서 결정하죠. 꾸준히 수련하여 첫째와 막내는 공인 3단, 둘째는 공인 4단입니다. 지금은 둘째만 계속 수련하고 있지요. 모두가 유단자라 링 밖에서의 싸움(?)은 어떤 이유에서든 정당화될 수 없답니다. 결과적으로 세 아이는 함께 운동하는 시간을 통해 추억을 만들었습니다. 앞서 서술한바 있지만, 합기도장은 아이들에게 단순히 수련하고 무술을 배우는 장소가 아니었습니다. 그곳은 아이들이 서로를 더 잘 알게 되고 각자의 마음을 더 가까이 느낄 수 있는 특별한 장소입니다. 아울러 서로의 꿈을 나누고 각자의 두려움을 극복하는 공간인 셈이죠. 아이들은 서로 의지합니다. 더 아끼고 사랑하는 마음도 느껴집니다. 대성공입니다.

한번은 둘째가 눈물을 흘리며 첫째에게 조언을 구합니다. 미래에 뭘 해야 할지 어떤 길을 선택해야 할지 모르겠다고. 첫째는 괜찮다며 함께하면 뭐든 할 수 있으니 같이 이겨내 보자고 격려합니다. 막내도 기꺼이 거듭니다. 우리 셋이 함께라면 무엇이든 할 수 있다고! 아이들이 기특합니다. 함께 운동하고 성장하며 서로에게 마음을 열었으니까요. 그 과정에서 성숙해졌고 가치 있는 형제자매이자 가족이 되었다고 확신하거든요. 합기도장에서 시작되었지만, 일상 속에서도 계속됩니다. 아이들은 중요한 순간에 늘 함께였고 서로를 위해 각자의 손을 내밀죠. 자신의 마음을 솔직하게 표현할 수 있는 공간을 찾은 겁니다. 공감과 성장의 무대, 합기도장을.

아이들의 삶에 운동이 그리고 가족이 얼마나 중요한지를 보여 주었습니다. 힘들 때나 뭔가 잘 풀리지 않을 때 지지와 격려, 관심과 사랑으로 서로를 더욱 성장시켜 줍니다. 어떤 어려움도 이겨 낼 수 있다는 희망의 증거가 아닐까요. 일상의 모든 순간이 교육의 장이 될 수 있습니다. 아이들은 링 위에서 의견을 나누고 서로를 이해합니다. 각자의 생각과 감정에 대해 공감하기도 하죠. 서로를 존중하고 사랑하는 방법을 배운 겁니다. 아이들은 하루 동안 겪었던 일들을 공유하고 각자의 감정을 표현합니다. 서로의 차이점을 인정하고 존중하려고 노력하는 모습도 보입니다. 세 아이가 함께한 여정은 지식만 공유하는 게 아닙니다. 열린 마음으로 누군가를 이해하는 시간이자, 함께 성장하고 사랑할 수 있도록 선물 받은 배움의 공간입니다.

8.

자긍심 넘치는 가족

"아빠는 최고 덕목이 뭐야?"

"그런 거 없는데?"

"에이. 차를 운전해서 할머니 댁 가고 있으니까, '봉사'가 빛나는 거지!"

아빠가 발휘하는 덕목이 궁금했나 봅니다. 동생은 사랑, 언니는 긍정, 엄마는 친절, 그리고 본인은 감사. 이것저것 공부하던 중 미덕을 만났습니다. 상담과 코칭을 넘어 인류 보편적인 가치임이 분명했습니다. 한동안 그 공부에 빠졌죠. 평소의 행동과 태도에서 미덕을 발견하고 칭찬하는 것이 일상이 되었습니다.

미덕 공부만이 아니었습니다. 상담이든 코칭이든 마찬가지였습니다. 집에 오면 바로바로 적용했지요. 새로운 공부를 할 때마다 아이들은 흥분했습니다. 뭘 또 적용하려 하는지 궁금해했지요. 그런 아이들에게 감사했습니다. 나에겐 더할 나위 없이 귀한 실험 대상이었거든요. 배운 것을 적용하지 않았으면 몰랐을 겁니다. 대화하는 방법, 노는 방법, 심지어 건설적으로 싸우는 방법까지요. 우리 다섯 식구를 포함하여 세상 모든 사람이 건강하고 평화롭기를 바랍니다. 그것을 발견하는 데는 오래 걸리지 않았지요. 가족 모두 성격도 다르고 원하는 것도 뚜렷하게 다릅니다. 하지만 평온, 사랑, 헌신으로 똘똘 뭉쳐 있다는 사실을 부정할 순 없습니다. 하루하루 살아가면서 때로는 아프기도 했고, 때로는 기쁘기도 했던 순간들이 있었습니다. 여느 가족들도 마찬가지겠지요. 열정과 희망으로 복잡한 삶의 미로를 헤쳐 나가려고 노력합니다. 다양한 분야를 공부하면서 사랑과 이해가 우리 가족의 비전이라고 믿었던 나, 과묵했지만 오롯이 그 자리에 있는 남편, 뚜렷하고 명확한 꿈을 가진 첫째, 리더십과 부드러운 마음을 가진 둘째, 미소로 무장한 사랑 넘치는 막내. 모두가 우리 가족을 양육하는 힘이자 서로의 미래를 건설하는 기둥입니다. 장담컨대, 아이들은 우리 부부에게서 사랑과 화합의 본질을 흡수하며 자랐다고 확신합니다.

아침에 일어나면 '시너지 카드'를 뽑습니다. 큰 소리로 또박또박 읽고 현재의 느낌을 나눕니다. 그러면 오늘 하루 어떻게 지낼 것인지, 하루가 저물 땐 오늘 하루 어땠는지 등을 묻습니다. 아이들은 잘 따라와 주었죠. 남편은 귀찮아했습니다. 심지어 아이들 교육은 나에게 맡긴다며 놀아 주는 것 외에 크게 관여하지 않았지요. 남편은 아마도 다른 계획이 있었나 봅니다. 여하튼 모든 단계에서 우리 가족의 회복력을 시험하기라도 하는 듯, 자녀 양육에 대해 수많은 도전을 받았습니다. 바쁜 일정으로 정신이 없을 무렵 남편에게 아이들 양육과 관련해 도움을 요청했습니다. 많은 연구 결과, 아빠가 아이들 교육이나 양육에 관여할 때 아이들의 리더십이 향상된다면서 부추겼지요. 사실은 공부와 강의로 바쁘다는 핑계였지만.

한번은 가족의 유대를 깨뜨릴 수 있는 시련에 직면했습니다. 재정적 어려움, 시아버지의 암 투병, 시댁 식구와의 오해, 자잘한 외부 간섭이 남편과 나를 이간질하는 것처럼 보였죠. 압력이 가중되었습니다. 혼란스러움이 극에 달했죠. 그럴 때마다 남편과 난 서로에 대한 사랑을 통해 힘을 모았습니다. 드디어 서울 '삼성병원'에서 한 달간 아버지를 간호한 남편이 돌아왔습니다. 그동안에 짓눌렀던 서러움이 폭발했습니다. 수도꼭지를 틀어놓은 것처럼 주체할 수 없이 눈물이 났습니다. 한참 후, 긴 호흡으로 진정될 즈음 밖에서 들리는 말에 개의치 말고 일하라고, 신경 쓸 필요 없다고, 무시해도 된다고 말해 줍니다. 늘 하던 말이었지만 그날은 귀에 쏙 들어오더군요. 그 뒤로 남편은 보여 줍니다. 가족들이 아무런 말도 하지 않도록. 장남으로서 역할을 다했습니다. 첫째도 나름대로 동생들을 돌보며 책임감을 보여 주었고요. 저는 이 상황에 적응했고 서로를 지지하며 버텨 냈습니다. 더 이상의 에너지 소진은 없었고 기운이 빠지거나 지치지도 않았습니다. 그저 묵묵히, 정신력으로 그들의 필요 사항을 돌보았죠. 누구나 기댈 수 있도록 정서적 반석이 되려고 노력하면서.

항상 쉬운 일은 아니었습니다. 누구도 우리 가족을 헤아려 주는 것 같지 않았거든요. 돌이 갓 지난 막내와 세 살배기 둘째를 돌볼 여력이 없었습니다. 주·야간 강의는 물론 간간이 외부 특강이며 프로그램까지, 빠듯한 일정을 소화하는데 무리였습니다. 급기야는 둘째와 막내를 내팽개친 듯하여, 어린이집에서 돌아온 후 밤 9시까지 '베이비시터'에게 맡겼죠. 압박감이 컸습니다. 지금의 시련을 극복할 수 없을 것만 같았죠. 그럴 때마다 남편에게 의견 차이와 마음의 고통을 공유했습니다. 넘어질 때마다 오기로 버텼고, 꽉 붙잡았습니다.

세월이 흘렀고 우리 가족은 회복되었습니다. 행복이란 목적지가 아니라 여행 중이라 생각했죠. 산다는 건 사랑, 이해, 상호 존중의 실타래로 엮인 일련의 순간이라는 것을 배웠습니다. 육체적인 건강뿐만 아니라 정서적·영적인 건강이 중요하다는 것을. 가족은 감사와 평온의 안식처가 되었습니다. 웃음이 끊이지 않고 사랑이 넘치는 곳이 되었지요. 많이 울었고 웃었습니다. 시련이 있었지만 극복했습니다. 행복하고 건강하며 평화로운 가족의 본질을 구현한 거라 믿습니다. 때로는 동화 같지만, 현실이라 가능했습니다. 물론 도전과 시련으로 아팠던 적도 있지요. 이젠 끄떡없습니다. 사랑과 기쁨으로 가득 찬 여정의 경이로운 결론을 찾았으니까요.

매달 1회 '가족회의'를 합니다. 연말엔 '비전 워크샵'을 하고요. 아이들에게 물려줄 수 있는 유산이라고 확신합니다. 1년을 돌아보며 성찰하고 새해를 계획합니다. 맛난 거 먹고 장기자랑도 하며 즐깁니다. 우리 가족을 똘똘 뭉치게 만들어 준, 평범하지만 고귀한 가족문화입니다. 격려와 지지, 비전과 영감, 사랑의 힘과 회복력이 얼마나 의미 있는지를 압니다. 아이들이 존재했기에 가능한 지점이죠. 가족은 희망의 등불입니다.

우리 가족이 경험한 삶은 아름다운 사랑의 교향곡이자 회복력의 찬가입니다. 몸으로 보여 주고 말로 표현합니다. 올바른 행동과 사려 깊은 언어는 우리 가족의 핵심 가치입니다. 어려움을 디딤돌로, 고통을 힘의 기둥으로, 꿈을 생생한 현실로 바꾸었습니다. 사랑으로 묶인 단단함이 큰 역할을 했지요. 저는 믿습니다. 단단한 믿음과 포기하지 않는 인내, 그리고 함께 해결하는 화합이 있다면 어떤 장애도 극복할 수 있다고. 해피 엔딩으로 가는 길에 고난이 동반할 수도 있습니다. 그건 아마도 사랑과 회복력과 불굴의 정신을 키우는 여정이겠지요. 이제는 어떠한 상황이 닥치더라도 화합과 신뢰의 끈을 놓지 않습니다. 건강과 평화를 먼저 생각하고요. 그것이 깨지지 않고 단단할 때 경이로운 일들이 마법처럼 일어날 수 있으리라 확신하거든요. 사랑이 있으면 무엇이든 가능합니다. 스스로를 사랑하는 사람들은 어떤 도전 앞에서도 당당합니다. 그들이 대견합니다. 그들로부터 배웁니다.

우리 아이 인성을 위한 페이지 2

회복력 있는 아이로 키우고 싶다면

① 감사의 모범을 보이고 가르치기

식사 전에 잠시 감사하는 시간을 가집니다. '60초 원칙'을 정해서 음식의 질감과 향기를 음미하는 것도 좋아요. 또는 음식을 준비한 사람들의 노고나 그날의 축복을 되새기는 습관을 들이며 감사한 마음을 북돋웁니다. 모두에게 감사한 일 한 가지를 공유합니다. "오늘 신선한 야채를 먹어서 감사해요."라고 식사 자체에 감사를 표현하거나 개인적인 경험을 말해도 됩니다. 아이들에게 감사 습관을 심어 주고, 삶에서 마주하는 모든 것들이 소중하다는 걸 가르칠 수 있습니다.

② 적극적으로 경청하고 존중하기

식사 시간을 활용하여 적극적인 경청을 연습합니다. 누구나 방해받지 않고 말할 기회를 얻고 존중과 공감을 키울 수 있습니다. 발언권이 있는 사람 앞에 '토킹 스틱' 또는 이와 유사한 물건을 둡니다. 누가 말하든 다른 사람들은 방해하거나 끼어들지 않고 주의 깊게 듣습니다. 이야기가 끝나면 다음 사람에게 '토킹 스틱'을 넘깁니다. 이야기를 나눈 후 "그 말을 듣고 기분이 어땠니?"와 같이 질문합니다. 다른 사람에게 관심을 기울이는 것의 가치를 가르치고, 의미 있고 존중하는 대화에 참여하는 방법을 배웁니다.

2장 밥상머리 교육의 본질 109

3 **비판적 사고를 위한 개방형 질문하기**

식사 시간에 개방형 질문을 합니다. 아이들이 비판적으로 생각하고 자기 생각을 표현할 수 있도록 격려하는 시간이 되죠. 자기 성찰을 촉진하고 자신의 가치를 명확히 표현하는 데 도움 됩니다. "오늘 너를 자랑스럽게 만들었던 일은 무엇이니?"라고 질문합니다. 또는 "세상에서 한 가지를 바꿀 수 있다면 그것은 무엇이며, 그 이유는 뭐니?"라고. 질문은 자신의 행동을 되돌아보고, 자신의 장점을 인식하며, 사려 깊은 대화에 참여하는 데 탁월합니다. 나아가 자신의 의견과 가치를 표현하다 보면 자신감도 키워 줍니다.

4 **'금주의 가족 가치' 토론하기**

주간 가치 또는 성격 특성(정직, 책임감, 친절 등)을 소개합니다. 그것이 의미하는 바가 무엇이며 일상생활에 어떻게 적용할 수 있는지 토론하는 거죠. 저녁 식사 중에 가족의 가치인 '정직'을 안건으로, "정직이 너에게 어떤 의지?"라고 질문합니다. 주중에 어떻게 정직을 실천했는지에 대한 이야기를 나누어도 좋습니다. 또는 "솔직함이 어려웠지만 중요했던 때를 생각해 본다면 언제야?"라고 묻습니다. 가치를 일상에 적용하는 법을 이해할 수 있고, 도덕적 나침반을 장착하는 데 도움 됩니다.

5 **최고점과 최저점을 공유하여 감성 지능 높이기**

하루 중 하나의 "좋음"(긍정적인 경험)과 하나의 "낮음"(힘든 순간)을 공유합니다. 저녁 식사에서 각자 돌아가며 하루의 좋았던 점과 어려웠던 점을 나누는 거죠. 이는 정서적 인식과 공감을 길러줍니다. 예를 들어, "쉬는 시간에 축구를 하는 것이 가장 좋았지만, 그룹 활동을 할 때는 소외감을 느꼈어요."라고 말할 수 있습니다. 아이들에게 감정 표현의 여지를 열어 주고, 자신의 감정을 표현하는 방법을 가르쳐 줍니다. 또한, 가족 구성원이 서로의 경험을 듣고 격려함으로써 공감을 장려합니다.

3장

일상의 순간을
포착하기

인성 성장의 실천

일어나는 모든 일은 다 좋은 일이다.

무엇이 어떠해야 한다는 생각과 편견 없이

그저 바라본다면 모든 것은

그저 그 자체로 완벽하다.

_바이런 케이티

1.

오늘 무슨 일 있었구나!

쾅! 문짝이 떨어진 듯 소리가 요란합니다. 방 안에서 깊은 생각에 잠겼는지 침대에 드러누웠는지 알 길이 없습니다. 무슨 일인가 싶어 달려갔지만 들어가진 않았습니다. 재촉하거나 추궁하지 않고 그저 문 앞에 서서 한참을 기다릴 뿐. 시간이 좀 더 필요할 수도 있겠다 싶어 조용히 거실로 돌아섭니다. 시간이 흘러 집안이 어둑어둑해졌을 때 방에서 나온 아이. 빨개진 눈동자, 창백해진 얼굴, 심각한 표정. 그 순간 알아챘습니다. 분명 오늘 학교에서 무슨 일이 있었나 봅니다. 적막을 뚫고 천천히 학교에서 벌어진 일을 얘기합니다. 친구와의 다툼, 선생님과의 불편한 상황, 그리고 그 안에서 느꼈던 고통스러운 감정들. 오늘 겪은 모든 것을 솔직하게 털어놓습니다. 차분히 이야기할 수 있도록 방해하지 않고 경청했지요. 아이가 이야기하는 동안, "정말 힘들었겠구나." 혹은 "그럴 만하네, 네가 그렇게 느끼는 것도 이해돼."라고 말하며 아이의 감정을 인정해 주었죠.

이야기가 끝나자 꼭 안아 주었죠. 진정되자 "네가 겪은 모든 감정, 모든 상황이 너무나도 소중하고 중요하다는 걸 알았으면 좋겠어. 엄마는 여기 이 자리에 항상 있다는 걸 기억했으면 좋겠다."라고 말해 주었습니다. 아이 옆에 있어 주고 적절한 질문을 하고, 자신의 감정을 스스로 표현할 시간을 주는 것이 얼마나 중요한지 압니다. 문제를 바로 해결하는 것이나 아이에게 뭐가 잘못됐는지 말해 주는 것이 중요한 것은 아니죠. 단지 '오늘 무슨 일이 있었냐?'라고 물어보고 진심으로 아이의 말을 들어 주는 것! 그것만으로도 아이의 감정은 소중하며, 속상한 감정을 느끼는 것도 괜찮다는 걸 보여 주는 거울이 되죠.

다음 날 저녁. 아이는 학교생활이 어제와는 달랐고 무언가가 바뀐 것을 느꼈다고 말합니다. 다시 마주 앉아 그날의 이야기를 공유했죠. 대화의 시간이 반복되면서 각자의 경험과 감정을 솔직하게 나누었습니다. 말하고자 하는 바는, 감정을 있는 그대로 존중하고 사랑을 오롯이 표현하자는 겁니다. 분명한 사실은 그 사이에서 일어나는 무수히 많은 학습과 성장의 순간들이 존재하니까요. 학교에서, 친구들 사이에서, 심지어 자신 속에서도. 우리는 계속해서 경험하고 변화하고 성장하고, 또 경험하고 변화하고 성장하기를 반복하고 있습니다.

초등학교 6학년 때. 점심 먹는 중에 엄마가 묻더군요. "교회에 안 가다니, 무슨 일 있었구나?" 저는 아무 말도 하지 못하고 밥만 먹었죠. 무언가 실망한 눈빛, 뽀로통한 표정, 삐죽거리는 입술. 단번에 알아보다니 신기했습니다. 초등학교 들어가면서부터 교회에 거의 빠지지 않고 나갔거든요. 일요일인데 종일 집에 있었다는 걸 알아채신 거죠. 사실 추수감사절에 발표할 연극을 준비하다가 목사님 딸과 좀 다투었거든요. 목사님은 키가 크니까 나에게 주인공 역할을 하라 했죠. 근데 그녀가 한다고 우기는 겁니다. 그냥 양보하면 됐을 텐데, 나도 주인공이 하고 싶었나 봅니다. 그날 이후 다시는 교회에 나가지 않았습니다. 부모님은 종교에 관대하셨죠. 그동안 경험한 여러 가지 일들을 공유했습니다. 엄마는 나를 안아 주고 장점을 인정해 주더군요. 대단하다고, 얼마나 열심히 교회 다녔는지 다 안다고, 내가 얼마나 멋진지도 알고 있다고. 그 말을 들으니 가슴이 벅찼습니다. 소소한 일상의 대화는 나와 엄마 사이를 더욱 끈끈하게 만들어 주었거든요. 맞습니다. 엄마는 든든한 응원자이자 가장 믿음직한 동반자입니다. 분명한 것은, 그 경험이 지금 내 아이를 양육하는 데 영감의 원천이라는 사실이죠.

첫째가 중학교 졸업하던 날. '작은 변화가 큰 차이를 만들 수 있다는 걸 믿는다.'라며 밥 먹다 말고 한마디 툭 던집니다. 감정을 존중하고 서로를 이해하며 사랑을 나누는 것의 의미를 가르쳐 주어 감사하다고 덧붙입니다. 그것이 오늘 여기까지 올 수 있었던 비결이라고. 찐한 감정이 북받쳐 오르더니 가슴 깊은 곳까지 느껴지는 뭉클함에 울컥했습니다. 큰아이의 성장에 놀랐거든요. 중2 때 약 천 권을, 중3 땐 동양고전 열 권을 반복해서 읽었던 경험과 다양한 사건들이 아이를 성장시켰나 봅니다. 무엇보다도 자신의 감정을 이해하고 존중할 줄 아는 것 같아 대견하고 자랑스럽습니다. 아이를 믿고 기다리며 지지하고 격려했습니다. 스스로 길을 찾아 나갈 수 있도록, 언제나 그곳에 있음을 알리면서요. 때로는 침묵으로도 말입니다.

고등학교에 올라가서 많은 도전과 성장통을 겪었습니다. 진로와 관련하여 아이에게 선택권을 주었지요. 어느 날 파티쉐가 되겠다며 파리유학 정보를 찾아보기도 하고, 일본어를 좋아하니 일본에 유학을 가 볼까도 알아봅니다. 합기도가 3단이니 강력계 경찰을 꿈꾸다가도, 고교 연극동아리 활동을 하며 새로운 꿈과 비전을 설계합니다. 결국은 미국으로 가겠다고 선언했죠. 그 모든 과정에서 수없이 떠오르는 감정과 경험을 고스란히 아이와 나누었습니다. 물론 서로에게 배움의 순간들이었죠. 미국에 가는 아이에게 핸드폰 대신 노트북과 카메라를 사 주었습니다. 걱정은 되었지만, 아이도 'OK!' 했죠. 엄마라는 울타리 없이 홀로 자신의 길을 걷기 시작한 아이가 기특했습니다. 힘들 때 꺼내 읽으라며 편지를 전했죠.

"소중한 딸, 하늘! 지금까지 네가 보여 준 모든 게 정말로 자랑스러워.

그동안 너의 작은 변화와 성장을 지켜보며 그 속에서 엄마도 많은 걸 배웠단다. 하늘이가 성장함에 따라 엄마도 함께 성장했어. 네가 겪었던 상황들, 그리고 네가 보여 준 감정들은 너의 성장과 변화의 일부였지. 그 모든 순간이 모여 하나의 아름다운 이야기를 만들어 냈거든. 이건 분명한 사실이야. 언제든 너의 성장이 멈추지 않길 바란단다. 어디에 있든 무엇을 하든 넌 모든 걸 이겨 낼 힘이 있으니까. 엄마는 확신해. 너의 무한한 가능성과 빛나는 미래를! 언제나 너와 함께 있어. 온 마음으로 응원할게. 너는 나의 자랑이고, 우리의 행복이야. 사랑해. 엄마가."

아이들이 성장하는 것은 마치 한 편의 드라마와 같습니다. 수많은 장면이 하나로 이어지고, 그 안에서 새로운 사건들이 예기치 않게 등장하죠. 가끔 멈춰서 돌아보면, 아이마다 각자의 성장과 변화를 존중하는 것이 얼마나 중요한지 깨닫게 됩니다. 아이들이 자라면서 겪는 모든 시행착오와 작은 성공, 그리고 큰 성취들을 마음으로 지켜보며 함께 느낍니다. 단언컨대, 아이들의 성장과 변화는 자연스러운 과정입니다. 끊임없이 변화하고 발전하는 그 흐름 속에서 우리가 해야 할 일은 조건 없이 격려하고 지지하는 것뿐. 아무런 기대나 요구도 없이, 그저 옆에서 함께 걸어가는 거죠. 오늘도 다시 한번 묻습니다.

"오늘, 무슨 일 있었구나!"

2.

매 순간 편안하게

'오늘 하루 기분은 어땠는지', '몸컨디션은 괜찮은지', '어려운 점은 있었는지' 매일 묻습니다. 즉각적인 해결책을 제시하거나 아이의 고민을 얕보지 않습니다. 판단 없이 호기심으로 질문하면 창백했던 얼굴에 화색이 돕니다. 서슴없이 종알거리고 나서 안도의 숨을 내쉬죠. 고민을 싹 털어놓고 나니 마음이 편안해졌다고 화답합니다. 좀 전까지 있었던 불안이 사그라진 듯하여 마음이 놓입니다. 아이에 따라 다르겠지만 힘들었던 상황을 공개적으로 말할 수 있는 공간이 집이자 가족이라 말해 주니, 얼마나 감사한 일인지요. 어려웠던 하루가 부드럽게 마무리되도록 그저 공감만 해 주었을 뿐입니다. 특히 바람직한 행동에 대해 긍정적인 강화를 해 줍니다. 서로를 잘 챙겨 주는 모습에 대해 기특하다고 칭찬하면 우쭐거리며 뽐내기까지 하죠. 친절한 행동을 보면 그 상황을 순간적으로 포착하여 있는 그대로 말해 주면 아이의 자존감이 올라갑니다. 아울러 긍정적인 행동을 더 자주, 더 강하게 실행하죠.

주말에 가족 여행을 가기로 계획을 세운 적이 있습니다. 날짜가 다가오자 아이들에게 다시 한번 확인하며 물었지요. 둘째는 눈을 마주치지 못한 채 친구들이랑 약속이 있다고 작은 목소리로 중얼거립니다. 첫째가 망설임이 섞인 목소리로 끼어듭니다. 뒤떨어진 공부를 보충해야 할 것 같으니 다음에 놀러 가면 좋겠다고. 순간 침묵이 흘렀고 분위기가 묵직해졌습니다. 갈등에 직면한 거죠. 가족과 함께 보내는 시간이 우선인지, 개인적인 일이나 약속을 존중하는 게 먼저인지. 정기적으로 가족이 함께하는 시간을 가져야 한다는 건 내가 부여한 철학이었거든요. 물론 각자의 생활이 있고 밀린 공부도 하고 약속을 지키는 게 중요합니다. 문제는, 어떤 가치가 우선되어야 하는가죠. 무언가를 선택해야 하는 상황에서 약속을 지키는 성실과 책임 사이에 적절한 조절이 필요합니다. 그래서 일방적인 결정보다는 열린 대화를 통해 이 상황을 헤쳐 나가고자 했습니다. 아이들에게 의사 결정 과정에 참여할 수 있는 권한을 부여했죠. 다만, 아이들과의 개인적인 약속을 인정한 것은 아닙니다. 아이들에게 타협과 상호 존중에 대해 알려 주고 싶었을 뿐.

"하늘, 초원 모두 중요한 약속이 있구나!"

"…"

"괜찮아. 이 또한 성장하고 책임감 있는 개인이 되기 위한 일부니까. 대신, 다음 주말에 예정했던 여행을 계획해 보자. 괜찮니?"

깊게 숨을 내쉬는 소리가 들립니다. 안도하는 표정에서 어떻게든 보답하고자 하는 마음이 전해진 거죠. 아이들이 일방적으로 규칙만을 따르는 건 편치가 않습니다. 그들의 필요와 우선순위를 최대한 존중하고자 합니다. 이 단순한 이해의 행동이 중요한 인생의 교훈으로 삼는 기회가 되었으면 하는 바람에서죠. 어려운 상황에 직면했을 때 중간 지점을 찾는 것이 가능하며, 타협이 패배를 의미하는 건 아니라고 알려 주고 싶었습니다. 살아가면서 잠재적으로 긴장된 상황을 만나는 일이 빈번하니까요. 또, 사회적 기술 중 하나인 협상과 타협에 대한 직접적인 경험이기도 하고요. 결국엔 타협이 모든 사람의 요구를 존중하는 조화로운 해결책이라는 모델을 보여 주려는 엄마의 마음이었죠.

어려운 결정을 내려야 할 때가 많습니다. 일상생활 속에서 하는 대화는 귀중한 학습의 경험이 됩니다. 대화와 타협의 과정에 자신의 선택에 따른 책임을 져야 한다는 걸 배우죠. 다른 사람의 요구를 인식하고 존중하는 태도와 감정도 발견하고요. 개인적인 약속과 충돌하는 '가족 여행'처럼 단순한 패키지로 나타나기도 합니다. 이 순간이 중요해 보이지 않을 수도 있거든요. 다만, 성격을 형성하고 삶의 기술을 배우는 데 중요한 접점이라는 건 분명한 사실이죠. 대화는 거창한 몸짓이나 치밀한 삶의 교훈에만 국한되지 않습니다. 나만의 교육철학에 대한 또 하나의 증거지요. 사소해 보이는 결정이라도 놓치지 않는 게 중요합니다. 살아가면서 마주하는 다양한 가치를 형성하기 위한 발판이 되니까요.

평소에 아이들과 편안하게 대화하기 위해 다음과 같은 시도를 했습니다.

첫째, 온몸으로 경청했습니다. 눈을 맞추고 고개를 끄덕이고 적절하게 반응하는 거죠. 아이가 말하는 것에 진정한 관심을 보여 주면서요. 학교에서의 하루를 이야기하면 "와, 그거 재밌었겠다! 오늘 그린 그림에 대해 더 자세히 말해 줘."라고.

둘째, 개방형으로 질문을 하죠. '예' 또는 '아니요'로 간단하게 대답할 수 있는 질문은 지양했습니다. 아이들이 자신을 더 많이 표현할 수 있도록 격려할 수 있거든요. 이를테면 "오늘 잘 보냈니?"라고 묻는 대신 "오늘 하루 중 가장 좋았던 순간은 뭐였어? 그 이유가 뭐야?"라고 물어보는 거죠.

셋째, 공감하며 다양한 감정을 표현했습니다. 아이의 감정을 오롯이 인정하고 감정에 이름표를 달아 보게 했죠. 나 역시 느끼는 감정을 솔직하게 표현했고요. 안전하다고 느끼니까 더 편안하게 대화를 나눌 수 있었던 것 같습니다. 아이가 속상해 보일 때 "오늘 무슨 일이 있었는지 얘기해 줄 수 있니? 네가 속상해 보여서 걱정이 돼. 어떻게 도와줄 수 있을까?"라고 질문합니다.

일상의 대화는 학교의 벽을 넘어 가정생활에서 중요한 부분이죠. 가정 교육의 핵심은 균형 잡힌 인성 발달에 있다고 봅니다. 학업 못지않게 인성이 중요해지는 시대니까요. 여전히 자녀의 학업성적을 걱정하는 부모가 많습니다. 아이들과 나누는 일상의 대화가 평범해 보일 수 있지만, 의미와 가치를 얻을 수 있는 귀한 시간이라고 확신합니다. 학문적 성장뿐만 아니라 도덕적이고 정서적인 성장의 기회가 되죠. 세 아이를 키우며 깨달은 성공적인 육아의 공식은 공감, 긍정적인 강화, 열린 소통이었습니다. 우선 아이들이 어려움을 겪을 때마다 온전히 공감했더니, 감성 지능을 기를 수 있었지요. 둘째, 바람직한 행동을 할 때마다 긍정적인 강화를 해 주었더니 친절의 가치와 자존감을 어루만져 줄 수 있었습니다. 마지막으로 아이들 개개인의 약속을 존중해 주자, 책임감의 가치를 배우는 기회가 되었죠. 사려 깊은 결정을 내리는 것이 얼마나 중요한지를 말로만 한 것이 아니라 몸소 보여 주고자 했습니다. 결론은 인생을 살면서 항상 심각할 필요는 없다는 걸 잊지 말았으면 좋겠습니다. 뭔가 잘 풀리지 않거나 힘든 일이 있더라도, '그럼에도 불구하고' 웃을 수 있으면 좋겠습니다. 마음에 오래도록 남을 테니까요. 때로는 유쾌하게! 때로는 단호하게!

3.

엄마의 발자취를 따라

아이에게 엄마는 큰 영향력을 미치는 존재 중 하나입니다. 아이들은 엄마의 행동, 말투, 가치관 등을 무의식적으로 따라 하며 자랍니다. 이러한 모방은 아이들의 성장 과정에서 중요한 역할을 하죠. 특히, 엄마와의 관계는 아이들의 사회적·정서적 발달에 깊은 영향을 줍니다. 엄마를 통해 세상을 배우고 그들의 행동 양식을 따라 하며 성장해 나갑니다.

아마도 코미디 프로그램을 보는 중이었습니다. TV에서 어떤 배우가 상대방 이야기를 들으면서 '감사합니다.'라고 인사하는 장면이 보입니다. 다섯 살 막내는 '저 사람은 왜 그렇게 매번 감사하다고 말하는지, 그냥 고개를 끄덕거리면 되는 거 아닌지' 궁금해하며 묻습니다. 옅은 미소 지으며 말해 주었지요. 감사하다는 말은 우리가 다른 사람에게 받은 것에 대해 고맙다는 마음을 전달하는 말이라고. 그 감사의 마음은 우리의 일상에 따뜻함과 행복을 가져다준다고. 며칠 후 아이와 함께 버스를 타고 지인을 만나러 나갔습니다. 목적지에 가까워지자 벨을 누르겠다며 손을 뻗습니다. 넘어질세라 꽉 잡아 주었죠. 버스에서 내리며 운전 기사에게 "감사합니다!"라고 했더니, 아이도 따라 합니다. 그날 이후 버스를 탈 땐 "안녕하세요!" 내릴 땐 "감사합니다!"라고 먼저 인사를 건네는 아이를 봅니다.

엘리베이터에서도 마찬가지입니다. 불편할 수도 있지만, 먼저 눈을 보며 안부를 건네죠. 아이들과 함께 있을 때나 없을 때나 컨디션이 좋을 때나 나쁠 때나 변함없습니다. 어느 날 둘째가 달려오더니, 12층에 사는 아주머니가 엄마 아빠가 누군지 궁금하다며 말을 걸었답니다. 왜? 뭐가 궁금하지? 도통 이해가 가질 않았죠. 고개를 갸우뚱거리자 아이가 말을 잇습니다. 엘리베이터에서 사람들을 만나면 웃으면서 인사를 자주, 그리고 볼 때마다 매번 하니 부모님이 어떤 분이신지 궁금하다며 칭찬해 줬다는 겁니다.

"굿! 굿! 베리 굿!"

"하트. 하트. 베리 하트."

엄지손가락을 치켜들며 외쳤더니 아이도 화답합니다. 아파트 경비원을 만나도, 다른 층 사람들을 만나도, 편의점을 가도, 몸을 90도로 굽으며 먼저 인사를 합니다. 요즘 세상에 아무 말 없이 지나칠 수 있는데도 말이지요. 용기를 내어 공손하게 인사를 건네는 아이가 대견합니다.

한번은, 말도 없이 자기 색연필을 사용했다며 첫째가 다짜고짜 화를 냅니다. 놀란 눈으로 언니를 바라봅니다. 잠깐만 사용하고 제자리에 두려 했던 둘째는 안절부절 어쩔 줄을 모릅니다. 약간의 정적이 흐릅니다. 그 상황을 가만히 지켜보다가 아이들을 불렀습니다. 약간 낮은 목소리로 말했죠. 때론 서로의 감정을 존중하며 서로에게 너그럽게 대해야 한다고. 그렇게 해야 서로의 마음이 편안해진다고. 그 이후 아이들이 달라졌습니다. 서로를 대하는 태도가 사뭇 진지합니다. 여전히 삐걱거릴 때도 있지만요.

아이들에게 세상을 알려 주고자 했습니다. 나를 통해 세상을 배우니까요. 엄마가 하는 말과 행동과 태도를 보며 어떻게 행동해야 하는지, 무엇이 옳고 무엇이 그른지를 학습하죠. 이런 이유에서, 아이들에게 바른 가치관과 덕목을 심어 주려 한 거죠. 아이들은 어른들의 거울이니까요. 자라면서 주변 세계와 마주합니다. 가장 가까이서 배우는 게 바로 부모입니다. 특히 일상생활의 모습에서 보이는 대로 자연스럽게 따라 하죠. 올바른 언어, 선한 행동, 예의, 관용, 인내 등의 모범을 보여야 하는 진짜 이유지요. 습관적으로 내가 하는 행동을 매 순간 알아차려야겠습니다. 배움은 항상 큰 깨달음을 통해 이루어지는 것이 아닙니다. 때론 일상의 소소한 순간들에 하는 나의 행동과 말에서 무의식적으로 습득하죠. 모두가 알다시피, 엄마가 먼저 모범을 보이는 것이 진정한 밥상머리 교육의 시작이 아닐까요.

어느 날, 첫째가 "나도 크면, 엄마처럼 강의할 거야."라고 했을 때 기뻤습니다. 바쁜 엄마라 챙기지 못했다고 생각했는데 지켜보고 있던 것입니다. 눈에 보이는 행동과 태도를 끊임없이 따라 합니다. 물론 살면서 실수할 때도 있고 속상하고 두려울 때도 있습니다. 그런 나를 인정하고 아이들에게 사실대로 말하면 됩니다. 사람은 누구나 다 완벽할 수 없으니까요. 흔히 아이들을 보면 미래가 보인다고 합니다. 밝고 긍정적인 미래를 꿈꾼다면 부모가 먼저 모범이 되어야 합니다. 어른들의 모든 행동이 아이들의 미래를 결정짓는 중요한 요소니까요. 하여, 부모는 아이들에게 올바른 길을 보여 줄 책임이 있습니다.

정리하면, 첫째, 아이들은 어른들의 말과 행동을 모방하며 사회적 기술을 습득합니다. 부모가 다른 사람들과 상호작용하는 방식을 보고 배우지요. 아이들은 고스란히 그 행동을 따라 하며 사회적 관계를 형성하는 법도 알게 됩니다. 내가 사용했던 표현이나 단어를 아이가 그대로 말하는 모습을 본 적이 있습니다. 뜨끔했지요. 말을 조심해야 하는 증거입니다. 행동도 자연스럽게 모방합니다. 모임에 가면 친절하고 공손하게 다른 사람들과 대화합니다. 연구에 따르면, 부모 특히 엄마의 대화는 아이의 어휘력과 언어 능력 발달에 직접적인 영향을 미친다고 합니다. 아이가 더 나은 의사

소통 능력과 태도를 갖추기를 원한다면 매 순간 내가 하는 말과 행동을 살펴야겠습니다.

둘째, 가치관과 신념도 아이에게 영향을 줍니다. 내가 중요하게 여기는 가치를 아이도 중요하게 여깁니다. 평소 정직과 책임감을 강조하죠. 이후의 삶에 책임감 있고 정직한 성품을 갖추고 살아가기를 바라니까요. 아이들의 내면에 장착되었을 거라 확신합니다.

셋째, 감정 조절 방식도 아이에게 전해집니다. 내가 스트레스나 어려운 상황에서 어떻게 반응하는지를 보고 그 방식을 따라 합니다. 그래서 힘든 상황에 빠졌을 때 침착하고 최대한 긍정적으로 대처하려고 애씁니다. 그랬더니, 아이들도 비슷한 상황에서 그러한 태도를 보입니다. 아이가 스트레스 관리와 감정 조절 능력을 고스란히 학습한 거죠.

결론적으로, 사회적 기술, 언어 습관, 가치관, 감정 조절 등은 다양한 측면에서 중요한 의미가 있습니다. 부모가 보여 주는 행동과 태도는 아이들의 성장과 발달에 직접적으로 관여한다는 사실이죠. 나의 행동이 어떤 영향을 주는지를 항상 알아차리고 긍정적인 본보기가 되어야겠습니다.

그렇습니다. 아이들은 내가 어떻게 행동하고 무엇을 말하는지 관찰합니다. 그대로 따라 하지요. 긍정적이고 사랑 가득한 태도로 대하면 아이도 긍정적이고 따뜻한 마음을 가지고 성장할 테고요. 반대로, 부정적이고 냉담한 태도를 보이면 아이도 그러한 태도를 배우겠지요. 아이가 성장하며 배우는 것은 학교에서의 지식뿐만이 아닙니다. 인간관계, 감정 조절, 그리고 사회에 적응하는 기술도 배웁니다. 시작점은 부모를 관찰하고 따라 하면서 이러한 능력들을 습득하죠. 누군가를 사랑하고 존중하는 마음과 사람들의 의견을 선입견 없이 수용하는 가치를 아이에게 전달한다면, 아이는 그러한 가치를 인생의 기반으로 삼으리라 확신합니다. 아이들을 가르칠 수 있는 가장 좋은 방법은 말로 설명하는 것이 아닙니다. 스스로 모범이 되어 보여 주는 것이죠. 부모의 행동과 태도 그리고 가치관이 바로 아이의 가장 큰 교과서입니다. 나의 뒷모습을 보며, 인생의 중요한 교훈을 선사받기를.

4.

조금만 더 기다려 볼까!

기다림이 어려운 세상입니다. 즉각적인 만족을 추구한다고 할까요. 인내심을 가르치는 게 점점 더 어렵습니다. 기다림을 견디는 능력도 살아가는 데 중요한 요소 중 하나입니다. 인내심은 감성 지능, 회복 탄력성, 그리고 성공의 초석이니까요. 무한한 잠재력을 지닌 아이들이 이러한 미덕을 배울 수 있기를 바라는 마음이 큽니다.

끼어들며 말하려는 아이의 마음을 이해합니다. 학교에서 있었던 일, 동생과 놀다가 경험한 일, 책 보다가 궁금한 것 등 얼마나 말을 하고 싶을까요. 다만, 말할 차례를 기다리는 것도 중요하다고 말해 주었습니다. 때로는 원하는 장난감이나 간식을 얻기 위해 일정 시간을 기다려야 한다는 것도 알려 주었죠. 갖고 싶은 물건이 있을 때도 기간을 정해 대기 시킨 날도 있습니다. 언젠가 시간이 지나자 그 물건에 대한 욕구가 사라진 적이 있거든요. 즉각적인 만족을 추구하는 게 항상 옳은 것만은 아니라는 사실을 압니다. 그래서 기대치를 명확하게 설정했습니다. 나름의 규칙도 정했고요. 아이들이 잘 따라와 주어 대견합니다. 인내심을 배우기 시작하는 가장 기본적인 장소 중 하나가 집이니까요.

막내가 어항을 물끄러미 바라봅니다. 뭐가 궁금한지 이쪽으로도 봤다가 저쪽으로도 봤다 했지만, 여전히 고개를 갸우뚱거립니다. 무슨 일인가 물었더니 보석 거북이 얼굴을 보고 싶은데 내밀지를 않는다는 겁니다. 조금만 더 기다려 보기로 했죠. 기다려도 고개를 내밀지 않는다며 죽은 게 아닌가 걱정합니다. 막내 옆으로 가서 어항을 보며 조용히 말했죠. '조금만 더 기다려 볼까! 기다리는 사람에게는 좋은 일이 오거든. 아마도 거북이가 지후에게 인사할 준비를 할 시간이 필요할 것 같아. 조용히 기다리며 거북이를 맞이해 보자.'라고. 눈가에 고였던 물방울을 닦으며 고개를 끄덕입니다.

강아지, 병아리, 햄스터, 금붕어 등 다양한 동물을 키웠습니다. 일지 적어보기, 동물의 정보를 탐색하기, 토론하기 등 아이들과 함께 여러 종류의 활동을 했습니다. 그 과정에서 자신의 차례를 기다리는 연습이 되었지요. 정성을 다해 키우던 동물 친구가 죽으면 이제는 볼 수 없다며 울기도 하고, 집 옆 공터에 묻어 주기도 하고, 별을 보며 동물들의 이름을 불러주기도 했습니다. 그 경험은 연민과 인내를 심어 주는 기회가 되었다고 확신합니다.

방울토마토 모종을 사 왔습니다. 아이는 화분에 흙을 채웁니다. 길게 뻗을 수 있도록 지지대도 대줍니다. 햇볕 잘 드는 베란다에 정성스럽게 놓으며 어깨를 으쓱합니다. 화분에 '인내의 토마토'라고 이름표도 달아 줍니다. 상추와 고추를 키울 때보다 더 들떠 있습니다. 방울토마토 줄기를 가리키며 아이에게 물었죠. 열매가 열리는 데 시간이 어느 만큼 필요할 것 같은지. 아이는 아마도 일주일이면 방울토마토가 열릴 거라며 기대에 부풀어 있습니다. 매일 물을 주겠다고 선언도 하고요. 아이의 말에 격려해 주었죠. 인내하고 배려하며 기적이 일어나는 걸 지켜보기로 했죠.

식물 키우기는 아이들에게 온몸으로 생명력을 느끼게 할 수 있습니다. 씨앗이나 모종을 심고 나면, 자라고 열매 맺기를 기다리는 시간이 필요하지요. 그 과정에서 경외감은 물론 인내심도 키울 수 있습니다. 나아가 책임감과 자신감도 배울 수 있죠. 전 과정을 관찰하며 식물이 필요로 하는 게 무엇인지 공부도 됩니다. 때론 시들어 죽거나 물을 너무 많이 줘서 죽는 식물도 있지요. 물론 예기치 않은 깨달음도 얻습니다. 의미 있었던 건, 토마토를 싫어하는 아이에겐 자연스럽게 친해지는 기회가 되었지요. 아이들이 말합니다. 어떤 일은 서두를 필요가 없으며 열매를 맺는 데는 시간이 필요하다는 것을 알게 되었다고.

주말마다 오름 또는 올레길을 갔습니다. 바쁜 엄마라는 꼬리표를 뗄 생각이었죠. 아이들과 오롯이 함께하는 시간이었습니다. 가다가 애벌레를 마주하면 지나갈 때까지 기다려 줍니다. 벽돌 틈에 홀로 핀 잡초를 보며 생각에 잠기기도 하고요. 돗자리를 깔고 누워 하늘에 떠도는 구름을 보며 노래 부르기도 했죠. 어느 날, 정상에 도착 후 스트레칭을 했습니다. 처음엔 사람들이 쳐다보니 창피하다며 저쪽으로 가서 수련하라더군요. 살살 달래서 같이하자고 하면 도망칩니다. 그러기를 여러 차례. 언제부턴가 충분히 다하고 마칠 때까지 기다려 줍니다. 정상에서 하는 '치유 기공'은 경이롭습니다. 신선한 공기와 맑은 생각으로 몸과 마음을 꽉 채우죠. 무엇보다도, 아이들과 함께하는 산행에서의 수련은 그야말로 축복입니다. 수련 후 다시 걸으며 대화합니다. 걷다가 만난 편의점에서 맛난 거 골라 먹는 시간은 꿀맛이지요. 아이들은 알고 있습니다. 신체적·정신적으로 함께 보내는 시간이 얼마나 의미가 있는지를. 끈기의 가치, 일정 시간의 기다림, 그리고 함께 걷는 시간 끝에 오는 달콤한 즐거움을 함께 누릴 수 있으니까요.

쉽고 빠른 길을 선호하는 세상에서 기다린다는 건 중요합니다. 성장기에 깊숙이 뿌리 내리는 인내심은 인생을 살면서 토대가 되니까요. 인내심을 키우려면 다 함께 노력해야 합니다. 가정과 학교와 개인의 경험이 결합되어야 하죠. 때로는 구조화된 규칙이 필요하기도 합니다. 일상 활동이나 자연 속에서의 다양한 실험을 통해 아이들은 기다리는 기술을 배우기도 하지요. 나와 타인의 감정을 알아차릴 수 있습니다. 힘든 일이 있을 때 박

차고 일어서는 힘을 키웁니다. 나아가 새로운 도전을 하는 데 동기부여가 됩니다. 이해와 관용 그리고 은혜가 필요한 세상에서, 인내는 심오한 투자니까요.

아이들은 부모의 말과 행동을 통해 인내를 반영합니다. 부모의 거울이죠. 아이들은 매일 배우고 성장합니다. 어른들의 세상과 마찬가지로 아이들도 새로운 세상을 항해하고 있지요. 누구나 다 기쁨과 축복의 시간도 있지만, 시련과 혼란의 순간도 있습니다. 비틀거리거나 답을 얻지 못해도 괜찮습니다. 배움이 펼쳐지는 방식이니까요. 실수를 디딤돌 삼아 성취를 위해 산을 오릅니다. 승리로 가득 찬 날도 있을 테고, 도전으로 가득한 날도 있을 테지요. 아이들의 불완전함을 받아들이고 작은 승리를 축하합니다. 부모 역할에는 매뉴얼이 없습니다. 먼저 인내심을 가져야 하죠. 아이들에게 반영되어 빛을 발하니까요. 즉, 부모는 인내의 모델입니다. 매 순간 친절하게 포기하지 않고 온화한 이해심으로 넘치는 삶을 살면 됩니다. 아이들에게 잠재력의 씨앗과 장엄한 자아를 꽃 피우기 위한 다리가 될 테니까요.

5.

괜찮아, 잘하고 있어!

　학창 시절, 단과 학원이 많지 않았습니다. 수업 시간에 선생님이 하는 말은 토시 하나도 빼놓지 않고 다 받아 적었지요. 나중에 읽어 보니 농담까지도 다 받아 적었더라고요. 성문종합영어를 통째로 암기했다는 아이도 있었습니다. 어떤 아이는 수학의 정석을 독파한 다음 한 페이지씩 잘근잘근 씹어 먹었다고 말하기도 하였죠. 진짜였는지는 알 길이 없지만. 노트 필기와 암기를 잘하면 성적이 좋았던 시절이었습니다. 교과서를 무조건 달달 외워야 했죠. 수업 시간에 질문이라도 하면 집중하지 않는다며 비난받았지요. 때로는 '수업에 방해된다.', '공부 못하는 애가 질문은 왜 그리 많냐.'는 이유로. 우리는 그렇게 공부했고, 어른들은 그렇게 일했으며, 세상은 그렇게 성장했습니다. 윗사람이 시키면 감히 토를 달지 못했지요. 이해 안 되더라도 달달 암기하며 기필코 해냈습니다.

친구들은 대부분 성실한 모범생들이었습니다. 조금이라도 튀면 지금의 '일진'이랑 어울린다며 혼나거나 불량학생으로 찍혔죠. 성공하고 싶었고 잘 살고 싶었지만, 튀어서는 안 되었으니까 착한 아이처럼 살수밖에요. 공부가 아닌 다른 걸 하면 엄하게 통제했습니다. 다만, 공부와 관련된 것이라면 물질적으로 아낌없이 지원해 주었지요. 어려운 살림에 '우리처럼 살지 말라.'며 공부만 잘하면 되는 세상이라고 입이 닳도록 들으며 자랐습니다.

부모가 되고 보니, 처음엔 아이들 교육에 확신이 서지 않아 전전긍긍했습니다. 부모님의 가르침 말고는 알 길이 없었으니까요. 적어도 앞으로의 시대엔 암기력보다는 창의력이 중요하다는데. 어떻게 키워 줘야 할지 막막했죠. 가장 답답한 건, 평생을 창의력을 발휘해 본 적이 없기에 지레 주눅이 들었습니다. 알아차리는 데 오래 걸리지 않았지요. 부모님으로부터 받은 유산을 아이들에게 전해 줄 수 있으니까요. 다만, 모든 걸 그대로 대물림하는 게 아니라 내 방식대로 아이들을 교육하리라 마음먹었습니다.

학원을 보내지 않았고 대신 시간 내서 아이들과 소통하는 시간을 가졌습니다. 식탁에서의 교육은 교과서에 기록되거나 교실에서 가르치는 것이 아닙니다. 그저 아이들의 이야기를 오롯이 들어 주는 거였죠. '다양한 상황이 닥치면 어떻게 대처할지'에 대해서도 나누었습니다. 성적이나 칭찬에 관한 이야기 그 이상이었죠. 갈등이나 문제가 발생했을 때 회복하는 방법, 친구들과 친하게 지낼 수 있도록 대화하는 법, 나아가 우리 가족을 하나로

묶는 확고한 가치 등을 깊이 있고, 오묘하며, 지속적으로 소통했습니다.

막내는 늘 밝은 아이였습니다. 초등학교 1학년 때, 실망감이 가득한 얼굴로 고개를 숙인 채 현관으로 들어옵니다. 가방을 풀고 한숨을 쉬더니 쪼르르 달려와 말합니다. 받아쓰기 시험 점수를 보고 실망했다고. 학원 다니는 아이들은 대부분 100점을 맞았는데 자기는 바라던 점수가 아니어서 속상하다고. 성적이 중요하다고 생각한 거지요. 평소 밝은 모습과는 극명한 대조를 이루었죠. 노트를 보니 빨간 색연필 자국이 빛납니다. 낮은 점수를 그저 숫자로 보는 게 아니라 '실패의 그림자'로 여기는 것 같아 안타까웠습니다. 그럴 수 있습니다. 말없이 안아 주었습니다. 잠깐의 침묵이 흐른 후 그동안 아이가 쏟은 노력, 헌신, 배움의 여정에 대해서 하나하나 끄집어내며 인정해 주었습니다. 한마디 한마디를 놓치지 않고 듣는 아이의 눈빛을 보니 안심이 되었습니다. 마음이 진정되었는지 힘 있게 말합니다. "엄마, 괜찮아요. 점수가 중요한 건 아니니까. 이제 책 읽을게요!"

둘째가 현관문을 열고 들어오며 큰 소리로 말합니다. "엄마, 속상해요! 겨우 세 표 차이였어요. 난 회장이 되고 싶었는데." 원하는 결과가 나오지 않았나 봅니다. 지난밤에 공약이라며 가족 앞에서 시연을 여러 번 했지요. 당연히 자기가 반장이 될 거라며 자신감이 넘쳤거든요. 설렘과 기대로 반장 선거에 참여했지만 뭔가 아쉬움이 남는 모양입니다. 투표 결과, 다른 친구의 이름이 불렸을 때 얼마나 실망했을지 아이 모습이 스칩니다. 그날 저녁 아이들과 거실에 둘러앉았습니다. 이름 모를 싸늘한 공기에 압도되어 누구도 말을 잇지 못합니다. 유머로 침묵을 깼지요. 아이의 속마음이 어떨지 상상하며 차분히 이야기를 나누기 시작했죠. 자기 생각을 표현하고 친구들 앞에 당당히 선 용기에 대해 칭찬해 주었습니다. 반장이 안 된 게 너의 부족함을 반영한 건 아니라고. 이 상황은 다음 선거를 위한 디딤돌이라 여기기로. 게다가, 엄마는 부반장이 된 것도 자랑스럽다고. 첫째와 막내도 괜찮다고 둘째를 격려합니다. 우울하던 표정이 환해지더니 우렁차게 대답합니다. 다음엔 다른 공약으로 아이들 표를 얻을 거라며 새롭게 다짐도 하고요.

동대문에 나들이 갔을 때였습니다. 행사 부스에서 신발 스케치를 했지요. 담당자가 다가와 아이의 그림을 보여 주며 창의적으로 그렸다며 칭찬을 하더군요. "어머니, 하늘이 학원 다니나요?", "아니요! 왜 그러시는데요?", "이거 한번 보시겠어요?", "와우. 멋진 사진이네요!" 잘은 모르지만 섬세하게 표현한 것 같았습니다. 어릴 때 벽에 전지를 붙이고 마음껏 그리라고 한 게 전부입니다. 상상력만으로 무장한 채 장난스럽게 또는 자유롭게 그림을 그렸던 것 같았는데, 빈 캔버스가 아이의 가능성을 열어 준 것 같아 뿌듯합니다. 아무튼, 기분이 좋았습니다. 더 이상 첫째는 어린 소녀가 아니었죠. 예술가이자 건축가였습니다. 창의성에는 끝이 없다는 걸 중명하는 순간이었지요.

틈나는 대로 도서관 나들이를 했습니다. 아이들 스스로 책을 골라 옵니다. 처음엔 읽고 싶은 책이 없다며 징징거리기도 했지요. 중구난방으로 이런 책 저런 책을 고른 적도 많았죠. 점차 습관이 되자 저절로 선구안이 생기더군요. 더 중요한 건, 틈날 때마다 책을 읽었고 그 모습을 보여 주었습니다. 독서를 놀이로 만들었고 우리 가족의 문화가 되었지요. 새로운 생각이나 의견을 생각해 낼 뿐만 아니라 토론대회에 나가면 우승도 하고 공부가 재미있다고 하니 일거양득입니다. 생각해 보니 첫째는 언어적으로 탁월한 실력을 갖추었고, 둘째는 미적 감각이 섬세합니다. 최근 요리에 흥미가 생긴 막내는 감성 능력이 빛납니다. 세 아이의 미래가 기대됩니다.

아이들은 말 그대로 '번쩍'하고 아이디어를 떠올립니다. 창의성이라 하죠. 머리를 싸매고 궁리하거나 책을 파고든다고 길러지는 게 아닙니다. 수많은 시행착오를 거치면서 나오는 것도 아니고요. 자유롭고 창의적인 분위기 속에서 다양한 경험을 통해 자연스럽게 체득되지요. 어릴 때부터 환경을 만들어 주는 게 중요합니다. 단언컨대, 무작정 자유롭게 놀기만 한다고 해서 어느 순간 번뜩이는 아이디어가 찾아오는 건 아닙니다. 창의력은 무에서 저절로 생겨나는 게 아니니까요. 어쩌면 거인의 어깨 위에서 세상을 볼 때 꽃을 피울 수 있습니다. 성적과 칭찬이 배움의 본질적인 가치를 무색하게 만드는 오늘날. 무수히 펼쳐지는 삶을 측정할 수 없습니다. 다만 부모로서 실패를 포용했고 아이들과 진솔하게 소통했습니다. 실패는 격려해 주고, 작은 성취는 축하해 주며, 새로운 가능성에 대해 지지했을 뿐이죠.

"괜찮아. 잘하고 있어!"

6.

그거, 좋은 생각인데?!

잠재력. 모든 아이의 내면에 존재합니다. 그 안에서 무엇이든 이룰 수 있고 무엇이든 해낼 수 있죠. 무한한 기회와 시간이 함께하니까요. 아이를 잘 키우려고 애쓰는 이유입니다. 원하는 꿈을 이루길 바라는 마음이 큰가 봅니다. '마중물'이라는 말이 있습니다. 빈 펌프에 물 한 바가지를 붓고 힘차게 펌프질을 합니다. 잠시 후 시원하게 물이 쏟아져 나옵니다. 펌프에 부은 물 한 바가지가 마중물이 되는 거죠. 아이들을 양육하면서 마중물이 필요합니다. 여기에 보태 나의 경험을 바탕으로 아이들을 양육하는 데 필요한 마중물을 말한다면, 단연코 진정성 있는 '관심'입니다.

세 아이 모두 어릴 때부터 어린이집에 다녔습니다. 첫째는 8개월 이후, 둘째와 막내는 100일 지나서부터. 여건상 집에서 양육하는 건 무리였거든요. 많은 육아서를 보면 세 돌까지는 엄마가 직접 아이를 키우는 게 좋다고 합니다. 솔직히 말하면 걱정되었죠. 다행히 세 아이 모두 건강하고 명랑하게 잘 커 주었습니다. 문제는 나였습니다. 아이들과 온전한 시간을 갖지 못한 것이 늘 미안했거든요. 그 마음이 나를 꼼짝 못 하게 억누를수록 점점 공부와 일에 파고들었습니다. 집에 오면 저녁을 차리고 녹초가 된 몸으로 집안일을 해야 했지요. 정리되지 않은 방, 어지럽혀져 있는 거실, 그리고 싱크대에 쌓인 빈 그릇들을 보면 눈을 흘기거나 짜증이 올라왔죠. 다 때려치우는 게 나을지도 모른다고 생각한 적도 있었지요. "안 돼!", "위험하다고!", "그렇게 하면 다쳐!" 등의 말로 아이들을 질책하고 꾸짖고 있었던 겁니다. 아이들을 몰랐고, 나를 몰랐으며, 세상을 몰랐습니다. 내 생각이 전부인 줄 알았고 나를 잘 안다고 믿었으며 아이들을 다 안다고 자만했죠. 공부하고 연구하면서 깨달았습니다. 아이들을 향한 최고의 선물이 '있는 그대로 바라보기'라는 진리를.

특히, 순간 포착하여 있는 그대로를 바라보고 말을 해 주는 건 생각보다 훨씬 더 강력했습니다. "잘했어!"라는 단순한 인정부터, "알아서 세탁기를 돌렸네!"와 같은 구체적인 근거가 있는 칭찬까지. '칭찬 파워'에 아이들은 민망해하지 않습니다. 더 세게 돌아옵니다. 주고받는 재미가 쏠쏠하죠. 아이들의 마음을 알게 되면 그들을 보살피고 지지하려는 마음이 쉽게 연결됩니다. 격려와 사랑의 힘입니다. "네가 있어 행복해.", "내 딸이라서 자랑스러워!", "스스로 알아서 하는 아들, 기특해!"와 같은 존재 자체에 대한 칭찬을 아끼지 말아야겠습니다.

첫째가 초등학교 1학년 때, 막내가 태어났습니다. 산후조리원에 2주간 머문 후 친정에 왔죠. 첫째가 동생을 안아 보겠다며 팔을 내밉니다. 아기를 보는 눈빛이 사뭇 진지합니다. 엄마를 도와주고 싶은 마음이 들었는지 자기가 보살피겠답니다. 실제 기저귀도 갈아 주고 울면 안아 주고 얼러 주기도 합니다. 가끔 분유를 타 오기도 했지요. 기특했습니다. 그럴 때마다 놓치지 않고 말해 주었죠. 정말 고맙고 대견하다고. 남편도, 할머니도, 할아버지도 폭풍 칭찬을 해 줍니다. 매번 느끼지만 '칭찬 샤워'는 아이들의 마음을 뜨겁게 하는 것 같습니다.

지금도 동생들을 챙기고 공부를 봐줍니다. 엄마 아빠가 바쁘거나 없을 때 첫째가 집안의 책임자라고 알려 주었습니다. 손아래 동생을 책임지는 걸 삶의 원칙으로 삼았습니다. 물론 권한에 따른 책임도 명확히 했지요. 아이들이 싸우면 다 같이 혼냈습니다. 가끔 보면, 첫째는 다소 독재자적인 기질이 있습니다. 오랫동안 혼자 사랑을 독차지해 와서인지는 모르겠지만, 집안의 책임자가 될 때면 자기 뜻을 관철하려고 합니다. 동생들은 가끔 이런 첫째의 태도에 불만을 토로하기도 하죠. 다른 가정에도 이런 위계질서가 있는지는 모르겠지만 상당히 일리가 있다고 판단했습니다.

어느 날, 의자 때문에 승강이가 벌어졌습니다. 누가 어느 의자에 앉을 것인지, 아빠 옆에는 누가 앉을 것인지. 아주 사소한 문제였지요. 모든 걸 나누어야 한다고 가르친 게 물거품이 되는 순간이었습니다. 집안의 모든 물건은 개인 소유라기보다는 가족 모두의 것이죠. 심지어 장난감에 대한 규칙도 있었고요. 첫째는 그 규칙을 터득한 것 같았습니다. 무얼 갖고 노는지 중요한 게 아니었죠. 동생이 원한다면 무조건 동생에게 주어야 했지요. 둘째는 힘들어했습니다. 막내와 나이 차가 두 살밖에 나지 않거든요. 한번은 둘째가 벽을 향해 고무공을 던지고는 뛰어갑니다. 튕겨 돌아오는 공을 잡기 위함이죠. 갑자기 막내가 공을 발견하고는 갖고 도망칩니다. "내 공 줘.", "싫어. 내가 갖고 놀 거야.", "공 달라고!"

가만히 지켜보다 양보하라고 했죠. 둘째는 억울했지만, 규칙임을 알고 있었기에 수긍합니다. 그리곤 쇼파에 얼굴을 파묻고 씩씩거립니다. 엄마가 밉다고. 자기가 먼저 공을 갖고 놀고 있었는데, 재미있게 놀고 있으니까 동생이 괜히 뺏은 거라고 소리칩니다. 등을 쓸어내리며 아이 말이 옳다고 말해 주었죠. 아울러 누나니까 이해할 수 있을 거라고, 동생은 아직 어려서 나눔의 중요성을 모른다고, 곧 알게 될 때까지 기다리자고. 여전히 둘째는 화가 풀리지 않은 듯합니다. 말을 이었죠. "지금, 초원이가 동생에게 가르치고 있는 거야. 기억하렴. 네가 먼저 나누면 동생은 다른 아이들과 나누는 법을 배운다는 걸." 항상 공정한 것은 아니지만 옳다고 믿었습니다. 우리 가정의 원칙은 그렇게 뿌리내릴 테니까요.

두통에 압도되어 손으로 머리를 감싼 채 침대에 누워 있었습니다. 미미하게 대화 소리가 들립니다. 첫째가 동생들을 불러 놓고 얘기하는 겁니다. 엄마가 모든 걸 다 할 수는 없으니 어떻게 도울 수 있을지를 생각해 보자는 겁니다. 둘째도 아침에 엄마 얼굴 보니 마음이 아팠답니다. 더 이상 힘들어하는 걸 못 보겠다고 속상하다며, 무엇을 하면 좋을지 언니의 의견을 묻습니다. 뭘 할 수 있을지 고민하는 막내에게 우린 더 이상 '어린아이'가 아니라며 마음먹으면 많은 일을 할 수 있다고 조언해 주더군요. 잠시 주춤하더니 집안일을 나누는 것부터 시작해 보자고 의견을 모읍니다. 둘째는 좋은 생각이라며 방 청소하고 설거지와 음식물 쓰레기를 버리겠다고 말합니다. 막내는 자기 방 정리와 밥하고 빨래를 담당하겠노라고. 동생들의 말이 끝나자 첫째가 거실과 화장실 청소를 하겠다고 말을 잇습니다. 그리고 돌아가면서 엄마를 돌보고 약을 먹었는지 확인하고, 함께 모든 일을 하게 될 거라고 선언합니다. 모두가 동의하는 소리로 회의 끝! 얼굴엔 눈물이 흐르고 있었습니다. 아픈 엄마를 위해 자신들이 할 수 있는 집안일을 생각해 낸 아이들. 대견하고 자랑스러운 찰나였죠. 엄지손가락을 치켜세우며 외쳤습니다.

"그거, 좋은 생각이네?!"

일주일에 한 번씩 '사다리 타기'로 집안일을 정하기로 했다며 둘째가 기대하라고 하더군요. 첫째는 그동안 엄마가 우리를 보살펴 주셨으니 이제는 자기네가 엄마를 돌볼 차례라고 말합니다. 옆에 있던 막내가 나를 껴안고 사랑한다고 말하며 작은 손으로 어깨를 토닥토닥해 줍니다. 세 아이 모두를 끌어안았습니다. 아이들을 통해 배우는 순간이었죠. 아이들은 어렸지만 작은 어깨에 세상의 무게가 더해진 거죠. 그동안 본 것 중 가장 용감한 전사들이었습니다.

　바쁜 일상으로 나도 모르는 사이에 아이들을 존중하지 않을 때가 있었습니다. 아무리 좋은 말이지만, 나 위주로 말해서 상처를 주거나 감정이 나빠진 적도 있었지요. 지금은 잔소리라며 무시할 때도 있지만 말이죠. 여전히 아이들과 좋은 관계를 유지하려고 노력합니다. 아이들의 내면에 있는 인성을 키울 수 있도록 열린 마음으로 소통하는 노력이 필요하죠. 매순간 아이들이 하는 말, 표정, 눈빛, 행동, 제스처 등 유심히 관찰합니다. 때론 놓칠 때도 있지만. 스스로 행동하게 만드는 건 '오롯이 믿어 주는' 겁니다. 책임감 있고 배려심 있는 행동의 근간이 되죠. 어떠한 경우든 그저 인정해 주면 그뿐.

7.

지금 이 순간이 최고

지인의 소개로 고2 여학생을 상담한 적이 있습니다. 대화해 보니 꿈이 명확하지 않습니다. 그렇다고 공부에 목숨을 거는 것도 아니고요. 말을 꺼내면 불평불만에 온통 걱정거리만 늘어놓습니다. 온종일 오만가지 생각으로 꽉 차 있다고 하소연합니다. 또 '내가 누구인지, 뭘 해야 하는지' 도무지 알 길이 없다며 생각 속에 갇혀 산다고 합니다. 그녀가 하는 말을 숨죽이고 들을 뿐이었죠. 갑자기 말을 잇지 못합니다. 덤덤히 들으며 꿈을 포착하였고, 있는 그대로를 인정해 주었습니다. '이야기를 들어 보니 눈 속에 무궁한 세계의 무게를 담고 있음이 느껴진다. 또한, 하고 싶은 게 너무 많아서 고민이겠다.'라고. 순간 아이의 눈가에 힘이 들어가더니 상체가 파르르 흔들리더군요. 울고 있었습니다. 말없이 안아 주었지요. 한참 지나서 고개를 들은 아이 눈빛이 이전과는 달라진 게 느껴졌습니다. 창백했던 얼굴에 생기가 돌았고요. 이 얘기 저 얘기 두서없이 말도 많아졌습니다. 꿈을 포함하여 앞으로의 계획들을 쏟아 냅니다. 한때 생각에 사로잡혀 있던 아이였나 싶을 만큼 기운이 넘칩니다. 그거였습니다. 아이들은 자신의 이야기를 안 하는 것이 아닙니다. 진정으로 들어 주길 바라는 것이지요. 오롯이 인정받을 때, 지금을 즐기니까요.

  가족 모두 야구에 빠진 적이 있습니다. 응원하는 구단이 '한국시리즈'에 진출했을 땐 어렵게 표를 구해서 경기장까지 갔지요. 좋아하는 선수가 다릅니다. 그나마 다행인 건 같은 구단 선수였죠. 응원가도 다 외워서 아이들의 마음에 새겼더군요. 선수들과 경기에 생명을 불어넣는 성스러운 찬송이었죠. 응원하기 위해 옷을 사고 각자 좋아하는 선수의 번호와 이름을 붙였죠. 모자만 달랑 쓰고 응원하는 저에게 선수 한 명을 정하라고 하더군요. 아이들 성화에 당시 포수를 지지하기로 정하고는 티셔츠에 이름과 번호를 프린팅했습니다. 야구장에서의 관람은 매번 짜릿합니다. 야구방망이를 한 번 칠 때마다, 1루수, 안타, 홈런 하나하나가 그 순간의 생생함을 보여 주죠. 특히, 홈런을 치면 굉음과 사람들의 포효로 경기장 열기는 극에 달합니다. 하늘을 찌르는 듯한 응원가로 화답합니다. 응원단장의 리듬에 맞춰 몸을 흔들고 있는 힘을 다해 목청껏 소리 내며 환호합니다. 응원할 땐 아무 생각이 없었습니다. 끊임없는 시간의 행진 속에서 잠시 멈췄던 순간이었죠. 마치 웅장한 합창 속 멜로디처럼. 야구장에서 펼쳐지는 광경은 그야말로 성소이자 사원입니다. 모든 순간은 신성합니다. 그저 즐기고 열광하는 기쁨이 있었고, 때로는 아쉬워하며 다음 경기를 고대하죠. 가끔은 맛있는 간식 타임까지 완벽합니다.

한번은 야구에 매력을 느낀 막내가 주니어 야구단에 들어가겠다고 하더군요. 어릴 때부터 관심 있던 것도 아니었습니다. 처음엔 '저러다 말겠지.' 하고는 무시했죠. 어느 날, 여기저기 알아보았는데 근자에 야구단원을 모집하는 단체가 있다며 가 보자고 조릅니다. '잠깐 하다 그만둘 텐데, 굳이 등록해야 하나?' 하고 순간 고민을 했지요. 결국은 손을 들고 말았지만요. 쉽게 그만두지 않기로 약속을 하고 야구단에 찾아갔습니다. 이제 막 시작하는 주니어 야구단. 감독과 간단하게 면담하고 등록했습니다. 이제 내가 할 수 있는 건 훈련하러 가는 아이를 그저 지지해 줄 뿐이었죠.

한참 훈련하던 중, 다른 구단과 시합을 하기로 했다며 유니폼이 필요하다고 하더군요. 비용 부담이 되었지만 오래 입을 요량으로 좀 넉넉하게 맞추었습니다. 시합 전 옷을 입어 보니 아빠 옷을 걸친 것 같았죠. 커도 너무 컸습니다. 어쩔 도리가 없었지요. 그러나 운명은 야구공이 날아가는 것처럼 예측할 수 없었습니다. 세상이 멈췄거든요. 완강한 적이 나타난 겁니다. 코로나19. 처음엔 끄떡없었죠. 훈련은 계속 진행되었습니다. 눈에 보이지 않았고, 곧 끝날 거라 믿었으니까요. 하지만 야구단은 결국 해체되었습니다. 시합도 한 번 해 보지 못한 채 허무하게. 다만 한 가지 바람이 있다면 아이가 야구장의 조명과 빛을 오랫동안 잊지 말았으면 좋겠습니다. 메아리치는 야구장이든, 멈춘 세계의 고요한 경계든. 매 순간이 플레이할 가치가 있는 투구였고 의미 있는 게임이었음을. 여전히 귓가에 맴돕니다. 사람들의 응원과 환호, 9회 말 조용한 투구, 춤추는 듯한 선수들의 플레이. 그 속에서 야구의 재미를 발견했거든요. 아이를 마음으로 위로해 줍니다. "그동안, 충분히 즐겼으면 된 거야."

  아이들을 학원에 보내지 않았습니다. 그 돈을 모아 가족 여행을 다니는 게 가치가 있다고 여겼기 때문이죠. 한번은 일본을 가기로 계획했습니다. 티켓팅 하고 에어비앤비로 숙소만 정했죠. 나머지는 아이에게 맡겼습니다. 첫째가 전체 스케줄을 기획했고 드디어 일본행. 그러나 여행 내내 현지 상황에 따른 변수들이 있었지요. 짜 놓은 계획이 자꾸 틀어집니다. 첫째는 가끔 짜증 냈지만, 우리는 즐겼습니다. 아이를 믿었고 격려해 주고 지지해 주면서. 돌아오는 비행기에서 아이들에게 물었습니다. "이번 여행에서 배운 건 뭐지?"라고. 막내는 일본어 공부를 열심히 하겠다고 하더군요. 다음 여행 때는 사람들과 대화할 거라고요. 둘째는 우리 가족의 화합, 배려, 존중을 느꼈다고 합니다. 언니가 계획을 세워 준 덕에 편하게 여행할 수 있었다며 언니에게 고맙다고 전합니다. 계획이 약간 틀어졌지만 서로 배려하면서 다시 일정을 조율했고 각자의 의견을 존중해 주는 모습이 좋았다고 말합니다. 첫째는 인생이 계획대로 되는 게 아니며 가끔은 변수가 생긴다는 걸 배웠다고 합니다. 앞으로 계획을 세울 땐 여러 가지 대안을 세우겠다고. 이렇게 아이들과 보고 듣고 느낀 점을 나누는 작업은 충분히 의미 있는 시간입니다. 여행의 끝은 여기까지인 거죠.

지금을 사는 사람들은 다양한 압박과 스트레스에 직면해 있습니다. 바쁘게 하루를 마주합니다. 여행지에 가서도 해야 할 일들에 치여 제대로 즐기지 못하는 경우를 봅니다. 밝고 활기 넘치는 에너지는 온데간데없고 싸우고 관계가 틀어지기도 하죠. 또는 여행 가서도 일하는 어른들이나 수학여행이나 수련회를 가서도 공부하는 아이들을 보면 마음이 아프고 가엾습니다. 아이들에게 필요한 건 '지금을 즐기는 것'입니다. 있는 자리에서 현재를 즐기면 좋겠습니다. 오늘을, 지금을 감동하고 감탄하는 거죠. 눈에 보이지 않는 '성공'에 집착하지 않고 진짜 행복이 무언지를 찾으면 좋겠습니다. 믿어 주고 기다려 주면 됩니다. 마음이 진심으로 전해지면 아이들은 자신을 더 가치 있는 존재로 여길 테고, 지금 있는 자리에서 즐길 수 있으리라 확신합니다. 아이들의 현재는 우리의 미래입니다. 그저 있는 그대로 바라보고 더 많이 지지하고 더 많이 사랑해 주면 끝입니다. 지금 이 순간을 아이들과 오롯이 즐깁니다. 현재를 즐기는 건 아이들의 미래를 높이 평가하는 것이니까요. 그들은 자신만의 길을 찾을 겁니다. 더 강하고, 더 똑똑하고, 더 행복한 인간으로 성장하면서.

8.

가족이 함께하는 봉사

"엄마, 저기예요. 저기!"

첫째가 손으로 가리킵니다. 눈은 청각장애인시설의 현판을 응시하고 있었죠. 내가 강의할 때마다 첫째와 둘째가 함께 봉사를 해 왔습니다. 당일도 평소처럼 시설을 찾았지요. 반갑게 맞이하는 복지사 선생님과 손바닥으로 하이파이브를 하며 인사를 나눕니다. 아이들에게 특별한 애정을 보여 주는 복지사님께 늘 감사한 마음입니다. 강의 세팅을 하는 동안 삼삼오오 강의장으로 사람들이 모여듭니다. 아이들은 함께 노래 부르고 이야기를 나눕니다. 게임 할 때 교구를 나눠 주기도 하고 그림 그리거나 활동을할 땐 참여자들을 도와주죠. 아이들은 강의 스태프로 참여한 게 의미가 있고 보람 있는 듯했습니다. 여기저기서 첫째를 부릅니다. 웃으면서 응대하는 아이를 보니 저절로 입꼬리가 올라갑니다. 첫째는 사람들의 마음을 밝게 할 수 있는 매력적인 아이였지요. 그곳에서만큼은 말투가 더 따뜻하고 미소에 사랑이 넘칩니다. 그래서 사람들이 찾나 봅니다.

한 참여자가 첫째에게 말하더군요. 여기 올 때마다 이곳이 환해진다고. 아이의 미소가 이곳의 빛이라고. 그녀의 마음이 고스란히 전해졌습니다. 아이 입가엔 미소가 번집니다. 그녀는 시각장애인이며, 시인입니다. 엘리베이터와 시설 곳곳에 시화가 전시되어 있었죠. 마음으로 아이를 바라봐주니 뿌듯했습니다. 둘째도 덩달아 미소 짓습니다. 작은 눈동자 속에 언니를 향한 무한한 존경과 사랑이 담겨 있음이 느껴집니다. 무언가 따뜻하고 선한 에너지가 그 공간을 메우고 있었지요. 첫째의 미소에서 시작되어 시인을 거쳐 모든 이들에게 전해지는 마법과도 같은 순간이었습니다. 놀라웠고 감동적이었죠. 아이들이 이렇게 사랑받고 있으며 그 사랑을 다른 이들에게 전달하는 모습을 보니 감회가 새롭습니다.

첫째의 눈에는 자부심이 넘칩니다. 장애인 시인 할머니의 칭찬이 아이를 기쁘게 한 거죠. 아이들의 미소와 그들이 받은 칭찬 그리고 주변의 따뜻한 반응은 이 공간을 더욱 환하게 했습니다. 아이들이 주는 사랑과 그들이 받는 사랑이 완벽하게 어우러져 하나의 아름다운 꽃을 피우겠지요. 그 꽃이 보이지 않아도 느껴질 수 있었습니다. 무형이지만, 거룩한 아름다움이니까요. 그 아름다움은 눈으로 보는 것이 아니라 마음으로 느끼는 것입니다. 그날 아이들의 눈빛 속에서 사랑의 꽃이 피어나기 시작했죠.

아이들이 봉사활동을 통해 얻을 수 있는 혜택은 여러 가지가 있습니다.

첫째, 지역아동센터에서 교육할 때 스태프로 참여했습니다. 또래 친구들에게 자신의 경험을 시연한 적이 있지요. 아이는 인내의 기술, 시간을 주는 기쁨, 지식과 관심을 나누었습니다. 따뜻함을 배우는 기회가 되었다고 말하더군요. 맞습니다. 봉사활동을 통해 친절과 이타주의를 배웁니다. 봉사는 친절한 행동을 실천하는 기회죠. 봉사하면서 파생되는 기쁨과 성취감을 알아 갑니다. 다른 사람의 행복에서 즐거움을 느끼고 사랑이 넘치는 개인이 되기 위한 토대를 만들 수 있습니다.

둘째, 정기적으로 장애인 트레킹 봉사를 갑니다. 아이들은 휠체어를 타고 참여한 사람들과 다양한 연령대의 봉사자들을 만나죠. 팀으로 활동하면서 효과적으로 의사소통하고 함께 협업해서 휠체어를 끕니다. 봉사자들로부터 다양한 강점과 기술을 이해하는 방법을 배웁니다. 또한, 장애인들이 견디는 고난에 대해 이해하고 그들을 공감하고 자비로운 세계관을 키울 수 있지요. 봉사활동을 통해 감성 지능이 강화되기도 합니다. 참여한 사람들과도 상호작용을 하며 다양한 정서적 풍경을 접하게 되죠. 감정을 인식하고 이해하고 관리하는 데 능숙해지는 기회가 됩니다. 아울러 다른 사람의 감정과 요구에 반응하는 민감성을 갖춘 개인으로 성장하는 데 기초가 되기도 합니다.

셋째, 한 달에 한 번 정기적으로 비공개 시설에 봉사를 갑니다. 몸을 제대로 가눌 수 없는 분들에게 식사를 보조해 주거나 목욕을 도와주죠. 청소하거나 말벗이 되어 주기도 하고요. 때로는 그들과 함께 외부 프로그램에 참여하거나 그들과 협력하여 레크리에이션을 하기도 하죠. 이러한 상호작용을 통해 아이들은 다른 사람의 삶에 몰입하는 기회가 됩니다. 깊은 공감과 연민의 감각을 키울 수 있죠. 빛나는 존재로 성장하는 토대가 됩니다.

정리하자면, 모든 봉사의 행위를 통해 다양한 사람들과 만나고 공감하고 소통하는 경험을 합니다. 분명한 것은 아이들의 성장에 도움이 된다는 사실이죠. 봉사를 경험하면서 아이들은 사랑, 따뜻함, 친절을 발산합니다. 부드럽고 따스한 아이로 성장하는 원천이 되죠. 궁극엔 세상이 필요로 하는 사랑과 연민의 전달자로서 성장하기도 합니다. 아이들은 자신은 물론 다른 사람들의 어려움과 기쁨을 이해하고 느끼는 법도 배웁니다. 봉사 현장에서 따뜻한 미소와 부드러운 손길, 그리고 깊은 연민이 넘치는 아이들을 목격합니다. 이는 봉사활동의 변혁적인 힘에 대한 증거지요. 아이들이 사랑의 등대가 되어 부드러우면서도 강력한 빛으로 세상을 밝게 비추면 좋겠습니다.

자선 활동으로 알려진 사람은 많습니다. 부와 자원을 활용하여 자선활동을 하는 끈기와 지속성의 아이콘 빌 게이츠(Bill Gates), 역경을 극복하고 그 경험을 활용하여 누군가에게 영감을 주는 공감과 회복력의 힘을 보여 주는 오프라 윈프리(Oprah Winfrey), 아무리 어려워도 신념을 지키고 옳은 것을 위해 포기하지 않는 놀라운 용기를 보여 주는 말랄라 유사프자이(Malala Yousafzai)를 빼놓을 수 없습니다. 봉사활동이 개인의 성공을 보완할 뿐만 아니라 어떻게 삶의 의미와 가치를 높일 수 있는지 보여 주었지요. 장담컨대, 어린 시절 봉사의 경험은 가치관을 형성하고 삶의 태도에 영향을 미친다고 확신합니다.

봉사의 경험은 아이들의 인성을 키울 수 있는 절호의 기회입니다. 아이들은 말과 행동을 통해 사랑의 언어를 배우고 세상을 꿈꿉니다. 미덕은 가르치지 않고 경험하는 것이니까요. 봉사하는 동안 마주하는 모든 것들 즉, 미소, 몸짓, 느낌, 태도 등 조용하지만 강력한 사랑을 배웁니다. 그들의 입장이 되면서 아이들의 마음과 정신은 넓어집니다. 도움의 손길을 뻗치면서 아이들의 영혼은 뿌리 깊은 연민으로 물들게 되지요. 모든 경험은 배움의 순간이니까요. 봉사활동은 과외활동이 아닙니다. 아이들을 내면에서 변화시키는 연금술을 담는 신성한 여정입니다. 봉사라는 겸손한 통로에서 세상에 존재하는 것뿐만 아니라 심오하게 사는 법을 배웁니다. 단지 받는 것이 아니라 주는 것을 배우고요. 고통을 보는 것을 넘어 사랑의 손길로 고통을 덜어 주는 법도 알아 갑니다. 궁극엔, 마음이 확장되고 영혼이 풍요로워집니다. 조용하고 강력한 사랑의 씨앗이 뿌려지는 신성한 봉사 여정에 아이와 동참하길 바라며.

우리 아이 인성을 위한 페이지 3

순간을 소중히 여기는 아이로
키우고 싶다면

1 친절한 행동을 인식하고 축하하기

일상의 작은 친절이나 사려 깊은 행동을 인정해 줍니다. 다른 사람에 대한 공감과 배려의 중요성을 강화할 수 있습니다. 어려운 일을 하는 누군가를 돕거나 부탁받지도 않았는데 무언가를 공유했다면, 잠시 멈춰서 그 순간을 축하합니다. "오늘 동생의 숙제를 도와준 걸 봤어. 정말 친절했어!"라고. 순간을 인식하는 것은 친절한 습관을 기르고, 작은 행동 하나하나가 소중하다는 걸 알게 됩니다. 나아가 다른 사람을 돕는 활동에 참여함으로써 공감과 인간 경험에 대한 감사도 키웁니다.

2 산만함을 줄여 집중력 향상시키기

'스크린 타임'같이 산만함을 줄이고 주변 환경에 더 몰입할 수 있도록 합니다. "스크린 없는 일요일"을 만들어 보는 것도 좋습니다. 가족 모두 전자 기기를 끄고 걸으러 가거나 보드게임을 하거나 함께 요리하는 등의 활동을 하는 거죠. 디지털 기기가 없는 시간을 통해 가족 간의 유대감을 단단하게 할 뿐 아니라 지금 하는 활동에 몰입하고 집중할 수 있게 돕습니다.

3 **일상생활에서 감사를 가르치기**

아이가 경험하는 크고 작은 일에 대해 감사의 마음을 키울 수 있습니다. 식사하거나 가족 나들이를 다녀왔다면, 잠시 시간을 내어 "이런 시간을 함께 보낼 수 있어서 정말 고마워. 오늘은 어떤 감사한 일이 있었니?"라고 묻습니다. 하루 동안의 경험을 생각하며, 특별하거나 의미 있었던 순간들을 찾도록 격려하는 거죠. '감사 일기'를 써 보는 것도 좋습니다. 매일 저녁, 그날 감사했던 세 가지를 쓰거나 그림으로 표현하게 하는 거죠. 정기적으로 감사하는 마음을 실천하면 긍정적인 사고방식 및 정서적 회복력이 강화됩니다. 매일 실천함으로써 아이들은 당연하게 여기는 것들의 가치를 알아 갑니다.

4 **함께 '마음 챙김' 실천하기**

아이가 현재의 순간에 집중할 수 있도록 마음 챙김 연습을 도입합니다. 매일 10분씩 마음 챙김 활동을 해 보는 거죠. 조용한 공간에 함께 앉아 깊은 호흡에 집중합니다. 아이에게 눈을 감고 주변 소리에 귀를 기울이며 호흡이 몸 안으로 들어오고 나가는 감각을 느껴 보도록 격려합니다. 현재에 대한 인식을 높여 순간을 충분히 즐기는 법을 배울 수 있습니다.

5 **순간을 소중히 여기는 모습 보여 주기**

아이들은 부모의 행동을 따라 합니다. 먼저 일상의 순간을 소중히 여기는 모습을 행동으로 보여 줍니다. 식사할 때는 핸드폰을 치우고 TV를 끕니다. 의미 있는 대화를 나누고, 하루 동안 있었던 이야기를 공유하며, 아이의 경험에 진정한 관심을 보이는 겁니다. 잠자리에서 "오늘 하루 중 가장 좋았던 순간이 뭐였어?" 혹은 "오늘 놀랐던 일이 있었니?"와 같은 질문도 좋습니다. 또는 가족과 함께 '타임캡슐'을 만들어 봅니다. 현재의 삶을 나타내는 사진, 그림, 작은 기념품 등을 모아 미래의 어느 날에 열어 보기로 약속하는 거죠. 시간의 흐름을 보여 주고 현재의 순간을 소중히 여기는 법을 깨닫게 할 수 있습니다.

4장

실패를 딛고
성공하는 아이

인성 성장의 완성

창가를 덮는 얼음꽃이

따스한 햇살에 녹는 것처럼,

사람은 역경을 통해 서로 가까워지고

서로의 관계 속에서

아름다움과 조화를 피워낸다.

_쇠렌 키에르케고르

1.

자신감이 성적표입니다

첫째는『인성으로 가슴 뛰는 삶을』이라는 엄마 책 전체를 필사했습니다. 가슴에 새길 수 있는 내용이 많다며 동생들에게도 필사를 권하더군요. 둘째와 막내도 시도합니다. 아직 무리였는지 하다 말다를 반복합니다. 변화무쌍한 아이들에겐 이것도 도전이었나 봅니다. 아이들은 힘들다고 징징거렸지만 쉽게 포기하진 않았죠. 살면서 실패하거나 넘어질 때가 있습니다. 때론 승리의 경험을 맛보기도 하고요. 어쨌든, 모든 상황은 아이들의 성격을 형성하는 데 중추적인 역할을 합니다. 비록 실패의 경험이 고통스럽기는 하지만 다시 일어설 수 있다는 용기의 힘이 회복력의 씨앗을 뿌립니다. 이 여정에서 자신감은 아이들의 내적인 힘과 잠재력을 측정하는 진정한 척도가 되죠. 아이들과 약속 하나 했습니다. 아침에 일어나면 "나는 모든 면에서 점점 좋아지고 있다."를 세 번씩 외치기로요. 둘째는 A4용지에 매

직으로 크게 적어서 천장에 붙여 놓습니다. 눈을 뜨면 가장 먼저 보고 외칠 거라 하더군요.

어느 날 둘째가 "엄마, 나 망했어요!"라며 수학 시험지를 내밀더군요. 무슨 일인지 궁금했죠. 시험을 망쳤지만 괜찮다고 생각했는데 뭔지 모를 불편함이 올라왔다고 합니다. 시험 때문인지, 감정 때문인지, 아니면 무엇 때문인지를 물었지요. 아이는 수학시험 보는데 분수와 소수 부분이 어렵고 혼란스러웠다 하더군요. 저는 어렵고 혼란스러워도 괜찮다며 아마도 나한테 많은 연습을 하라는 신호일 거라고 덧붙였습니다. 아이는 연습을 충분히 했지만 이런 결과라고 한탄합니다. 아이에게 새로운 방법을 찾아보거나 부족한 부분을 강화하기 위한 추가 도움을 찾아보자며 토닥거려 주었지요. 비로소 내 말에 동의하며 다음 시험은 더 잘 보고 싶다고 합니다. '바로 그거야!' 성적은 피드백일 뿐이며 어떤 점에 집중해야 할지를 파악하는 데 도움을 주는 하나의 도구일 뿐이라고 정리했죠. 중요한 건, 성적이 아니라 노력이며 또 다른 도전의 기회라는 점을 알려 주고 싶었습니다.

지금의 아이들은 도전으로 가득 찬 세상을 헤쳐 나가고 있습니다. 교육적인 환경이나 사회적 기대, 그리고 입시 스트레스에 대한 개인적 압력을 하나로 모아 받아들이며 살고 있지요. 종종 실패하면, 재앙적인 사건으로 인식되는 환경으로 나타나기도 하죠. 이러한 실패에는 자기 발견과 회복력의 뿌리가 내재되어 있음을 알았으면 좋겠습니다. 아이들이 힘들어할 때면 사실에 초점을 맞추고 최대한 감정을 억제하며 대화를 합니다. 답을 찾아 주고 싶은 욕구가 끊임없이 올라옵니다. 하지만 감정을 최대한 억제하고 아이가 직면한 구체적인 문제를 이해하려 합니다. 실패로 인해 얻을 수 있는 학습의 기회를 강조하고 싶어서죠. 아이는 포기하지 않고 다시 시도해 보겠다고 다짐하죠. 얼마나 대견한지요.

아이들이 사회적 환경에 민감한 건 분명한 사실입니다. 경쟁 구도에 있는 친구들의 압력, 인정받고 싶은 욕구, 어울리지 못하는 것에 대한 두려움 등은 성과에 영향을 미칠 수 있지요. 반장으로서 책임이나 봉사활동보다 성적을 우선시하는 부모들이 종종 있습니다. 성적과 시험 점수에 중점을 두는 교육 시스템 또한 때때로 엄청난 스트레스의 원인이 되죠. 학업적으로 탁월해야 한다는 압박감이 아이들을 압도하여 정신 건강에 영향을 미칩니다. 개인적인 소망이나 가족의 기대로 인해 발생하는 내재적 압력에 직면하기도 하고요. 부모와 사회의 기대를 충족시키려는 아이들은 가끔 비현실적인 기준을 설정하기도 하지요. 이는 불안과 잠재적인 실패로 이어지는 원인이 됩니다. 실패를 경험하면서 다양한 심리적 문제가 생길 때도 있습니다. 슬픔, 좌절, 분노 또는 위축감에 시달리기도 하고요. 자존감이 떨어지거나 우울 및 두려움에 빠지기도 합니다. 궁극엔 자신은 부족하고 능력이 없으며 똑똑하지 않다고 믿어 버립니다. 실패를 내면화해 버리는 거죠. 잠재적으로는 다시 실패할 수 있는 상황을 피하는 것처럼 보입니다. 이것이 회피와 두려움의 패턴으로 이어지는 것도 모른 채 말입니다.

　기억에 남는 일이 있습니다. 당시 첫째는 연극동아리 단장이었어요. 공연 연습을 하고 돌아오더니 다짜고짜 말합니다. 팀이 엉망이었다고요. 아이와 소파에 앉고는 "엉망이라고 생각하는구나. 그렇지만, 괜찮아."라고 말해 주었죠. 아이가 덧붙여 말하더군요. 연습을 엄청 했는데도 여전히 부족해서 팀원 모두에게 실망스럽다고요. 기억하길 바라는 두 가지를 알려 주었죠. 하나는 '지금 벌어지는 일들은 단지 하나의 게임일 뿐'이란 것, 다른 하나는 '누구에게나 자신이 원하는 만큼 성과를 내지 못하는 순간이 있다'는 것. 얼마나 많은 연습을 했는지 엄마는 알고 있으며, 아마 팀원들도 느끼고 있을 거라고 위로했죠. 모두가 혼신의 마음으로 연습했다면 그걸로 된 거니 괜찮다고 여러 차례 말해 주었습니다. 한참 뒤에 오늘 무얼 배웠는지 물었더니 아이는 아무래도 압박감을 더 잘 감당해야 한다는 것과 좀 더 노력해야 할 몇 가지 기술이 있다는 걸 알게 되었다고 하더군요.

　"바로 그거야! 정말 큰 깨달음이네. 으이그 기특해라! 엄마는 너를 응원하기 위해 항상 여기 있을 거야. 무슨 일이 있어도 네가 자랑스러워. 인생을 살아가면서 마주하는 모든 상황에서 배움의 순간이 있다는 걸 기억해. 실패든 성공이든 어떤 상황에도 있어. 그건 네가 의미와 가치를 부여하는 만큼 알아차릴 수 있지. 아침마다 외치는 거 있잖아. '모든 면에서 날마다 점점 강해지고 현명해지고 있다.' (토닥토닥하며) 언제나, 내 사랑. 이제 다음을 준비하는 데 집중하자! 이기든 지든 가장 중요한 건 노력했다는 사실이지. 그 경험으로부터 배우고 한 뼘은 더 성장했다는 사실을 기억하자꾸나."

아이가 살포시 안깁니다. 감정과 실망을 인정해 주었을 뿐이죠. 그래요. 실패로부터 배울 수 있도록 돕고 변함없이 지지하고 있다는 신뢰를 보여 주면 됩니다. 정서적 지원과 끊임없이 격려를 보낼 때 아이들의 자신감은 팍팍 올라가니까요.

변화가 끊이지 않는 세상입니다. 아이들이 실패를 경험했을 때 그것을 포용하고 극복하는 능력은 귀한 자산이 됩니다. 실패와 성공의 경험으로부터 배울 수 있도록 도우면 되지요. 아이들이 실패에 직면하면 이를 분석해 보는 기회가 되도록 말이죠. 현재 자신의 상황을 이해하면 앞으로 나아갈 수 있는 능력을 갖추게 되니까요. 그것을 받아들이면 삶을 배우고 성장할 수 있는 자신감의 초석이 됩니다. 자신감은 타고난 특성이 아닙니다. 실패가 없을 때 키워지는 게 아니라 실패의 과정에서 싹트는 겁니다. 그래서 부모의 역할이 중요하지요. 학문적 지혜를 전달하는 것 이상으로요. 부모는 아이의 정신적·정서적 강인함을 키워 주는 촉진자이자, 영성을 지켜 주는 관리자가 될 수 있습니다. 고정적 사고방식이 아니라 성장형 사고방식을 심어 주면 되는 거지요. 실패를 경험할 때마다 막다른 골목에 빠졌다는 생각이 들지 않도록! 더 큰 성취를 향한 디딤돌로 인식되도록! 나부터 공부하고 노력하며 단단함을 장착해 봅니다.

2.

미디어에 흔들리지 않는 좌표

"엄마, 핸드폰 볼래!", "밥 먹을 땐 밥만 먹어야지!", "싫어. 싫어."

아이는 발악하며 울음을 터트립니다. 엄마는 아이를 달래며 핸드폰을 허락하고 말지요. 그리고는 밥 한술 떠먹여 줍니다. 음식을 입에 물고는 눈도 깜빡하지 않고 핸드폰 속 영상을 뚫어지게 쳐다봅니다. 스마트폰에 빠진 아이들이 부쩍 늘고 있습니다. 심지어 아직 말을 하지 못하는 아이들까지도 마찬가지죠. 심각합니다. 미디어 리터러시 교육이 필요한 이유지요. 아이들 스스로가 미디어를 통해 들어오는 정보를 비판적으로 평가할 수 있어야 합니다. 복잡하고 다양한 메시지 속에서도 자신의 가치와 신념을 지킬 수 있으면 좋겠습니다.

많은 부모가 딜레마에 빠지곤 합니다. 내 아이가 착한 사람으로 살아가기를 바라면서도, 동시에 내 아이가 너무 착할까 봐 걱정하기도 하지요. 또 욕심을 부리는 것도 싫지만 너무 욕심이 없으면 이 또한 걱정이고요. 막내는 어렸을 때부터 주위를 밝게 만드는 아이였습니다. 갓난아기 때부터 울음보다 웃음이 많았지요. 지나가던 사람들과 눈을 맞추기만 해도 방긋방긋. 성격은 타고난다는 말이 맞나 봅니다. 마치 봄날의 태양처럼 따스하고 밝았거든요. 흔히 자녀 중 막내가 응석도 많고 욕심도 많다고 하던데. 어찌 된 셈인지 막내는 응석도 욕심도 없었습니다. 누나들이 달라고 하면 자기 입에 들어가려던 딸기도 내어 줍니다. 태생이 양보와 배려의 아이콘인가 봅니다. 마음 한편에 '이런 유한 성격으로 험한 세상을 어떻게 헤쳐 나갈까?'라는 걱정이 가득했지만, 한편으론 막내의 착함과 욕심 없음이 대견합니다. 워낙에 조용하지만 잘 웃으니 누나들로부터 사랑도 받습니다.

5세 때부터 '아기 스포츠단'에 다녔습니다. 스포츠를 포함하여 누리과정을 운영하는 유치원이었지요. 어느 날, 가족 운동회가 열렸습니다. 막내가 팀 대표로 계주를 한다며 초대하더군요. '저 꼬맹이가 무슨 달리기를 하나?!' 싶었죠. 당일 우리 가족은 호기심으로 지켜보았습니다. 예상했던 대로였습니다. 계주하는 선수 중에서 키가 가장 작았고 왜소했습니다. 게다가 마지막 주자였지요. 숨죽여 지켜보는데 어찌나 날쌔고 빠르던지 발의 움직임이 보지 않을 정도였죠. 내가 알던 꼬마가 아니었습니다. 가족 모두 놀라서 입을 다물지 못했지요. 말하지 않아도 달리기를 좋아하는 이유를 알겠더군요. 막내의 발걸음은 항상 가볍고 생기가 넘칩니다. 그 에너지는 가족과 친구들에게도 영향을 미치죠.

둘째가 소리칩니다. "지후야, 빨리 와! 집라인 타자!" 막내는 빠르게 집라인을 향해 달려갑니다. 첫 번째로 집라인을 탔습니다. 얼굴엔 미소가 가득했지요. 꼭 잡았던 줄을 놓으며 뛰어내립니다. 아이들의 웃음소리가 공원 곳곳에서 울립니다. "와, 진짜 신나!" 발이 땅에 닿자마자 이빨을 드러내며 웃습니다. 학교생활에도 그대로 반영되었죠. 체육 시간이 가장 기다려지는 시간이라고 할 만큼 인라인, 발야구, 축구 등 다양한 운동을 즐깁니다. 지금도 밤이면 운동하러 다녀오죠. 막내의 소리 없는 웃음과 운동을 통한 활력은 침묵을 뚫고 긍정적인 에너지로 바꾸어 줍니다.

막내가 초등학교 5학년 때. 당시 인기 모바일 게임인 '마인크래프트'에 빠졌습니다. 학교 친구들 사이에서 빠르게 퍼져 나가며 인기를 끌고 있었지요. 학교에서 돌아오면 바로 컴퓨터 전원을 켭니다. 레벨 업을 해야 했고 친구들과의 레이드에 참여해야 했지요. 얼마나 재미있는지 물었더니 다채로운 그래픽과 짜릿한 미션, 그리고 다양한 캐릭터로 구성되어 있다며 신나게 말합니다. 더군다나 게임 속 세계는 매력적이라며 그 속에서 자신을 발견할 수 있다고 말할 정도였습니다. 그러던 어느 날, 게임 속에서의 이벤트가 주의를 끌었나 봅니다. 레벨을 빨리 올리면 특별한 아이템을 얻을 수 있다며 허락을 구하더군요.

"엄마, 이벤트 아이템을 얻으려면 오늘 좀 더 해야 해. 1시간만 더 해도 돼?"

"음. 그럼 1시간만 더 하고, 그다음에는 책부터 읽는 거다!"

"응. 약속할게!"

조건을 붙였는데도 답변이 빠르게 돌아오더군요. 마치 대충 대답하는 것처럼 말이죠. 알람이 울리자 게임을 정지시킵니다. 책 읽을 시간이었거든요. 게임을 즐기고 있었지만, 엄마와의 약속을 인지하고 있었나 봅니다. 게임 안의 세계는 흥미롭고 끌려 들어가도록 만들어졌지만, 막내는 게임에 흔들리지 않았습니다. 약속했던 시간 동안만 게임을 했고 그 시간이 지나자 자동으로 게임을 종료했습니다. 막내에게 있어서 게임은 그저 일상 중의 한 부분으로, 그 이상도 이하도 아니었습니다.

게임 속의 세계에서 벗어나 실제 세계로 돌아온 막내는 독서에 집중합니다. 책을 읽고 나서 서평까지 쓰는 게 막내가 해야 하는 루틴이었거든요. 그것을 마무리해야 마음대로 하고 싶은 걸 할 수 있으니까요. 단언컨대, 막내는 게임과 독서 사이에서 균형을 유지하는 방법을 알고 있던 거죠. 일과표에는 게임 시간, 독서와 서평, 그리고 가족과 함께 보내는 시간이 명확하게 표시되어 있습니다. 중학교에 올라가서도 그대로 유지되었지요. 게임에 빠진 친구 이야기를 한 적이 있습니다. 그래서일까요. 막내는 다르게 행동합니다. 게임은 여전히 아이의 삶의 일부였지만, 일상을 지배하진 않았습니다. 내 아들이지만 멋집니다. 초등학교 시절에 습득한 규칙과 자기 조절 능력은 흔들리지 않고 건강하게 상호작용했습니다.

한편, 아이 방은 깨끗하고 정리되어 있습니다. 해야 할 일은 미리 계획하고 일정을 정해 놓죠. 자신의 시간을 소중하게 여기는 듯합니다. 독서의 중요성을 알고 있고요. 무엇보다도 약속된 시간에 게임을 멈추어 독서에 집중합니다. 게임을 즐기되 그것이 학업과 개인적인 발전을 방해하지 않도록 관리하는 능력! 그것이 막내가 초등학교 때부터 키워 온 소중한 자산이었으리라 짐작합니다.

아이가 미디어에 중독되지 않고 잘 성장할 수 있었던 비결은 무엇일까요? 여러 가지 요소가 있겠지만, 세 가지로 정리해 보았습니다. 첫째, 올바른 교육과 인식입니다. SNS를 보더라도 유해한 내용을 거를 수 있는 신중한 태도를 가르쳤습니다. 각종 미디어를 통해 다양한 정보를 구할 때도 나이에 맞는 콘텐츠만 볼 수 있도록 지도했죠. 둘째, 시간 관리와 자기 조절 능력입니다. 약속을 지키기 위해 노력하도록 유도했습니다. 게임을 하거나 TV를 볼 때도 시간을 정해 두는 습관을 갖도록 했지요. 셋째, 가족과의 소통입니다. 미디어 사용에 관한 경험과 감정을 나누었습니다. 누나들의 경험도 공유했고요. 스마트폰을 사용하는 패턴과 조절 방법 그리고 영향을 이해하도록 했습니다.

정리하면, 각종 미디어 매체가 아이들에게 제한 없이 노출되는 세상입니다. 자칫 관심을 소홀히 했다간 유해한 정보와 위험한 지식들이 마구 스며들 우려가 큽니다. 일부 부모는 엄격한 규칙과 제한을 두기도 하고, 다른 부모들은 지지적인 입장을 선택하기도 하죠. 반면에 일부 부모는 자녀가 거의 제한 없이 사용할 수 있도록 허용합니다. 미디어 사용을 제한하든, 지지하든, 허용하든. 중요한 건 아이에게 자율성을 부여하는 겁니다. 그러기 위해서는 열린 대화를 유도하고 건강한 디지털 습관에 대한 지침도 공유합니다. 보다 균형 잡힌 생활 방식을 장려하기 위한 대안 활동도 함께 나누면 좋고요. 조금만 애착을 갖고 가르치고 유도하면 아이들은 건강하게 성장할 수 있습니다. 나부터 온 · 오프라인 생활을 스스로 조절하고 균형을 맞추는 태도를 생활화해야겠습니다.

3.

타인을 이해한다는 것

아이가 말을 잘 하지 않는다고 하소연하는 부모들이 많습니다. 집에 오면 방 안에 틀어박혀 나오지 않거나, 어쩌다 말하게 되면 제대로 집중해서 들질 않는다고 속상해합니다. 하물며 스마트폰만 쳐다본다는 거죠. 누구나 자신의 이야기를 들어 주기를 원하지만 쉽지 않습니다. 달리 생각해 보면, 정작 자신의 문제가 무언지 알아보려 하지 않습니다. 아이가 말하려는 의도가 무엇인지 들으려고 하지도 않고요. 그러면서 "이건, 다 널 위해서야! 토 달지 말고 공부나 해!", "변명하지 마라! 입 다물어! 어디 엄마에게 말대꾸야!", "네까짓 게 뭘 안다고 나를 가르치려 들어?"라며. 아이들이 하는 말의 의미나 내용에 대해 따져 보는 것 자체를 거부합니다. 또는 그 말을 무시해 버리기 일쑤지요. 아이가 자신들의 말을 경청하길 바란다며 앞뒤가 맞지 않는 함정에 빠져 버립니다.

말을 한다는 건 그 이야기를 듣는 사람이 들어 주기를 바라기 때문에 하는 것입니다. 모르는 이야기나 관심 없는 이야기를 하더라도 최대한 재미있게 들어 주려고 노력해야 하죠. 아이가 "내가 하는 말에 왜 맞장구를 치지 않아요?"라고 따지기 전에요. 그래서 적극적으로 경청한다는 건 피드백을 포함합니다. 맞장구, 추임새, 호응 등 아이의 말을 재미있게 듣고 있다는 것을 몸으로 표현해 주면 끝입니다. 그들의 말에 고개를 끄덕이며 '아하!', '음', '그렇지!' 등의 반응을 해 주면 신나게 종알거립니다. 자신도 모르게 속마음이 줄줄 나오지요. 그런데, 보통의 경우 '말귀를 못 알아듣는다.'라며 소리 지르는 부모가 많습니다. 안타까운 일이죠. 모두가 알다시피 최고의 대화는 경청입니다. 단순히 '듣기'를 말하는 게 아닙니다. 아이 마음을 거슬리게 하지 않고 있는 그대로를 듣는 걸 의미하죠.

아이들이 말을 걸어오면 "아, 그렇구나. 정말? 그랬어? 그리고? 대단하다!", "그러니까 ○○라고 말하는 거구나.", "○○라고 생각해 보면 어때?"라고 재구성하거나 요약해서 말하려고 노력합니다. 이해가 되지 않으면 역으로 아이에게 질문하죠. 나의 시선은 늘 아이들에게 향해 있습니다. 아이들의 몸짓과 말투 하나하나 놓치지 않으려고 촉을 세우고 듣습니다. 말할 땐 최대한 가까운 거리에서 편안한 어조로 표현합니다. 한편, 중간에 말을 끊는 건 최악이죠. 하고 싶은 말이 있거나 해야 할 말이 떠오르더라도 먼저 듣고 난 다음에 말합니다. 그때 해도 늦지 않으니까요. 학교생활에서의 어려움, 친구 관계, 다양한 고민과 일상의 기쁨 등 시간 가는 줄 모르고 나불거립니다. 그럴 때도 오롯이 그들 앞에 있어 줍니다. 평가판단하지 않고, 마음으로 경청하면서요.

유난히도 예민하고 호기심 많은 둘째. 여름만 되면 아토피가 심해져 밤이 새도록 뒤척입니다. 그런 둘째와 시간을 많이 가지려고 애썼습니다. 눈 마주치고, 안아 주고, 놀아 주고, 사랑한다고 자주 표현하면서. 바쁜 현실이 힘들고 불편했지만 인정했습니다. 아이들 탓으로 돌리기엔 너무 미안했거든요. 마음을 위하는 말뿐만이 아니라 그들의 표정을 읽고 있는 그대로 말해 주었습니다. 나에게 원하는 게 무언지 이해하려고 애쓰면서요. 가능한 저녁은 집에서 함께 먹었습니다. 관심과 공감 그리고 사랑을 담아서 말이죠. 지금은 엄마표 김밥이 가장 맛있다는 아이, 리더십을 발휘하며 학교생활 잘하고 있답니다.

어느 날, 둘째 담임으로부터 전화가 왔습니다. 아이가 부반장이지만 반 대표 엄마를 해 줄 수 있냐고요. 고민해 보겠다며 전화를 끊었죠. 하교한 아이에게 상황을 들으니 이해가 되었습니다. 반장을 하려고 했는데 친구가 학종 때문에 본인이 하겠다면서 양보해 달라고 했다는군요. 반장을 위해 '명연설'까지 준비해 간 둘째는 기꺼이 친구에게 반장 자리를 내주었답니다. 그래서 부반장으로 출마했고 거의 목표에 가깝게 표를 받았다며 어깨를 들썩거립니다. "인기 짱이지! 나, 이런 사람이야~" 친구를 배려하는 마음이 탁월한 둘째가 기특합니다. 친구의 마음을 읽어 주고 감정을 반영하는 능력은 공감의 기반이 됩니다. 공감은 아이들에게 자신과 다른 사람의 감정적 상태를 탐색할 수 있는 도구죠. 살면서 실패를 마주했을 때 전례 없는 성공으로 바꾸는 공감의 힘을 보여 주리라 기대합니다.

교수학습지원센터 사업으로 동료 코칭을 한 적이 있습니다. 강의계획서를 짜고 동료 교수가 내 수업을 참관한 후 피드백하는 프로젝트였죠. 다른 교수가 내 수업을 피드백한다고 생각하니 부담은 되었지만, 효과는 매우 좋았습니다. 준비된 강의를 하는데 평소보다 더 명확한 의미로 전달할 수 있었거든요. 아무 말이나 생각나는 대로 말하지 않게 되었고요. 시나리오까지 짜는 수고가 헛된 시간은 아니었습니다. 가끔 셀프 코칭을 위해 리허설을 녹음해서 들어보곤 했는데 여기에서 아이디어를 얻었죠. 종종 아이들과 나누는 말을 녹음합니다. 들어 보면 나의 언어 습관을 돌아보게 되지요. 아이들의 반응을 제삼자의 입장에서 관찰할 수 있거든요. 좀 더 많이 들어 주고 기다려 주고 공감해야겠다고 깨달은 순간이었죠. 아이들도 가끔 엄마와 약속할 땐 스마트폰 녹음기를 들이밀 때가 있습니다. 일방적인 약속이 아닌 증거를 남기기 위함이라고요.

다른 사람을 이해하는 아이로 키우기 위해 다음과 같은 세 가지를 실천했습니다.

우선, 다른 사람과 대화할 때 공감과 이해의 모범이 되고자 했습니다. 존중하는 의사소통, 적극적인 경청, 연민을 보여 줌으로써 아이들이 자연스럽게 따라 할 수 있기를 바랐습니다. 가족이나 친구 심지어 낯선 사람에게도 친절을 베풀었고, 다른 사람의 관점을 이해하고자 노력하는 말과 행동을 했습니다.

둘째, 공감과 감성 지능에 대해 적극적으로 가르쳐 주었습니다. 아이들이 느끼는 감정에 대해 나누고 자신의 감정을 표현하고 다른 사람의 감정을 인식하도록 격려했지요. 책을 읽거나 말할 때 등 실제 상황에서 이해와 경청이 중요하다고 강조했죠. 다양한 관점으로 생각해 볼 수 있도록 질문도 자주 했고요.

셋째, 아이들이 다양한 경험에 참여할 수 있도록 기회를 만들었습니다. 봉사활동, 문화 행사, 그룹 활동 등 적극적으로 참여를 권했습니다. 즉, 아이들이 더 넓은 관점과 공감 및 이해 능력을 키우도록 다양한 환경과 상황에 노출 시켰습니다.

다른 사람을 이해하려면 세상을 보는 독특한 렌즈를 장착해야 합니다. 먼저, 나를 인정하고 존중하고 수용해야 하지요. 다른 사람의 감정과 관점을 이해하는 원천이 되거든요. 공감은 탄력성을 키우고 지지적인 소셜 네트워크를 조성합니다. 공감 능력이 있으면, 실패에 직면했을 때 헤쳐 나가고 극복할 수 있는 멘탈도 강화되리라 확신합니다. 남을 이해하는 아이를 위한 최고의 선물은 단연코, '공감'이니까요.

4.

갈등 해결 능력이 곧 스펙

첫째가 초등학교 6학년 때, 치과의사가 꿈이었습니다. 책을 사랑했고 놀기도 잘했으며 성적도 좋았죠. 크고 넓은 공원에서 친구들과 숨바꼭질 하고, 나무 타고 모래놀이도 하며 종알종알 이야기하기를 즐기는 말괄량 이 소녀였죠. 특히, 그림 그리기를 좋아해서 방안 벽에 큰 4절지를 붙여 주었습니다. 아울러 과학과 수학 문제를 풀 땐 '짜릿하다.'라고 표현해서 나를 놀라게 했죠. '오늘은 무슨 재미있는 일이 생길까?'를 꿈꾸며 매일 아침 걸어서 등교하는 활달한 아이. 그녀의 밝고 긍정적인 에너지가 사랑스러웠습니다.

시계는 저녁 9시를 가리킵니다. 연락도 없이 집에 들어오지 않았습니다. 핸드폰을 사 주지 않은 나의 불찰이라 생각하며 자책했습니다. 대문

밖에 서서 그녀를 기다렸습니다. 어슬렁어슬렁 아이가 다가오더군요. 자신의 무책임함을 인정하고 싶지 않았는지 말이 없습니다. 엄격한 눈빛으로 바라보던 엄마의 표정, 진지한 눈빛과 무거운 얼굴, 성난 파도처럼 밀려오는 목소리. 아이의 마음을 얼어붙게 했을지도 모른다는 생각이 스칩니다. 나였어도 아무 말도 못 했을 테니까요. "왜 이렇게 늦게 들어와? 연락도 없이!" 다그치는 말에 아무런 대꾸도 없습니다. 처음 있는 일이었거든요. 당황하고 두려웠으리라 짐작됩니다. 친구들과 놀면서 자유를 즐기고 싶기도 했을 테고, 동시에 엄마 아빠의 기대와 책임감에 대응해야 했으니까요. 어린 마음에 스스로를 탓하지 말기를 바랄 뿐이었죠. 애정과 책임 사이에서 갈등을 해결하는 건 아이의 몫이니까요.

　집으로 들어가서 일단 씻습니다. 여전히 말이 없습니다. 자기 방으로 들어가 버립니다. '내가 너무 심했나?' 단호한 목소리와 실망에 찬 눈빛이 아이를 힘들게 한 것 같아 미안했습니다. 놀라고 걱정했던 마음 가라앉히고 '괜찮아. 무사히 돌아와서.'라고 말해 주려고 방문을 열었죠. 베개에 얼굴을 묻고 울고 있더군요. 조용히 문을 닫고 돌아섰습니다. 혼자만의 시간이 필요하리라 생각했죠. 심사숙고하는 시간을 가지면 좋겠다고요. 어쩌면 자신이 원하는 것이 무엇이고 엄마와의 관계에서 어떤 존재로서 성장해야 하는지에 대해 묵상하는 시간이 되기를 바란 거죠. 한참이 지나 거실로 나온 첫째는 깊게 숨을 들이마시며 말합니다. 진짜로 반성 많이 했고, 시간 가는 줄 모르고 연락 없이 늦게 들어와 잘못했다며 다시는 걱정 끼치지 않겠다고 말이죠. 순간, 어린 어깨가 얼마나 무거울지 상상이 갔습니다. 결심의 말을 전하는 목소리에 진심이 느껴졌죠. 겸손하고 성숙해졌다고 할까요. 손을 잡았더니 어린 손에서 힘이 느껴집니다. 어쩌면 새로운 약속을 새기는 배움의 순간일지도 모르겠습니다.

며칠 후, 그 일을 통해 무엇을 배웠는지 아이에게 물었습니다. "네, 엄마. 갈등이 다 나쁜 것은 아닌 것 같아요. 그걸 기회로 보니까 완전 새로워요. 엄마의 감정과 생각을 더 잘 이해하고 존중하는 시간이었어요. 엄마랑 관계가 더 좋아진 것 같아요. 또 감정을 조절하고 통제하는 능력도 중요한 거 같고요."라고. 정성을 다해 말하는 아이의 답변을 들으니 절로 입꼬리가 올라갑니다. 아이 스스로 눈부신 성장과 변화를 목격하다니 뿌듯하고 기특하달까요. 살면서 갈등 상황을 마주했을 때, 아이는 공감과 이해로 타인을 대하고 해결하는 방법도 성숙하게 대처하리라 확신합니다.

어느 저녁, 가스레인지 위에서 끓고 있는 된장국 향이 진합니다. 식탁에서 둘째가 수학 숙제를 하고 있었죠. 문제가 잘 풀리지 않는지 씩씩거립니다. 저녁 식사를 준비하느라 바빴지만, 아이에게 관심이 쏠렸죠. 연필 쥔 손이 노래지더니 공책에 아무렇게나 낙서를 합니다. "엄마, 이해가 안 돼요! 너무 어려워요."라고 소리치며 연필을 내동댕이칩니다. 행주로 손을 닦은 후 아이에게 다가갔습니다. 문제를 살펴볼 요량으로 조용히 식탁에 앉았지요. 아이는 호흡이 거칠었고 울먹거립니다. 도움 필요 없다며 공책도 식탁 아래로 있는 힘껏 내던집니다. 얼굴이 붉어지더니 고였던 눈물이 쏟아집니다. 나도 짜증이 났지만 침착함을 유지하고자 깊게 숨을 들이쉬고 내쉬었습니다. 수학이 때론 정말 어려울 수도 있다고 말하며 아이를 달래 보았지요. 그러나 아이는 듣는 둥 마는 둥 거실 소파로 가 버립니다. 걱정과 슬픔이 올라옵니다. 아이를 돕고 싶었거든요. 하지만 지금 당장 밀어붙이는 건 상황을 더욱 악화시킬 뿐이라는 것을 알고 있기에 아이에게 시간을 주기로 했습니다.

저녁 식사 후, 아이에게 과제 노트를 가지고 식탁으로 와 보라고 했죠. 차분히 앉아 풀었던 과정을 설명해 달라고 했고, 아이가 이해한 부분에 대해서 축하를 해 주었습니다. 풀이 과정에서, 어려웠던 개념을 조금씩 이해하기 시작하더군요. 어느 정도 시간이 지나자 얼굴에 미소가 보입니다. 여유가 생겼는지 아까는 화내서 죄송했다고 반성합니다. "괜찮아. 엄마는 네가 그것을 포기하지 않고 끝까지 극복해 나간 게 자랑스러워. 갈등 해결은 간단해. 다만, 매일 점점 더 나아지고 있다는 걸 기억했으면 좋겠어."라고 화답했죠. 어떤 깨달음을 얻은 표정으로 아이는 고개를 끄덕입니다. 수학 문제든 사람과의 갈등이든, 인내하고 이해하며 열린 대화로 소통하면 해결될 수 있다는 걸 배웠으리라 여깁니다. 중요한 것은, 언제든 엄마의 도움을 받을 수 있다는 사실이죠.

첫째가 6학년이던 어느 화창한 오후, 동네 놀이터에 모여 놀고 있을 때 있었던 일입니다. 둘째와 막내가 논쟁을 벌이기 전까지는 모든 것이 순조로웠죠. 둘째는 자신이 더 오래 기다렸다고 주장했고, 막내는 이제 자신의 차례라고 우깁니다. 두 아이 모두 목소리를 높였고 몸을 살짝 밀치기까지 합니다. 상황을 알아차린 첫째가 문제 해결에 개입합니다. 먼저, 동생들에게 호흡하자고 권하고는 둘 사이에 자리를 잡고 함께 해결할 수 있다며 침착하게 말합니다. 둘째와 막내는 호기심과 짜증이 섞인 눈으로 첫째를 바라보며 잠시 멈추었죠. 둘 다 그네를 타고 싶다고 다투니까 방법을 찾아보는 게 어떤지 질문합니다. 듣는 것의 중요성을 알고 있었기 때문이죠. 이어서 둘째와 막내에게 각자의 입장을 설명해 달라고 요청합니다. 둘째는 차례가 오기를 오래 기다렸다고 설명했고, 막내는 오늘은 스윙을 제대로 할 기회가 없었다고 말합니다. 동생들의 입장을 모두 들은 후 타협을 제안했죠. "이건 어때? 누나가 기다리고 있으니, 5분 후에 그네를 탈 수 있고, 지후는 5분 후에 바로 누나에게 양보하는 거야. 다시 말해 차례가 올 때까지 5분 동안만 그네를 타면 되는 거야. 이해했니?" 둘은 서로를 바라보았다가 다시 첫째를 바라보며 동의한다는 뜻으로 천천히 고개를 끄덕입니다. 동생들이 그네에서 공평한 시간을 보낼 수 있도록, 첫째는 시계에 타이머를 설정했지요. 타이머가 울리자 둘째는 기쁜 마음으로 그네에서 뛰어내려 막내에게 그네를 타라고 손짓합니다. 기다리는 동안 둘째와 첫째는 웃고 뛰어다니면서 술래잡기 게임을 합니다. 시간이 다 되자 막내도 그네에서 내려 활짝 웃으며 게임에 참여합니다. 그들은 계속해서 함께 놀았고 그 갈등은 이제 먼 기억이 되었습니다.

그날 저녁, 놀이터에서 보낸 하루에 대해 나누었습니다. 첫째는 동생들의 논쟁을 해결하는 데 자신이 어떻게 도움을 주었는지 자랑합니다. 아이를 격하게 껴안으며 이해심도 많고 수완이 풍부하다고 칭찬해 주었지요. 동생들을 위해 더 나은 하루를 만들었으니까요. 침착했고 경청했으며 공정한 해결책을 찾은 첫째 덕분에 모두가 행복한 시간이 되었으리라 확신합니다.

우리는 살면서 다양한 갈등을 마주합니다. 그 과정에서 깨달은 지혜와 능력을 바탕으로 인생의 다음 단계로 나아가죠. 개인적인 성취만을 추구하는 삶이 아닙니다. 갈등 해결의 과정과 배움을 공유하고 다른 사람들과 함께 성장하는 방향으로 전환하는 거죠. 맞습니다. 갈등 해결 능력은 지속적인 성장의 디딤돌이 됩니다. 갈등을 해결하는 과정에서 배움과 성장은 자신뿐만 아니라 주변 모든 사람에게도 영감을 줍니다. 그 경험이 미래에 더 큰 성취와 성공을 향해 나아가는 디딤돌이 되기를 응원합니다.

5.

도전은 끝이 없음을

    오랜만에 둘째를 맞이했습니다. 가방을 어깨에 느슨하게 걸치고 터벅터벅 집으로 들어옵니다. 둘째의 침울한 얼굴을 보며 괜찮냐고 물었지요. 분노와 실망이 뒤섞인 얼굴을 한 채 떨리는 목소리로 대답합니다. "운동은 자신 있는데, 수학은 꽝인 듯해요!" 학원엘 다니지 않습니다. 가끔 모르는 게 있으면 여섯 살 많은 언니에게 배우게 했죠. 그날 시험지를 보니 붉은색으로 도배되었더군요. 상황의 심각성을 알아차리고는 아이를 앉혔습니다.

    누구나 어떤 시점에서는 실패하기도 한다며 거실에 있던 국화꽃을 떠올려 보라고 했죠. 국화는 꽃이 핀 후 그것이 어떻게 시들어 버릴지 생각하지 않는다고 말이죠. 그래서 엄마는 포기하지 않고 계속해서 물을 주고 가꾸었다며, 노력 끝에 아름답고 탄력 있는 국화꽃이 피었던 기억을 차근차근 말해 주었죠. 하지만, 아이는 자기가 국화는 아니라며 반박하더군요. 동의하며 말을 이었습니다. '너는 국화보다 훨씬 더 가능성이 있어. 살면서 경험하는 실패는 그 국화처럼 꽃을 피울 기회가 될 수 있지. 다만, 중간에 포기하면 이 여정의 끝에서 꽃이 피는 걸 볼 수는 없다.'라고. 그 순간, 아이의 눈망울이 빛이 납니다. 갑자기 서점에 가자고 조르더군요. 당장 문제집부터 사겠다고요. 실패와 좌절은 가혹했지만, 그 속에서도 아이는 자신의 '태양'을 향해 손을 뻗으려고 합니다. 지지합니다. 아이에게 도전이 되는 모든 수학 방정식 등 문제에 대해 국화꽃을 회상하면서.

몇 달 뒤, 성적표를 들고 환호하면서 뛰어옵니다. 눈썹을 치켜뜨고 미소 짓는 입꼬리가 장난스럽기까지 합니다. 실패는 끝이 아니라 또 다른 도전을 향한 발걸음이죠. 국화와 마찬가지입니다. 아이들도 성장하기 위해서는 폭풍과 햇빛을 마주하고 받아들여야 하죠. 그런 의미에서 부모는 정원사입니다. 아이들을 보호하기 위해 존재할 뿐 아니라 성장을 촉진하는 존재인 거죠. 다시 일어설 수 있도록 도전이라는 아름다움을 계속해서 독려해야 합니다. 살면서 직면하는 실패는 장애물이 아니라 디딤돌이 될 수 있도록, 한계에 눌려 포기하지 않도록! 무한한 성장의 기회가 있음을 알려야 합니다.

맞습니다. 실패와 시련은 위협이 아니라 멘토입니다. 넘어지는 걸 피하는 게 아니라 매번 더 큰 힘과 지혜로 일어나는 법을 배우는 과정이지요.

실패가 종착점은 아닙니다. 배우고 성장하는 과정에서 자연스럽게 나타나는 부분인 거죠. 우리 집에 노란 국화 공동체가 피어났습니다. 세 아이 모두 독특합니다. 매 순간 폭풍에 직면하지요. 태양을 향해 손을 뻗어 지속적인 도전을 합니다. 마치 끊임없이 떨어지고, 일어나고, 피어나는 꽃잎의 춤처럼.

　해가 져서 황금빛으로 물든 학교 운동장. 막내가 소리칩니다. "난, 안 돼요. 엄마." 목소리는 떨렸고 눈가엔 눈물이 고여 있습니다. 조용히 무릎을 꿇고 앉았습니다. 엷은 미소를 보이며 작은누나가 수학을 어떻게 극복했는지 떠올려 보라고 했죠. 축구는 수학과는 다르다며 이해되지 않는답니다. "그렇지만, 어려움을 극복하는 여정은 똑같아. 실패하지 않는 게 아니야. 아들! 포기하지 않는 거야."라고 말해 주었더니 고개를 끄덕입니다. 의미를 알겠는지 입가에 미소가 번집니다. 눈에선 광선이 나올 만큼 빛났지요. 여전히 연습할 때마다 넘어지고 골을 놓칩니다. 지친 기색 하나 없이 늦은 시간까지 연습합니다. 실패는 더 이상 아이를 끌어내리는 무게가 아닌 겁니다. 새로운 기술과 결단력으로 끌어올리는 디딤돌이 된 거죠.

　빅매치 당일. 학교 운동장은 사람들의 흥분으로 가득 찼습니다. 관중석은 학부모, 교사, 동료 학생들의 열렬한 응원가로 웅성거립니다. 의심의 그림자로 흐려졌던 아이의 눈은 이제 햇불처럼 이글거립니다. 휘슬이 울리고 경기가 시작됐습니다. 학년마다 다른 종목의 경기가 진행되었죠. 발

야구, 달리기, 풍선 터트리기 등. 운동장 가득 신나게 교향곡이 울리는 듯합니다. 막내가 참여한 축구 경기가 시작되었죠. 움직이는 발이 보이지 않습니다. 그만큼 빠르게 달리는 거겠지요. 부딪히고 넘어지고 다시 일어서기를 반복하며 축구공에 집중합니다. 어느새 종료 휘슬이 울렸고, 경기 결과는 아이 팀이 졌습니다. 하지만 진정한 승리는 아이의 몫이었죠. 단순히 경기에 출전한 것의 의미를 넘어선 겁니다. 남몰래 연습하면서 의심에 빠졌던 족쇄에서 벗어났으니까요. 한 달 넘게 밤마다 연습하더니 아이 스스로 가능성을 확인하는 시간이었습니다. 이빨을 보이며 해맑게 웃습니다. 그리고 말합니다.

"엄마, 이건 패배가 아니야. 과정이지!"

행복한 아이의 가치를 결정하는 건 성취와 무결점의 성공이 아닙니다. 아이들은 자신만의 속도와 방식으로 성장합니다. 실패하고 충돌을 겪기도 하고 스스로 맞서는 과정을 경험하기도 하면서요. 아이들은 더 강인하고 유연하며 문제를 해결할 수 있는 능력 있는 성인이 되어 갑니다. 부모는 완벽한 길을 설계하는 사람이 아닙니다. '아직.', '거의 다 왔어.', '얼마나 멀리 왔는지 봐.'라며 용기 있는 영혼을 키우는 존재입니다. 아이들은 잘 다듬어진 보석이 아니라 진행 중인 경이로운 원석이고요. 중요한 건, 완벽이 목적지가 아니라 평생의 여정이라는 사실입니다. 모든 넘어짐과 실패는 삶의 일부니까요.

실패를 포기하지 않고 도전합니다. 그러면 회복력이 생기죠. 인내의 갑옷을 장착하는 겁니다. 밥상머리 교육의 조용한 혁명이 아닐까요. 아이들의 무한한 가능성을 인정하는 것! 즉, 무너지지 않는 회복력과 지속적인 도전으로 포기하지 않으면 성장할 수 있다는 메시지를 주면 됩니다. 아이들의 세계는 무한한 가능성으로 가득 차 있으니까요. 그 가능성을 최대한 활용하기 위해서는 실패를 거부하지 않고, 성장과 배움의 기회로 받아들이도록 격려합니다. 넘어짐을 두려워하지 않고 실패를 극복하고 다시 일어설 수 있는 능력을 개발하도록 도우면 됩니다. 아이들을 지지하고 격려해 주는 현명한 부모이기를 소망합니다. 그 과정에서 아이들의 잠재된 능력이 발휘되기를.

6.

원칙을 지키는 '가족문화'

　매년 12월 연말이 되면, 가족문화로 자리매김 한 행사가 있습니다. 바로 '비전 워크샵'이죠. 그중 하이라이트는 '소원나무'를 만드는 시간입니다. 지난 1년을 되돌아보며 성과와 아쉬움에 대해 나누죠. 칭찬과 격려로 피드백을 해 줍니다. 그런 다음에 3M 전지에 나무를 크게 그립니다. 돌아오는 1년을 어떻게 보낼 것인지 각자의 목표를 작성하죠. '할 수 있어!'라고 외치며 인정 스티커를 붙여 주고 동기를 부여합니다. 마지막으로 가족 전체의 목표를 정하고 나무를 예쁘게 꾸며주면 이 활동은 끝납니다. 어느 날, 이 행사를 왜 하는지 묻는 막내에게 첫째가 큰 소리로 말하더군요.

　"우리가 소원나무를 만드는 이유는 1년 동안 가족 모두가 행복하고 즐겁게 의미 있는 날들을 보내기 위해서야. 처음엔 나도 싫었는데 이걸 만들고 나면 자신감이 생겨. 생각해 봤거든! 만약 교통 규칙이 없다면 사고가 나서 많은 사람이 피해를 보게 되잖아. 우리도 마찬가지야. 우리 모두 소중하고 귀하잖아. 가족이라는 공동체에서 함께 잘 지내려면 각자의 목표를 공유하는 것도 필요하더라고."

그렇습니다. '소원나무'는 우리 가족의 약속이죠. 무엇을 어떻게 해야 하는지 미리 정해 놓고 따릅니다. 그간 아이들과 다양한 활동을 해 오면서 연말 행사로 정착했지요. 비전 워크숍은 연 1회, 가족회의는 월 1회, 가족 코칭은 주 1회. 이렇게 매주, 매달, 매년 아이들과 활동합니다. 우리 가족의 분위기가 최고로 화기애애한 시간이죠. 각자의 일상생활 패턴을 알 수 있습니다. 목표에 따른 행동 방법의 방향성도 알게 되고요. 그러다 보면 더 안정적이고 편안하게 하루를 마주하게 됩니다. 큰 틀로 보면 가족의 규칙에 따르는 거고, 작은 틀로 보면 각각의 입장에서 함께 상의하고 결정하는 거죠.

'소원나무'에 규칙을 정할 때는 나름의 기준이 있습니다. 실천하기 어려운 규칙은 되도록 피합니다. 모두가 지킬 수 있고 공감하는 규칙을 세우도록 합의하죠. 두 종류로 분류해서 정합니다. 하나는 기상 시간, 매일 독서 시간, 하교 시간 후 활용법 등 개인이 공통으로 하는 규칙이고요. 다른 하나는 주 단위, 월 단위로 가족이 함께하는 활동에 따른 약속이에요. 1년 동안 행동으로 실천하기에 각자의 하루가 눈에 선명하게 보입니다. 나무에 적어 놓은 각자의 약속 안에서 자유를 인정받을 수 있답니다.

계획을 실천하도록 격려하고 지지합니다. 가족 코칭이나 가족회의 때 각자 약속한 목표를 제대로 실천하고 있는지 공유합니다. 아이들이 서로 합의한 약속이기에 생활 속에 자연스럽게 스며듭니다. 약속을 지키기 위해 스스로 통제하니 자율성이 길러집니다. 책임감을 느끼게 하니 주도성도 심어 줄 수 있지요. 단언컨대, 아이들의 바른 인성은 습관으로 형성됩니다. 한두 번 말해서 만들어지는 게 아니죠. 살면서 수많은 돌부리를 만납니다. 넘어지기도 하고 다시 일어나기도 하지요. 그때마다 포기하지 않고 약속을 상기하면서 실천하면 일어설 수 있습니다. 서두르지 않습니다. 매일 매일 정해진 규칙을 성실하게 지켜 나가면 되는 거죠.

책과 관련된 추억이 많습니다. 아이들이 어릴 때 읽었던 동화책들을 아직도 가지고 있죠. 하도 졸라서 사준 『와이(WHY)』 만화책도 여전히 책장 한편에 자리 잡고 있답니다. 나에게 있어서도 책은 분신과도 같은 존재입니다. 항상 옆에 끼고 살고 싶은 물건이죠. 책을 읽으면 마음속 깊은 곳에서부터 위로받을 수 있습니다. 다른 사람과 연결해 주는 다리가 되어 주기도 하고요. 지식을 쌓을 수 있게 도와주기도 합니다. 궁극엔 '이전보다 더 나은 나'로 들어가게 해 주는 통로이자 거울이죠. 매일 책을 읽고 독서 노트를 씁니다. 어김없이 세 아이 모두와 독서에 관한 약속을 했습니다. 매일 자기가 읽고 싶은 책 세 권을 읽고 서평을 쓰기로요. 얇은 책이든 두꺼운 책이든 상관하지 않습니다. 그저 원하는 책을 읽고 서평을 쓰면 됩니다. 그래야만 자유 시간이 주어진다는 약속만 있을 뿐이죠.

처음 아이들에게 책을 읽어 준 건 태교에서 시작되었습니다. 뱃속 아기에게 좋은 말을 해 주고 싶었거든요. 근데 어떤 말을 어떻게 해야 할지 떠오르지 않는 겁니다. 그래서 짧은 동화책을 읽어 주었죠. 더도 말고 딱 10분씩 매일 꾸준히 읽어 주었습니다. 온종일 강의하고 연구하다 집으로 돌아오면 목이 아픈 날도 있었습니다. 피곤해서 그냥 자고 싶을 때도 많았고요. 입덧이 심해서 읽을 수 없는 날도 있었지요. 남편에게 부탁해서 읽어 준 날도 많습니다. 이렇게 '하루 10분 책 읽어 주기'가 탄생한 겁니다. 아기의 행복한 미래를 만든다는 마음으로 읽어 주었죠. 가끔 떠오르는 복잡한 마음 상태를 위로받기도 하고, 하루의 불편한 마음들도 평안해지는 값진 시간이었습니다. 태교로 책을 읽어 주다가 막내가 초등학교에 입학하면서부터 각자 읽도록 했습니다. 소원나무에 약속하기를 매일 책 읽고 서평 쓰기, 필사하기(그 이후는 자유 시간!), 주 1회 가족 코칭 때 발표하기. 이런 과정으로 진행합니다.

첫째, 매일 책 읽고 서평 쓰기. 처음에는 서평 쓰는 양식을 A4용지에 복사하여 그곳에 작성하도록 했습니다. 이름하여 '따따하 131'. 따(why)는 '작가는 왜 이 책을 썼는가.', 따(what)는 '작가는 무엇을 바라는가.', 하(how)는 '나에게 어떻게 적용할 것인가.', 131은 '나는 ……라고 생각한다.

왜냐하면, 첫째, 둘째, 셋째…… 따라서 나는 ……라고 생각한다.'라고 쓰는 방식입니다. 이 양식에 따라 매일 쓰게 했습니다. 막내와 둘째는 처음엔 어려워했죠. 간단하게 써도 된다고 독려하니 잘 해내었습니다. 첫째는 책력을 키우기 위해 한 달에 100권 읽기 프로젝트를 진행했죠. 그때가 중2였습니다. 용케 해낸 아이가 기특합니다.

둘째, 필사하기. 막내는 초등학교 1학년 때부터 『사자소학』을, 둘째는 초등학교 3학년 때부터 『명심보감』을 필사했습니다. 지금까지 총 열 번을 해냈습니다. 시간이 지나면서 책을 바꾸었고 방법에도 변화가 생겼지요. 아이들의 방에는 지금도 꼼꼼하게 필사된 노트가 쌓여 있습니다. 한편, 첫째는 엄마 책 『인성으로 가슴 뛰는 삶을』을 전체 필사했죠. 궁금해서 물었습니다. 어땠는지. 잠시 생각에 잠기더니 차분하게 답합니다. "음. 내 안의 가치와 삶의 방향성을 확고하게 할 수 있었어. 엄마가 쓴 말들이 진짜 마음 깊숙이 와닿았거든. 또, 처음엔 힘들었는데, 다 하고 나니 뿌듯해." 말로 인성 교육을 하기보다는 책을 통해 아이들 스스로 알아차리기를 바라는 마음이 통했나 봅니다.

셋째, 주 1회 가족 코칭. 일주일간 생활을 나눕니다. 그러면서 조촐하게 파티도 하죠. 매일매일 못다 했던 말을 하기도 하고, 학교에서 또는 매 순간 마주했던 소소한 일상을 이야기하는 시간입니다. 학교에서 있었던 에

피소드, 친구들에 대한 생각, 용돈이나 경제 관련 토론, 여행에 대한 계획 등 다양한 이야기를 나눕니다. 맛있는 음식과 웃음으로 집안이 밝아지는 날이랍니다.

부모는 아이들의 삶에 영향을 주는 첫 번째 교사입니다. 우리의 선택과 행동이 아이들에게 방향을 제시하죠. 어떤 사람으로 성장할지의 토대를 마련하니까요. 아이들이 읽는 책, 그들과의 대화, 그리고 함께 보내는 시간은 귀한 선물입니다. 아이들의 인성과 가치관을 형성하는 중요한 시간이죠. 함께하는 모든 순간이 아이들에게는 소중한 배움이 될 수 있다고 믿습니다. 그 순간들을 의미 있게 만들기를 바라며.

7.

긍정적인 마인드 셋

넘어지고 긁히고 무릎이 까졌습니다. 심지어 타박상까지 입었죠. 처음부터 자전거를 배우는 건 오산이었죠. 왜냐면, 넘어지는 창의적인 방법을 찾는 게 먼저였으니까요. 첫째에게는 시도였고, 실패했죠. 절규하듯 소리치는 아이에게 위로하는 표정으로 미소 지으며 말했습니다. 넘어질 때마다 균형을 잡는 법, 부드럽게 페달을 밟는 법, 두려움 없이 회전하는 법 등. 이것은 자전거를 배우기 위한 기술이 아니라 어쩌면 우리네 인생에 대한 과정이라며, 여러 번 넘어진 것은 실패가 아니라 배움의 필수적인 부분이라는 것을.

첫째는 '모든 실수는 배움의 기회'라고 말했던 걸 떠올리며 자전거 타는 게 인생과 비슷하다고 말합니다. 바로 그거죠. 자전거 타는 법을 배우는 건 인생을 배우는 시간이죠. 성공은 승리하는 게 다가 아니라 실패를 어떻게 처리하고 다시 시도하느냐에 달려 있죠. 그걸 회복 탄력성이라고 합니다. 아이는 엄마의 말에 동의한다며, 첫 시도에서 완벽하게 해낼 수 있을 거라 기대한 게 바보였다고 하더군요. 드디어 자전거를 타게 된 아이를 환호해 주었습니다. 어깨를 들썩이며 의기양양하게 웃습니다. 몇 주 동안 연습하더니 제법 순조롭게 운전합니다. 넘어지더라도 다시 일어섭니다. 의식적인 생각만으론 변화하지 않는다는 걸 몸으로 체득한 게지요. 어느 정도로 몸에 힘을 빼야 하는지, 어떻게 페달을 돌려야 하는지에 대해 뇌는 수동적으로 작동한다는 사실을 알게 된 겁니다. 페달을 밟고 돌리며 실제 자전거를 타는 것이 변화의 시작입니다. 한편, 자전거를 잘 타는 막내. 친구들과 집에서 한강까지 5시간 동안 라이딩하고 집에 돌아온 적이 있습니다. 전혀 힘들지 않았다고 하더군요. 몸이 그걸 해낸 거죠. 즉, 의식적인 행동을 오랫동안 반복하다 보면 무의식으로 체득이 됩니다. 반복된 행위가 무의식 속에 심어지면 비로소 새로운 습관으로 장착되는 거죠.

코로나 이후, '통장에 잔고가 없어. 이젠 빈털터리야.'라고 습관적으로 말하는 지인들이 있습니다. 생각할 필요가 없었죠. 자동적으로 프로그램이 형성되니까요. 의식적인 노력 없이도 자신을 빈털터리로 만들 수 있거든요. 이것을 어떻게 긍정적으로 바꿀 수 있을까요? 간단합니다. 흔히 사람은 하루에 오만 가지 생각을 한다고 말합니다. 그 대부분이 부정적인 생각이죠. 이를테면 '살이 찌고 있다. 기억력이 없다. 나는 되는 일이 없다.' 등등. 아무 생각 없이 일상생활과 건강을 해치는 부정적인 말을 하죠. 이게 팩트입니다. 사람들은 왜 파산하고 불행해졌는지 의아해합니다. 사실은 스스로 반복적인 생각들을 통해 자동적으로 창조해 낸 것이지요. 무의식적으로 자전거를 타는 것과 똑같은 식이죠. 실패하고 실수했을 때 불행해지고 파산하도록 스스로가 만든 결과입니다. 그러면서 신을 원망하기도 하죠.

　반대로 생각해 보면, 희망적인 일이 될 수도 있습니다. 무의식에 대해 이해하면 아무도 패배자가 되지 않을 수 있답니다. 미래는 지금 내가 하는 의식적인 생각에 달려 있다는 말이지요. 생각을 훈련하면 현재의 의식은 새로운 무의식을 창조합니다. 자전거를 배우면서 넘어지고 무릎이 까지고 타박상을 입어도 계속 타는 겁니다. 자연스럽게 자전거를 탈 수 있을 때까지요. 그래야 지금보다 더 성공할 수 있는 무의식적인 행동으로 발전시킬 수 있습니다. 그 과정에서 포기하지 않고 '난, 이미 잘 타!'라는 긍정의 마인드와 실제 연습량, 그리고 얼마간의 시간이 필요할 뿐이지요. '자전거 타기'뿐만이 아닙니다. 악기 연주를 배우거나 스포츠를 익히는 경우도 마찬가지죠. 아이들에게 넘어진 후에도 다시 일어설 수 있는 정신성을 알려 주면 됩니다. 살면서 마주하는 모든 좌절이 교훈이 될 수 있음을. 성공은 실패가 없는 것이 아니라 실패에도 불구하고 계속할 수 있는 용기가 중요함을.

아이들의 의욕을 북돋아 주기 위해 글로 적고 그걸 말하도록 했습니다. 이름하여 '1분 목표'입니다. 먼저, 자신이 이루어지길 바라는 것들을 200자에서 250자 이내로 종이 한 장에 쓰게 합니다. 주의할 건, 목표를 쓸 때는 '일어나기를 바라는 것'이나 '미래에 보고 싶은 결과'를 쓰는 거죠. 즉 목표를 이미 이룬 것처럼 쓰면 됩니다. 이는 목표를 이룬 자신의 모습을 선명하게 보이도록 하려는 의도죠. 목표가 이루어지려면 '지금 해야 하는 일'을 구체적으로 씁니다. 언제까지 이루겠다는 목표의 '마감 날짜'도 적습니다. 이것을 자주 점검해 줍니다. 그래야 습관으로 장착되고 궁극엔 일상의 한 부분이 되지요. 또한, 목표를 적는 것은 아주 중요한 일입니다. 글로 적어 놓으면 그렇지 않은 사람보다 목표를 달성하는 경우가 더 많습니다. 이렇게 설정한 목표는 아침에 일어나자마자, 아니 시도 때도 없이 되뇌도록 합니다. 물론 처음에는 잘 지켜지지 않겠지요. 쓸데없는 일이라며 짜증을 낼지도 모르고요. 긍정적인 경험을 한 뒤로는 원하는 게 있을 때마다 적어 놓고 의도적으로 외친답니다.

"나는 하루에 30분씩 매일 자전거를 연습해서, 11월 11일에는 쌩쌩 달린다."
"나는 매일 30분씩 책을 읽고 서평을 써서, 내 이름으로 된 책을 출간한다."

긍정적으로 생각한다고 해서 달라질 수는 없습니다. 변화와 성장은 체력을 단련하는 것과 같으니까요. 스무 번 팔굽혀 펴기하고 달려가 거울을 본다 한들, 아무런 차이도 보이지 않습니다. 마찬가지로 24시간 동안 긍정적인 생각을 한다고 해서 어떤 차이가 나타나지는 않지요. 단언컨대, 될 때까지 긍정적으로 생각하고 행동으로 실천해야 지금보다 더 나은 내 삶을 마주할 수 있습니다. '지금 가장 중요한 게 뭐지?'를 스스로 질문하고, 일주일, 한 달, 또는 이룰 때까지 그냥 합니다. 평생의 작업이죠. 그것은 어마어마한 일입니다. 그 일을 더욱 어렵게 만드는 이유는, 자신이 부정적이라는 사실을 모르기 때문이죠. 생각을 점검하기 위해 내 삶을 점검합니다. 일상의 풍족함, 행복감, 원활한 인간관계, 건강 등은 나의 일상적인 의식을 반영하니까요.

아이들에게 회복 탄력성과 긍정적인 사고방식을 심어 주는 건 중요합니다. 넘어지도록 내버려두되 더 중요한 것은 스스로 다시 일어설 수 있도록 가르치는 겁니다. 긍정적인 마인드 셋을 장착하도록 돕는 거죠. 성공은 기복으로 가득 찬 선형적인 것이 아니니까요. 아이가 다양한 상황을 마주할 때 극복하고, 성공하고, 영감을 주는 힘을 찾길 바라나요? 그렇다면 아이가 꾸준히 연습할 수 있도록, 우리는 오롯이 기다리기만 하면 됩니다.

8.

알아차림의 시간, 명상

키가 작고 왜소한 막내. 초등학교 2학년이 되면서 누나들과 함께 합기도를 배웠습니다. 형제간의 우애를 다지며 재미있게 다닙니다. 낙법이나 쌍절곤은 곧잘 하는데, 발차기가 어렵다며 속상하다고 말합니다. 아무리 연습해도 누나들보다 한 발 뒤처진다고 말이요. 어느 날, 막내는 현관문을 들어서며 길게 한숨을 쉽니다. 무슨 일이 있었는지 물었더니, 울컥합니다. 단을 거듭할수록 새로운 동작을 배우는데 힘들다고 징징거립니다. 오늘따라 발차기는 잘 안되었고, 억지로 다리 찢기를 하니 아파서 훈련을 끝까지 못해 창피했다고 하더군요. 처음 합기도를 시작했을 땐 작은 멍이 들어도 신나게 들어 왔었는데 지금은 잘 안되니 답답하다며 고개를 절레절레 흔듭니다.

아이에게 일지를 기록해 보도록 권했습니다. '매일 무엇을 했는지 글로 적어 보라.', '비록 소소한 일상이라 하더라도 모두 다 적으면 좋다.', '시간이 지남에 따라 나아지는 모습을 보면 기쁠 거다.', '긍정적인 태도를 장착하는 게 중요하다', '살면서 어떤 상황을 마주할 때 나쁜 점보다는 좋은 점을 찾아보라.'라고요. 예전엔 세상을 멋지게 보는 아이였습니다. 무엇이 잘못되었는지에 초점을 맞추기보다 본인이 더 잘할 수 있는 것에 집중했죠. 이것을 합기도에 적용해 보기로 약속했습니다. 회복력과 연습, 그리고 마음가짐이 얼마나 많은 것을 변화시키는지 지켜보기로 한 거죠. 합기도를 수련할 때나 삶의 다른 모든 상황에서처럼 어려움을 극복하는 건 마음가짐이 중요하고, 다른 한편으론 실천하는 게 전부라고 알려 주었죠. 고개를 끄덕이며 입술을 살짝 깨뭅니다.

이제는 할 수 있을 것 같다며 긍정적인 점에 집중해 보겠다고 합니다. 계획을 세우고 계속 시도해 보겠다고요. 분명 잘 해낼 거라 믿습니다. 어떤 일을 하든 항상 엄마가 응원하겠다고 말하며 아이를 꼬옥 안아 주었습니다. 기억할 건, 작은 단계 하나하나가 중요하다며 실패는 실패로 끝나는 게 아니라 더 큰 배움과 성장의 기회가 된다고 덧붙였지요. 실패를 통해 배우면 된다고요. 그러니까 자전거 배울 때 넘어질 때마다 무엇이 잘못되었는지, 어떻게 하면 더 잘할 수 있는지 배웠던 것처럼 합기도도 마찬가지라며, 어려워하는 부분을 파악해서 그 부분을 강화할 기회로 삼아 보자고 격려해 주었죠. '실패는 나를 더 나은 사람으로 만들어 줄 기회야.'라고. 살면서 마주하는 모든 경험은 우리가 성장하는 데 도움을 줍니다. 중요한 건, 그 경험에서 무엇을 배우고 어떻게 다음 단계로 나아갈지를 아는 거죠.

어느덧, 초등학교 6학년. 합기도 훈련의 단계가 높아지더니 또 다른 어려움에 부딪힙니다. 끊임없는 실패와의 싸움이 부담되었나 봅니다. 합기도뿐만 아니라 모든 측면에서 능력이 없는 게 아닌지 의심하더군요. 특히 대련하는 날은 자신이 없다며 도장에 가고 싶지 않다고 합니다. 빠릿빠릿하게 움직이던 모습은 현저히 줄어들었고, 활기차던 미소도 사라졌습니다. 막내의 투정이 합기도에 국한된 것만은 아닌 것 같았지요. 어쩌면 자존감과 삶에 대한 태도와 연결되어 있음을 알아차렸습니다. 어떻게 하면 막내를 도울 수 있을지 생각한 끝에 해결책을 찾았습니다.

'명상 캠프'에 참여하기를 권했죠. 거기에 가면 마음을 가라앉히고 스스로를 더 깊이 알아 가는 시간이 될 거라고요. 마음의 소리에 귀 기울이고 스트레스를 관리하는 법을 배웁니다. 명상을 통해 나를 더 잘 이해할 수 있게 되고 실패를 대하는 태도도 달라질 수 있지요. 아이는 정말 자신을 찾을 수 있을지 되묻더군요. 물론입니다. 때로는 잠시 멈춰 서서 내면의 목소리에 집중하는 시간이 필요합니다. 아이가 겪는 현재의 어려움도 나 스스로를 이해하는 과정에서 중요한 한 부분일 뿐이니까요. 때로는 새로운 시도가 답을 찾는 데 도움이 됩니다. 내 생각과 감정을 더 잘 이해하고 그것들을 긍정적으로 바꿀 기회가 되리라 확신하거든요. 기억할 건, 어떤 경험을 하든 그것은 자신을 더 강하고 지혜로운 사람으로 만들어 준다는 사실이죠.

자신감을 잃고 몸과 마음의 평화를 찾기 위해 명상 캠프에 다녀온 막내. 이전과는 다른 모습입니다. 자신감과 긍정적인 생각을 가지고 귀가했음을 직감했죠. 합기도를 대하는 태도가 달라졌습니다. 발차기가 힘들 때마다 좌절하기보다는 배울 점을 찾고, 어떻게 하면 다음에 더 잘할 수 있을지 고민합니다. 실수했을 때도 자신을 탓하기보다는 그 실수로부터 또 다른 무언가를 배운다며 한층 성숙해졌습니다. 명상을 통해 객관적으로 자기를 바라볼 수 있고 삶을 긍정적으로 이끌어 가는 방법을 배운 겁니다. 아이는 '나의 감정과 생각을 스스로 조절할 수 있으니, 일상이 정말 풍요롭고 의미 있어요.'라고 표현하더군요. 놀랍습니다. 자신을 더 깊이 이해하고 삶을 대하는 자세가 바뀌다니요. 합기도뿐만 아니라 모든 측면에서 더 나은 모습을 보여 주길 기대해 봅니다.

명상을 통한 자기 모니터링은 내면의 소리에 귀 기울이는 것 이상입니다. 자신의 감정과 행동을 객관적으로 바라보고 이해하는 과정이죠. 아이는 실패와 좌절을 긍정적으로 받아들이고 이를 극복하는 힘을 얻었습니다. 즉, 실패를 겪을 때 그걸 부정적으로만 받아들이지 않고 내면과 직면하는 시간을 가지는 거죠. 그 경험에서 배울 것을 찾아내어 성장의 발판으로 삼을 힘을 알게 된 겁니다. 또한, 자신을 더 잘 이해하고 사랑하는 법을 배움으로써 삶의 태도를 긍정적으로 바꾸는 선물을 받았고요. 그렇습니다. 명상은 사람을 성장시키고 자신감을 키워 줍니다. 더 나은 내일을 향해 나아가도록 돕는 중요한 시간입니다. 스스로를 이해할 때 삶에 대한 태도가 바뀝니다. 알아차림은 그런 변화의 시작점이죠. 자기 자신을 관찰한다는 건 중요합니다. 그 관찰에서 배운 것을 삶에 적용하는 것도 마찬가지로 중요하고요. '자신을 믿는 게 바로 진정한 힘'이라는 진리를 잊지 않았으면 좋겠습니다.

실패를 이겨 내고
성공하는 아이로 키우고 싶다면

1 성장 마인드 셋 가르치기

실패를 좌절이 아닌 성장과 배움의 기회로 여기도록 격려합니다. 지능과 능력은 고정된 것이 아니라 노력과 학습을 통해 발전할 수 있다는 믿음을 심어 줍니다. 결과보다는 과정을 칭찬하며 "우와. 얼마나 열심히 했는지 보이는데!"라는 식으로 표현하거나, 아이가 어려움에 직면했다면 "아직 어떻게 해야 할지 모를 수도 있지만, 연습하면 거기에 도달할 수 있을 거야."라고 상기시켜 줍니다. 도전을 위협으로 느끼기보다는 성장의 기회로 받아들이도록 격려하는 거죠. 성공은 하나의 여정이고, 실패는 그 길을 따라가는 한 단계일 뿐이라는 점을 장착시킬 수 있습니다.

2 실패를 학습 도구로 정상화하기

실패는 피하는 것이 아니라 성공을 위한 필수적인 과정으로 인식하도록 합니다. 유명한 사람들이 어떻게 실패를 통해 성공을 이루었는지 사례를 공유하는 것도 좋습니다. 에디슨은 전구를 발명하는 과정에서 각 실패를 성공으로 가는 하나의 단계로 보았다는 이야기를 해 주거나, 개인적인 경험을 나눕니다. "엄마가 새 요리법으로 요리하려고 했는데, 결과가 제대로 나오지 않았던 거 기억나? 제대로 하려니 세 번 더 시도해야 했어!"라고. 성공은 종종 여러 번의 시도와 실패 후에 이루어진다는 것을 이해하는 기회가 됩니다.

③ 단순한 결과가 아닌 노력을 칭찬하기

최종 결과보다 모든 과정에서의 노력과 진전을 인식하고 축하합니다. 성공은 단순히 즉각적인 결과를 얻거나 달성하는 것이 아니라 시도에 쏟는 노력과 인내에 달려 있음을 강조합니다. 아이가 무언가를 만들거나 학교 프로젝트를 진행 중일 때 "네가 얼마나 열심히 노력하고, 얼마나 많은 시간을 연습했는지 알아. 정말 자랑스러워."라고 노력을 칭찬해 주는 거죠. 즉각적인 결과가 반영되지 않더라도 과정은 가치 있고 성공으로 이어질 수 있다는 걸 배웁니다. 즉, 최종 점수나 결과보다는 노력과 끈기의 가치를 깨닫게 됩니다.

④ 실패 후 문제 해결력 촉진하기

실패에 직면했을 때, 문제를 작은 단위로 나누고 여러 해결 방법을 탐구하도록 도와줍니다. 도전을 퍼즐처럼 풀어 보자고 격려하거나, 열린 질문을 던져 독립적인 사고와 결정을 촉진할 수 있습니다. 브레인스토밍을 해 보는 것도 도움 되죠. 아이가 프레젠테이션에서 좋은 성적을 내지 못했다면 "가장 어려웠던 부분이 무엇이라고 생각해?"라고 묻거나 "다음번에는 더 쉽게 연습하려면 어떻게 해야 할까?" 또는 "이 프로젝트를 완성하려면 필요한 단계를 나열해 보자. 먼저 무엇을 하고 싶니?"라고 질문합니다. 아이들은 낙담하지 않고 자신의 실패를 분석하게 되고, 회복력과 문제 해결 능력도 키울 수 있습니다.

자기 성찰 격려하기

성공과 실패를 모두 되돌아볼 수 있도록 '일기 쓰기'를 장려합니다. 다양한 관점에서 상황을 바라보고, 그 경험에서 무엇을 배웠는지 생각하는 시간이 됩니다. 그날의 어려움, 좋았던 점, 다음에 더 잘할 수 있는 점 등에 대해 일지를 쓰도록 격려합니다. "잘 안된 일에 대해 글을 쓰면, 앞으로는 다르게 접근하는 방법을 알아내는 데 도움이 될 수 있어."라고 말합니다. 실패로부터 얻은 교훈을 내면화하고, 시간이 지남에 따라 진행 상황을 추적할 수 있답니다. 어떤 경험이 성공적이었든 아니든, 그 경험을 성찰하고 배울 점을 찾는 습관을 기를 수 있습니다.

5장

인성 교육,
흔들리면서도
튼튼하게

이 세상에서 가장 되기 힘든 사람은

바로 남들이 바라는 자기 자신이다.

그 누구도 당신을 좌지우지하게 하지 마라.

_레오 부스칼리아

1.

세상 부모들의 시선에
흔들림 없이

　사람들은 내 말을 믿지 않았습니다. 나여서, 나니까 가능하다고 하더군요. 아이들을 있는 그대로 바라보고 기다리면 된다는데, 진실로 바라보기만 하면 된다는데, 그러면 결국 원하는 만큼 따라온다는데 도통 수긍하질 않았습니다. 안타까울 뿐입니다. 세상의 시선이나 제도를 탓하면서 다른 부모에게 휘둘립니다. 여러 가지 문제가 발생하지만 어쩔 수 없다고 합니다. 물론 어떤 가정에는 옳은 것이 다른 가족에게는 최선이 아닐 수도 있습니다. 별로 좋아하지 않지만 같은 옷을 입는 것과 같다고나 할까요. 어떤 아이들은 수학을 잘하고 어떤 아이들은 스포츠나 미술을 잘합니다. 다르더라도 괜찮은데, 똑같은 학원과 교육을 선택합니다. 머리로는 이해한다면서 행동은 다른 부모가 하는 걸 따라 하죠. 그래서 인기 있거나 유행하는 것을 선호합니다. 정작 자신의 아이가 가장 좋은 것이 무엇인지 간과

하거나 과소평가하면서.

    부모 모임에서 듣는 것이 모두 사실은 아닙니다. 주변에서 알게 되는 일부 교육 팁도 최고가 아닐 수 있고요. 그 팁을 사용하기 전에 각자 아이들에게 정말 좋은지 확인해야 합니다. 많은 경우 다른 부모들의 말에 쉽게 흔들립니다. 마치 그들을 따라잡거나 앞서려는 듯이. 세상의 시선에 휘둘리는 부모들은 종종 학업 성취에 집중합니다. 평소에 친절하고 친구를 사귀고 감정을 이해하는 것도 중요하다는 사실을 놓치는 거죠. 학교 공부도 중요하지만 다양한 걸 경험하도록 부모가 도와야 합니다. 다른 부모와 보조를 맞추려고 하다 보니 너무 많은 활동으로 피곤한 아이들을 봅니다. 과도한 일정으로 바쁘고 부담스럽고 공부하기 싫다고 호소하죠. 놀거나 휴식할 시간이 없다면 삶이 얼마나 재미가 없을까요. 의사가 적합한 약을 처방하는 것처럼, 종종 아이에게 필요하다며 처방합니다. 한 번에 읽을 책이 너무 많다고 상상해 보세요. 숨이 꽉 막히지 않나요!

    정보의 출처는 그것을 수용하는 방식이 중요합니다. 가족, 가까운 친구, 전문가 등 자신이 신뢰하는 사람들의 조언을 더 많이 듣는 경우가 많지요. 신뢰하지 않는 사람의 조언에는 별로 주의를 기울이지 않죠. 즉, 자신이 이미 생각하는 것과 일치하는 정보를 찾고 나머지는 무시합니다. 이를 '확증 편향의 원칙'이라 하죠. 마치 좋아하는 슈퍼 히어로에 대한 좋은 소식만 듣고 나머지는 무시하는 것처럼 말이지요. 자신의 기존 신념과 관행을 확인하는 정보는 수용하고, 자신과 모순되는 정보나 조언은 못 보는 거죠. 모든 부모와 아이는 다릅니다. 독자적이죠. 각자의 삶과 경험을 바탕으로 최선이라고 생각하는 것을 선택하는 게 중요합니다.

세 아이 모두 다릅니다. 각자 자신만의 꿈과 기발함, 무한한 호기심이 있지요. 그들의 교육에 관해 중요한 결정을 내려야 했습니다. 고민 끝에 단호하게 결정했죠. 학원에 보내지 않기로. 처음에 남편과 가족, 주변 사람들은 나의 선택에 코웃음을 쳤습니다. 심지어 회의적이기도 했죠. 먼저 경험한 선배와 전문가들이 조언도 합니다. 아이들을 위한 서로 다른 교육 경로, 즉 세 아이의 상황과 관심을 알지도 못하면서 사람들은 수군거렸습니다. 뭐라 하든 크게 개의치 않았지요. 나만의 신념과 교육관으로 밀고 나갔습니다. 아이들에게 적합한 결정이라고 여겼기 때문에 가능했죠. 물론, 일반적인 일이 아닐 수 있지만 모든 사람에게 해당하는 일이 아니라는 것도 압니다. 다만, 저는 그것이 옳다고 확신했을 뿐이죠.

아시다시피 가족마다, 아이마다 다릅니다. 각자의 성격과 학습 스타일을 고려하여 아이들에게 적합한 것이 무엇인지 찾는 게 먼저였죠. 하루아침에 이루어진 결정이 아니었습니다. 오랫동안 생각했습니다. 책도 읽고 공부했고요. 관련 자료도 찾아보며 연구도 했습니다. 무엇이 아이들에게 좋을지 진지하게 고민했습니다. 분명한 건, 아이들 각자는 하늘의 별처럼 자신만의 방식으로 빛나는 독특한 존재라는 사실이죠. 첫째 아이는 몽상가였으며 항상 책과 이야기에 빠져 있었습니다. 둘째는 미니어처에 관심 많고 세상을 생생한 색상과 형태로 보는 예술가였죠. 막내는 퍼즐과 사물이 어떻게 작동하는지에 매료된 레고 전문가였습니다. 세 아이에게 맞춤화된 교육이 필요하다고 판단했습니다.

아이들의 관심과 강점에 초점을 맞추었죠. 관심 있는 주제를 탐구하도록 격려하면서요. 아이들의 속도에 맞추어 나름의 방식으로 무엇이든 지원하려고 노력했습니다. 책장으로 채워진 벽, 미니어처와 레고 조각들로 뒤덮인 바닥, 집안 분위기는 발견의 창고였습니다. 매일매일이 달랐습니다. 어떤 날은 실험으로 구성되었고 어떤 날은 늦은 시간까지 탐색하고 놀 수 있도록 했지요. 물론 어려움도 있었습니다. 의심이 들기도 했고 책임감의 무게가 어깨를 무겁게 하기도 했지요. 하지만, 아이들의 눈이 빛나고 얼굴에 웃음이 함께하니 세상의 조언으로부터 흔들리지 않고 견딜 수 있었습니다. 아이들만의 방식으로 성장하고 배우고 번영하는 모습을 보는 건, 믿을 수 없을 만큼 보람 있는 일이었거든요. 스스로 올바른 선택을 했다는 것에 뿌듯합니다.

아이들의 독특함을 인정하고 소신 있는 아이로 성장시키는 인성 교육 방법을 제시해 봅니다.

첫째, 아이의 학습 스타일과 흥미에 맞는 재미있는 책과 학습 자료를 선택합니다. 수학을 좋아한다면 수학 게임이나 퍼즐, 보드게임 등을 하면 좋습니다.

둘째, 친구들과 놀 수 있는 시간을 정합니다. 방과 후 축구팀에 가입하거나 미술이나 요리 수업에 참여하는 거죠. 즉, 새로운 친구들을 만나 함께 놀 수 있는 지역 커뮤니티 그룹, 스포츠팀, 예술 클래스, 또는 기타 소셜 활동들. 찾아보면 많습니다.

셋째, 하루 계획과 목표를 세웁니다. 새로운 책을 한 권 다 읽거나, 수학 문제를 스스로 풀 수 있도록 하는 겁니다. 고정된 학습 시간을 갖되 아이들의 흥미나 필요에 따라 조정할 수 있으면 되죠.

넷째, 올바른 방향으로 나아가고 있는지 정기적으로 점검합니다. 가끔은 아이들이 얼마나 잘 배우고 있는지 돌아보는 겁니다. 이것은 아이들 스스로가 무엇을 더 배워야 할지, 놓치고 있는 게 무엇이 있는지 알게 해 주죠.

다섯째, 부모도 지속적으로 학습하고 성장해야 합니다. 교육 방법이나 아이의 발달 등 새로운 것을 배우거나 자료를 찾아보아도 됩니다. 때론 워크숍이나 온라인 코스에 참여하는 것도 좋고요. 다른 부모들과 네트워킹하면서 경험을 공유하고 지원을 받을 수도 있습니다.

아이들은 각자의 시간과 방식으로 성장했습니다. 첫째 아이는 스스로 진로를 선택하여 미국 의대에 진학했고, 둘째는 자신의 위치에서 강점을 발휘하고 있으며, 막내는 배우지 않고도 게임 프로그램을 개발했습니다.

세 아이를 지켜보면서 학원 교육이 꼭 만병통치약이 아니라는 걸 알았습니다. 흔들리지 않는 부모의 교육적 소신은 경이롭습니다. 끝없는 도전이며 무한한 가능성으로 가득 차 있으니까요. 아이들에게 가장 큰 선물, 즉 배우고 꿈꾸고 자기 자신이 될 수 있는 자유를 선물했습니다.

세상의 시선에 흔들림 없을 때, 아이들은 더 활발하고 독립적이며 자신감 있는 개인으로 성장합니다. 자신만의 길을 찾을 테니까요. 나아가 자신만의 무한한 잠재력을 최대한 발휘할 수 있습니다.

2.

존중하고 아끼고 사랑하기

첫째가 갑자기 빵 만드는 걸 배우겠다고 합니다. 왜 배우고 싶은지 물었지요. 어떤 책을 보다가 파티쉐가 정말 멋진 직업이라고 느꼈답니다. 집 근처 여성 문화센터에서 주말마다 청소년 과정 있다는 것도 아이를 통해 알았습니다. 엄마의 의향을 묻는 게 아니었습니다. 달리 보면, 제과제빵의 세계에 매료되었음을 선포하는 듯했습니다. 아이를 믿어 보기로 했죠. 나름 조사도 했고 새로운 목표도 생겼으니까요.

몇 번 배우더니, 가늠이 안 되는 창작물(?)을 만든 걸 가져와서 먹어 보라고 내밉니다. 어쨌든 맛은 좋습니다. 크고 동그란 아이의 눈이 작아지며 환한 미소로 대답합니다. 꿈을 응원하는 것, 그것이 내가 할 수 있는 최선이었죠. 자신감이 붙었는지 재미있다고 합니다. 이번엔 제과제빵 고등학교에 진학하겠다고 합니다. 더 알아보고 결정하기로 하고 지켜보았습니다.

어느 날 프랑스에 있는 학교에 가고 싶다며 팸플릿을 들고 나타났습니다. 인터넷을 찾아보다가 발견한 강남 설명회장에 다녀오겠다고 하더군요. 마침 일정이 비어서 함께 갔지요. 이렇게나 많은 부모와 아이들이 관심이 있는지 놀라웠습니다. 집중해서 설명 듣더니 궁금한 점을 적극적으로 질문도 합니다. 진심인 게 느껴졌습니다. 그러나 유학 비용이 만만치 않았습니다. 좀 더 고민해 보기로 하고 맛난 거 먹고 돌아왔습니다. 그 뒤로 한참 지났는데 아이는 흥미를 잃은 듯했습니다. 유학을 갈 수 없다는 마음에 좌절했는지 아니면 어떤 이유에서인지 더 이상 이야기하지 않았습니다. 문화센터에서 빵을 만들고 가져왔지만, 반응은 처음처럼 열광하진 않았죠. 그리고 보니, 집에서 오븐에 빵을 굽는 걸 본 적이 없습니다.

그사이, 둘째가 제과제빵을 배우겠다고 합니다. 편애한다는 말을 듣기 싫어 문화센터에 등록했죠. 첫째 때와는 달랐습니다. 배우고 오면 꼭 한 번은 집에서 빵을 만듭니다. 아파트 경비원, 택배 기사님, 가족 봉사 가는 시설 등. 자기가 만든 빵을 선물합니다. 빵뿐만이 아닙니다. 케이크, 쿠키, 다른 요리도 수월하게 만들어 내는 아이가 대견합니다. 어릴 때 미니어처 만들기를 즐겼는데, 이제는 실제 음식을 만들고 디스플레이까지 흥미 있어 보입니다. 내가 할 수 있는 건 격려와 지지로 아이를 대할 뿐이었죠. '빵 굽는 관장님'이 되겠다던 아이. 거의 2년 동안 정성껏 빵을 만들었습니다. 집에서도 다양한 종류의 빵과 쿠키를 만듭니다. 파티쉐를 잠시 꿈꾸었지만, 지금은 취미로만 하겠다고 선언. 역시나 존중합니다.

"엄마, 요리학원 다닐래요!" 게임에 몰입하던 막내. 요리에 관심을 보입니다. 살짝 고민했습니다. 사실은 누나들처럼 하다가 말 것 같았거든요. 요리가 하고 싶은 이유가 무언지, 꼭 학원을 가야 하는지 등 여러 날을 토론했습니다. 결국, 아이 의견을 존중하고 학원에 등록했습니다. 열심히 해 보겠다고 하길래 격려해 줄 뿐 달리할 수 있는 게 없었으니까요. 하지만, 한 달이 채 지나기 전에 일이 터졌습니다. 체육 시간에 운동하다 팔이 부러진 겁니다. 아쉽지만 결국 요리를 포기해야 했죠. 인생은 예측할 수 없는 일들로 가득합니다. 막내의 꿈을 향한 작은 발걸음이 비록 체육 시간의 사고로 중단된 거죠. 다만, 그 경험은 소중한 추억이 되었으리라 확신합니다. '다 나으면 다른 방법을 찾아보자.' 격려의 말을 건네며, 새로운 꿈을 찾을 수 있도록 지지했습니다.

"괜찮아, 다른 것도 해 볼 수 있어."
아이들에게 위로의 말을 하면 실망 대신 새로운 가능성이 빛나는 눈빛을 봅니다. 나름 괜찮습니다. 무엇을 잘하는지 무엇을 좋아하는지 찾도록 부모는 도와줄 뿐이죠. 왜냐면, 아이들이 실패하든, 꿈이 바뀌든, 변함없이 곁에 있어 주는 것. 그것이 진정한 사랑이니까요. 누구나 실패를 통해 성장합니다. 그 곁에서 지지하고 믿고 기다려 주면 되는 것이지요. 단언컨대, 가장 먼저 해야 할 일은 '아이가 잘하는 게 뭐고 좋아하는 게 무언지 아는 것'입니다. 단순한 문구지만 심오한 말이죠. 변화무쌍한 아이들을 이해하고 그들의 독특한 관심사를 인정하는 것! 부모로서가 아니라 아이들의 여정에 함께하는 동반자이기 때문입니다.

아이를 존중하고 아낀다는 건 이런 게 아닐까요. 부모가 원하는 사람이 아니라 아이를 있는 그대로 보는 것. 단지 듣기만 하는 게 아니라 듣기에 관한 것. 단지 인정하는 게 아니라 이해하는 것. 부모로서 배의 선장이 아니라 그들의 닻, 나침반이 되는 것! 즉, 아이들의 꿈을 존중하고 그들이 좋아하는 것을 지지하는 것이야말로 부모가 줄 수 있는 가장 큰 선물입니다. 아이들의 성장 과정에 더 나은 부모가 되면, 그들은 더 단단한 개인이 되고 자기 삶의 주인이 될 테니까요.

가족은 서로의 꿈을 응원하는 곳이자 각자의 실패를 안아 주는 장소입니다. 아이를 믿어 주고 격려하고 지지하는 건, 스스로 자신의 길을 찾아가도록 도와주고 존재 자체를 인정해 주는 겁니다. 매일의 작은 순간마다 관찰하고 포착하여 표현하는 거죠. 그 과정이 때론 도전적이지만, 아이와 함께 부모도 성장하니까요. 결국, 끈끈한 가족으로 똘똘 뭉치게 됩니다. 그것이 진정한 사랑입니다. 포기하지 않고 끝까지 하는 인내심, 소소한 순간들의 아름다움, 무한한 가능성이 존재하는 세상에 있다는 사실을 아이들을 통해서 깨닫습니다. 꿈이 보이지 않더라도 존중합니다. 아이들이 꿈을 공유하는 순간 그 꿈을 존중하고 지원하고 아끼는 사랑의 광대함. 그것이 인성 교육의 핵심이자 바탕이니까요.

3.

뭐든 다 할 수 있는
아이로 키우기

"여기서부터 이제 네가 해 봐!"

첫째가 운전면허증 딴 날. 집 근교로 나가 갓길에 차를 세웠습니다. 운전대를 맡기고 조수석으로 자리를 옮겼습니다. 조마조마했지만 내색하진 않았지요. 아이는 자신의 몸에 맞게 운전석 의자를 조절합니다. 백미러와 사이드미러도 확인하고 비상등을 켜고 도로로 들어갑니다. 아이를 봤다가 도로를 봤다가 번갈아 가며 쳐다봅니다. 이를 꽉 물었습니다. 손잡이 잡은 손에 힘이 들어갔고요. 심장 소리가 들릴 듯 말 듯 쿵쾅거립니다. 꽉 잡은 손은 노래지고 눈동자가 빠질 만큼 초집중 모드였죠. 속도가 20, 30, 50, 80이 되니 심장이 멈출 것 같았습니다. 아! 순간 알아차렸습니다. 숨을 깊게 들이마시고 내쉬었습니다. 다시 들이마시고 내쉬며 속으로 되뇌었습니다. '그래. 믿자. 믿어보자. 아이에게 나를 맡기고 편안하게 지켜보자!' 마음을 다시 잡고 창문을 살짝 내렸습니다. 달리는 차 안으로 상쾌한 공기가 들어옵니다. 어느새 편안하게 운전하는 아이가 눈에 들어옵니다. 한마디 툭 던졌습니다. "'운전의 여신'이네!" 내가 편하고자 한 말인지도 모릅니다. 지금은 장거리 운전 담당입니다. 아이를 믿고 칭찬하고 기다려 주니 무슨 일을 하든 당당하게 해냅니다.

아이마다 태어날 때부터 타고난 천성이 있습니다. 세 아이 모두 다르지요. 첫째는 매사에 당당하며 시크합니다. 둘째는 활동적이며 친화력이 높고요. 막내는 차분하고 정적이죠. 성별이 같은 첫째와 둘째, 혈액형이 같은 둘째와 막내. 성격도 다 다릅니다. 식사 준비할 때면 첫째는 동생들을 불러 무엇무엇 하라며 역할을 나눕니다. 둘째는 팔을 걷어붙여 음식 뜨는 걸 도우며 빠릿빠릿하게 움직입니다. 막내는 누나들이 하는 걸 지켜보다가 놓친 게 있으면 챙깁니다. 같은 환경과 음식, 같은 부모인데도 이렇게 다르다니 놀랄 때가 많습니다. 누구를 닮아서 이럴까 싶지만, 누구를 닮았겠습니까? 다, 나와 남편의 성향 일부분을 물려받은 것이지요. 그렇습니다. 세상에 똑같은 천성, 성격, 취향을 가진 사람은 없습니다. 모두가 제각각의 천성을 타고난 존재지요. 각자의 개성을 가지고 세상을 살아갑니다. 인생의 방향과 속도가 모두 다른 이유입니다.

아이들에게 '자율성을 주는 것'은 제가 중요하게 생각하는 부분입니다.

첫째 아이 이야기를 해 보겠습니다. 여섯 살 때의 일이죠. "엄마, 나 오늘은 밖에서 놀고 싶어요." 솔직히 그 순간 마음속에선 '책을 좀 읽으면 좋으련만.'이라는 생각이 스쳤지요. 잠시 멈추어 아이의 눈을 바라보았습니다. 똘망똘망한 눈빛과 미소 짓는 입가엔 호기심과 모험에 대한 열망이 가득 차 있음을 알 수 있었지요.

한번은, 올래길을 걸어 보자고 제안했습니다. 어떤 재미있는 것들을 발견할 수 있을지 궁금하다며 아이가 폴짝폴짝 뜁니다. 그대로 현관으로 달려 나가 신발 신으며 빨리 나오라고 외칩니다. 차 타고 가는 내내 콧노래를 흥얼거립니다. 거기 가면 나비와 새도 볼 수 있냐고 여러 번 묻습니다. 주차하고 짐을 챙기는데 벌써 뛰어갑니다. 나비를 쫓다 잠시 멈춥니다. 뭐 하고 있나 봤더니 꽃과 잔디, 나뭇잎들을 관찰합니다. 침만 흘리지 않았지 자연의 아름다움에 매료된 표정이었지요. 돌아오는 길에 물었더니 책으로 보았던 걸 직접 보니 신기했답니다. 나비가 어떻게 날아다니는지, 꽃들이 어떻게 자라는지, 그리고 작은 곤충들이 어떻게 생활하는지. 자연 속에서 직접 관찰하고 스스로 질문하며 스스로 답을 찾아가는 아이가 대견합니다. 단지 그 곁에서 안전하게 지켜보았고 기다려 주었습니다. 아이의 관찰에 동참했을 뿐이었죠.

어쩌면 자연에 대해 배운 게 아닙니다. 스스로 학습하는 방법, 즉 자기 주도 학습을 한 거죠. 무엇보다 궁금한 걸 찾아갈 수 있는 자유를 발견한 건지도 모릅니다. 이게 바로 자율성의 힘입니다. 아이에게 선택의 기회를 주고 그 결정을 존중하는 건 중요하니까요. 아이들은 삶 속에서 경험을 통해 자랍니다. 그 과정에서 아이만의 방식으로 세상을 이해합니다.

둘째는 조금 소심한 편입니다. 자신의 감정을 표현하는 걸 어려워했죠. 어느 날, 울면서 집으로 들어왔습니다. 슬프고 화난 표정이 동시에 느껴졌죠. 무슨 말을 해야 할지 몰라 망설이며 가만히 있었습니다. 소파에 앉히고 조용히 손을 잡아 주었죠. 쭈뼛쭈뼛 주저하다가 조금씩 마음의 문을 열었는지 '친구랑 다투었는데 처음엔 화났고, 지금은 너무 속상하다.'라고 말하더군요. 느꼈던 감정들을 하나씩 꺼냅니다. 점점 숨소리가 편안해진 것 같아 안심입니다. 아이가 느끼는 감정은 중요합니다. 어떤 감정이라도 느낄 권리가 있죠. 화나고, 슬프고, 기뻐하는 것 모두 괜찮습니다. 기억할 건, 그 감정을 어떻게 표현하고 어떻게 다루는지가 중요하다는 사실입니다. 여전히 감정을 표현하는 걸 어려워하지만 노력하는 모습이 보입니다. 다행입니다. 감정을 솔직하게 표현하는 건 의미 있는 일입니다. 자신의 속마음을 이해하고 인간관계를 통해 성장하는 데 필수적인 부분이니까요. 지금 어떤 마음인지, 왜 그런 마음이 생겼는지 등 감정을 안전하게 표현할 수 있도록 지지하고 격려해 주는 것! 우리가 해야 할 일입니다.

막내는 어릴 적부터 무언가 만드는 것을 좋아했습니다. 특히 레고를 가지고 놀 때면 놀라웠습니다. 상상력이 무한대로 확장되는 것 같았죠. 어느 날, 변신 로봇을 만들겠다며 나름대로 설계를 하고는 블록을 쌓기 시작합니다. 거의 완성된 듯하더니 팔 부분이 떨어져 나갑니다. 당황합니다. 그래도 포기하지 않고 다시 만듭니다. 두 번째, 세 번째도 마찬가지로 부서집니다. 점점 좌절하더니 시무룩한 표정으로 쳐다봅니다. '실패는 성공의 어머니'라는 말이 있다고 알려 주었죠. 한번 시도할 때마다 무언가를 배우는 과정이라는 것도요. 이번엔 무엇이 문제였는지 한번 생각해 보면 좋겠다고 했습니다. 다시 고민에 빠집니다. 자기가 설계한 구조에 어떤 문제가 있는지, 어떻게 하면 더 안정적으로 만들 수 있을지를 스스로 생각해 냅니다. 결국, 몇 번의 시도 끝에 변신 로봇을 완성했습니다. 그래요. 실패는 결코 끝이 아니라 새로운 시작입니다. 진정한 성공으로 가는 길이죠. 아이들에게 실패를 격려하고 그 속에서 배울 수 있도록 도와주기만 하면 됩니다.

누구나 스스로의 힘으로 성장할 수 있습니다. 물론 옆에서 격려하고 지원하는 누군가가 있다면 더 수월할 겁니다. 아이들이 자신의 잠재력을 최대한 발휘할 수 있도록 인도합니다. 스스로 결정을 내리고 감정을 건강하게 표현하며 실패에서 배울 수 있도록 격려하는 거죠. 다양한 놀이와 경험을 실제 체험하고, 오감각을 느낄 수 있는 활동을 통해 '세상은 살 만하고 편안한 곳'이라고 자각하기를 바랍니다. 그래서 자주 안아 줍니다. 작은 도전이라도 격려하고요. 순간을 포착하여 구체적으로 칭찬합니다. 아이들은 세상에 맞서 무엇이든 할 수 있는 단단한 인격체로 성장하겠지요. 중요한 건, 있는 그대로 인정하고, 기다려 주고, 끊임없이 지지하는 겁니다. 이 세 가지 원칙을 기억하며 오늘도 아이들과 함께 성장합니다.

4.

인내하고 믿어 주고 격려하기

"엄마, 귀 뚫어도 돼요?"

막내가 중3 때. 갑자기 툭 내뱉은 말에 당황스러웠습니다. 순수하고 수줍은 구석이 많은 아이라고 생각했거든요. 제법 어른스러운 행동을 합니다. 엄마보다 키도 크고 몸무게가 늘었으며 체격도 커졌습니다. 친구들을 조금씩 의식하고 이성에 관심이 생길 거라 예상은 했지만, 귀를 뚫는다는 말에 사실 놀랐습니다. 순간 같이 어울리는 친구들이 누굴까 궁금해졌습니다. 언제부턴지 외모에도 신경을 쓰기 시작했거든요. 자신이 직접 옷을 사겠다며 돈을 달라고 합니다. 마음에 들지 않거나 입지 않는 건 둘째에게 양보(?)합니다. 부쩍 화장품과 향수에도 관심이 커졌고, 좋고 싫음을 분명히 밝힙니다. 때론 자신의 의견을 내세우기도 하고 생각대로 강하게 밀어붙이기도 합니다.

주변 환경에 대해 인식하고 예민한 감수성에 사회성이 발달하는 시기입니다. 이러한 변화의 중심에서 딸들과는 달리, 어떻게 말해야 할지 난감할 때가 있습니다. '내 친구'라는 울타리를 치고 그 안에서 관심사를 공유하는 듯합니다. 때로는 친구나 선생님에게 인정받으려 할 때 다양한 행동을 보이기도 합니다. 인정받고자 하는 욕구 때문이었을까요? 궁금한 마음 일단 내려놓고 그냥 인내하고 믿어 주고 격려하기로 했습니다.

살면서 수많은 도전과 시련을 마주합니다. 특히 부모로서의 여정은 더욱 그러하죠. 아이들은 매일 새로운 경험과 선택을 하며 살아갑니다. 힘든 상황을 마주할 때 무력감을 느끼기도 하면서요. 우리는 그 곁에서 있는 그대로의 모습을 지켜볼 뿐이죠. 요청하면 도와주지만, 때론 그저 바라보기만 합니다. 쉬운 일이 아닙니다. 다만, 인내와 믿음은 아이들이 세상과 마주할 때 필요한 강력한 초석이 되리란 걸 확신합니다. 판단평가 없이 아이들을 지지하고 그들의 강점을 일깨워 주면 됩니다. 지지와 격려! 아이들이 자신의 길을 걸어가는 데 필요한 동기와 힘의 원천이 아닐까요.

전학 온 날부터 꼬박 30일. 교실에 들어갔지 싶으면 부릅니다. "엄마, 가지 마!", "엄마……." 달래서 들여보냅니다. 한참을 기다리다 아이가 나오지 않으면 발걸음을 돌렸지요. 전학은 아이에게 큰 도전이었던 겁니다. 새로운 교실에 겨우 적응했습니다. 이번에는 눈가에 눈물이 맺혀 집에 들어

옵니다. 나를 보자마자 꺼이꺼이 울음을 터뜨립니다. 그럴 때마다 곁에 조용히 다가가 손을 꼭 잡아 줄 뿐이었죠. 새로운 시작은 누구에게나 어려울 테니까요. 그러나 누구나 충분히 잘 해낼 수 있다고 믿습니다. 모든 건 처음부터 완벽할 수는 없으니까요. 하지만 시간이 지나면서 사람들은 이 모든 것에 익숙해지죠.

아이에게 시간이 필요하다는 걸 압니다. 서서히 익숙해질 거라며 토닥토닥 이야기해 주기를 여러 날, 조금씩 적응하기 시작합니다. 아침에 학교에 가는 두려움이 줄었죠. 새 친구들과 이야기를 나누는 것이 즐겁다며 집에 들어서자마자 조잘거립니다. 약 50일이 지나자, 아이는 학교생활에 흥미를 느끼기 시작했죠. 새로운 것들을 배우는 것에 대해서도 마찬가지였죠. 믿고 기다린 보람이 있습니다. 방과 후에 친구들과 놀다 들어오는 날도 많아졌습니다. 모든 것은 한순간에 이루어지지 않는다는 것, 때로는 시간과 노력이 필요하다는 것을 압니다. 아이의 감정을 이해하고 아이의 속도에 맞춰 기다려 주는 인내의 가치를 다시 한번 깨달았습니다. 부모로서 아이들에게 줄 수 있는 선물 중 하나가 바로 인내하고 이해하는 것임을 말이지요. 물론 인내는 긴 시간이 필요합니다. 그렇지만, 인내의 결과는 기대 이상의 가치를 선물합니다.

첫째가 고1 때였죠. 학교에서 팀 프로젝트가 진행 중이었어요. 초기부터 팀원들과 의견 충돌이 생겨 힘들다며 짜증 냅니다. 도무지 답이 안 나온다고 하더군요. 집에 오면 문을 걸어 잠그고 한참을 나오지 않았습니다. 하루는 아이를 거실로 불렀죠. 잘 해낼 수 있을 거라며 아이를 믿는다고 했죠. 항상 열심히 하는 걸 알고 있고, 팀원들도 너처럼 탁월한 친구들일 거라는 격려도 했습니다. 아울러 함께 협력하면 좋은 결과가 있을 테니 모두의 능력을 한번 믿어 보는 게 어떠냐는 조언도 했지요.

며칠 뒤, 바르르 떨리는 목소리가 생경합니다. 아이가 그날 있었던 일을 말할 때 오롯이 들어 줄 뿐 한 게 없습니다. 어떤 날은 좋은 소식을 들려주기도 했고, 어떤 날은 여전히 어려움을 겪는다고 말합니다. 그저 아이를 격려합니다. 말로든, 마음속으로든. 믿음은 중요합니다. 어려움을 극복하고 목표를 향해 나아가는 데 필요한 에너지거든요. '하늘아, 지금도 충분히 잘하고 있어. 너와 팀원들이 서로를 이해하고 협력하는 건 정말 중요한 일이지. 엄만, 계속해서 너희 모두를 믿어!'

믿어 주고 기다려 주는 건 삶을 변화시킬 수 있는 강력한 힘입니다. 아이들이 스스로 문제를 해결하고 자신의 감정을 표현하며 자신의 길을 찾아가는 동력이 됩니다. 정보를 전달하는 것뿐 아니라 아이들이 각자의 강점을 발견하고 자신감을 키우며, 자신의 길을 찾아갈 수 있도록 믿어 주고 인내하고 지지합니다. 살다 보면 누군가에 대한 험담과 질투가 생길 수 있습니다. 어른도 마찬가지죠. 보이는 것만 곧이곧대로 믿지 말고 그 속의 숨은 마음을 들여다봐야 합니다. 인정받고 싶은데 잘 안돼서 속상한 마음이 반대로 표출되는 경우가 많으니까요.

　한가지 짚고 넘어갈 건, 친구를 칭찬하고 이해하도록 격려하는 어른들의 말과 태도입니다. 함부로 아이의 친구 관계에 선을 긋는 것은 바람직하지 않습니다. 다양한 친구들을 만나며 관계를 조율해 보고 자신을 발견하는 시행착오가 필요하죠. 누군가와의 만남에 있어 그 시작은 물론이요, 그 과정과 헤어짐도 자연스러운 일이니까요. 따뜻한 관계의 힘은 아이들이 세상으로 나갈 자신감을 얻게 도와줍니다. 이 모든 것들은 자녀에게 줄 수 있는 선물이지요. 아이들이 세상을 마주할 때 그들이 필요로 하는 도구와 지혜, 그리고 사랑을 전하는 겁니다. 아이들이 독립적이고 단단한 개인으로 성장하면 좋겠습니다. 아이들이 미래에 맞닥뜨릴 수많은 도전과 기회들, 건강하게 대처하고 매 순간 견뎌 내기를 바랍니다.

5.

생각에 따라 달라지는 세상

생각이 긍정적일 땐 행복하고 만족스러운 삶을 삽니다. 모두를 더 나은 미래로 인도하지요. 반대로, 부정적인 생각이 내 마음을 지배할 땐 나의 세계는 어두워지고 문제가 가득합니다. 결국, '생각'이란 건 기분, 행동, 결정, 궁극엔 삶 전체에 영향을 미칩니다. 즉, 생각이 나의 세계를 만드는 거죠.

오래간만에 집에 온 남편. 집 안을 둘러보더니 못마땅한 표정입니다. 핀잔 섞인 목소리로 "여기 왜 이렇게 어지럽혀놓고 사냐? 책도 좀 버리고, 안 입는 옷도 좀 정리하는 게 좋을 것 같은데?"라며 잔소리합니다. 테이블 위, 소파 아래, 심지어 바닥에까지 책들이 널려 있었거든요. 자주 입는 옷들은 소파에 걸쳐져 있었고요. 제게는 평범한 일상의 한 부분입니다. 책을 읽다가 편안한 옷으로 갈아입고 그 순간의 흐름에 몸을 맡기는 게 얼마나 큰 기쁨인데요. 예전 같으면 큰소리 내며 다투었을 텐데 이번엔 그저 고개만 끄덕였습니다. 나를 온전히 이해하진 못하겠지만 딱 거기까지만 말한 걸 보니 나를 존중해 주는 거 같아 마음이 편안했거든요. 그날 저녁, 남편의 말을 곱씹으며 책과 옷을 정리했습니다. 제 방식대로 살아가면서도 남편의 의견을 존중하는 게 중요하다는 걸 압니다. 함께 살아간다는 건, 서로 다른 관점을 이해하고 조화롭게 어우러지는 거에 대한 끊임없는 배움의 과정이니까요. 그 과정에서 우리 부부는 서로의 관점을 이해하고 함께 조화를 이루죠. 진정한 사랑과 이해를 체득하면서.

늦은 오후, 강의를 마치고 집으로 돌아왔습니다. 현관을 들어서려는데 문이 잘 안 열립니다. 둘째 슬리퍼가 문에 끼여 천천히 밀어서 겨우 열었지요. 신발들이 여기저기 널브러져 있습니다. 빈 곳에 신발을 벗고 거실로 들어섰습니다. 오 마이 갓! 눈앞의 광경에 잠시 어안이 벙벙해졌습니다. 엉망진창입니다. 마치 '키즈 놀이터'에 온 듯했지요. 장난감들이 여기저기 흩어져 있고 색색의 구슬과 블록들이 바닥을 차지하고 있습니다. 한쪽 구석에는 인형들이 잠든 듯 누워 있고, 다른 쪽에는 변신 로봇 자동차들이 뒤엉켜 있었습니다. 거실을 지나 안방으로 가다가 멈추었습니다. 첫째 아이 방문 넘어 벗어 놓은 옷들이 눈에 띄었거든요. 추리닝, 교복 치마, 양말들이 바닥 한가운데에 예술 작품처럼 펼쳐져 있었습니다. 여러 종류의 옷들이 무질서하게 얽혀 있고요. 바닥 곳곳엔 널브러진 책들까지.

순간 얼굴이 일그러지고 속이 부글부글 끓어오릅니다. '또 이렇게 어질러 놓다니. 정리 좀 하면 안 돼?' 소리치고 싶었지만, 강의하는 데 에너지를 다 썼는지 말할 여력이 없었습니다. 잠시 그 혼돈을 바라보았지요. 깊게 숨을 들이쉬고 내쉬기를 서너 번 했을까요. '그래, 뭐 어때. 애들이 놀다 보면 어지럽힐 수 있지. 저녁 먹고 치워야지! 놀이로 하면 되지, 뭐.' 다르게 바라보기로 했습니다. 상황이 혼란스럽기는 했지만 동시에 어느 정도 아름다움과 창의력으로 해석해 보았지요. 아이들의 놀이와 상상력이 만들어 낸 혼돈의 미학이리라! 어쩌면 일상의 지루함을 벗어나 다채로운 색깔로 채워진 세계로의 초대장 같았거든요. 그때, 첫째가 '체온 인사'로 엄마를 환대합니다.

아이를 향해 외쳤지요. "하늘! 뱀이 허물을 벗었네!", "아악!" 벌레를 무서워하는 첫째가 놀랍니다. "여기 있잖아. 하늘이 몸만 쏘~옥 빠져나갔으니 허물을 벗은 거지." 아이들이 낄낄거립니다. 이번에는 막내가 흥분하며 자랑스럽게 소리칩니다. "엄마, 봐 봐! 내가 만든 우주선이야. 여기 이건 우주 정거장이야!" 아이가 가리킨 방향에는 장난감과 책들이 기발하게 배열되어 있었지요. 까만 눈동자가 유난히 이글거립니다. 막내의 창의력과 상상력에 감탄했습니다. 아이의 눈에는 장난감과 옷이 아니라 우주선과 우주 정거장이 있었던 거죠. 와우! 아이의 눈에는 내가 보지 못하는 세상이 펼쳐져 있다니. 자신만의 방식으로 세상을 탐험하고 있었습니다. 그렇습니다. 창의적으로 표현한 걸 이해하고 받아들이는 게 얼마나 중요한지를 압니다. 때론 내가 보는 '혼돈'이 실제로는 아이들의 창의적인 '질서'일 수 있으니까요. 다르게 바라보니 마음이 한결 가벼워졌습니다. 난장판이 소중한 추억이자 창의적인 학습의 기회가 될 수 있음을, 그 과정에서 성장할 수 있음을 자각했죠.

둘째가 고1 때. 중간고사 결과가 나온 날이었죠. 분위기가 무거웠습니다. 손에 쥐고 있는 구겨진 성적표를 봤거든요. 표정을 보니 말만 걸어도 뚝뚝 눈물이 떨어질 것 같았지요. 저녁 식사 시간, 힘없는 목소리로 속삭이듯 말합니다. "엄마, 영어 망쳤어. 영어에 소질이 없나 봐." 가볍게 어깨를 다독여 주었습니다. "초원아, 잠깐만. 이번 시험을 통해 네가 어떤 부분을 더 노력해야 하는지 알게 된 거야. 실패는 너를 더 성장하게 하는 기회야." 절레절레 고개를 흔들며 의아한 표정으로 저를 바라봅니다. "모든 걸 처음부터 완벽하게 할 순 없어. 중요한 건, 네가 어떻게 대응하는지야. 이번 결과가 '초원인 영어를 못해.'라는 걸 의미하진 않아. 오히려 네가 어떤 부분을 더 집중해서 연습해야 하는지를 보여 주는 거지. 이건 앞으로 더 나아질 수 있다는 좋은 기회라고 생각해 보자." 계속하여 격려했습니다. 조금 생각에 잠기더니, 좀 더 노력하면 나아질 수 있는지 되묻습니다. "그럼. 시험 망친 건, 성공으로 가는 길에 있는 한 단계일 뿐이거든. 초원인 충분히 할 수 있어. 엄마는 믿어. 네가 어려움을 겪을 때마다, 그건 네가 더 강해지고 나아지고 있다는 증거지. 넌 충분히 할 수 있다는 걸 잊지 마." 그날 이후, 영어에 관심 가집니다. 모르는 건 사전을 찾아보고 회화는 미국에 있는 언니랑 통화하며 알아 갑니다. 어려움을 겪을 때마다 곁에서 조언만 할 뿐이죠.

아이는 부모의 뒷모습을 보며 자랍니다. 평소 말과 행동을 바르게 해야 하죠. 무의식적으로 학습하니까요. '아직 어리니까, 언젠가는 괜찮아질 거야.', '곧 철이 들겠지.'라며. 언젠가 좋아지리라 기대하는 부모들이 있습니다. 단언하건대, 그런 현실은 쉽게 일어나지 않습니다. 그렇다면 어떻게 해야 할까요? 아직 바른 태도가 형성되지 않았다거나 그 시기가 아직 멀어 보인다면 평소에 교육의 기회를 만들어 주어야 하지요. 언젠가는 당연히 형성될 거라는 착각을 버립니다. 본보기가 되어야 하죠. 먼저 모범을 보입니다. 아이들은 부모의 모습을 모방하며 세상과 소통합니다. 부모의 태도가 절대적으로 아이들에게 영향을 주는 건 팩트죠. 물론, 부모도 완벽하지 않기에 모범을 보일 수 없을 때도 있습니다. 그럴 때는 솔직하게 자신의 실수와 부족함을 인정하면 됩니다. 아이들은 관용과 관대함에 대해서도 배워 나갈 테니까요. 부모의 격려와 긍정적인 태도는 아이들이 어려움을 극복하고 자신의 한계를 뛰어넘어 성장하는 데 힘을 줍니다. 부모도 실패를 성공으로 바꾸는 긍정적인 마인드를 장착하는 게 중요합니다. 지속해야 하죠. 일관성 있게. 있는 그대로 바른 모습을 보이려는 그 노력 자

체가 산 교육입니다. 모범을 보이고 함께 실천하는 것! 현명한 부모이자,

탁월한 스승이 아닐는지.

6.

잠재의식의 막강한 힘

아침이 밝고 새로운 하루가 시작되면 우리 집은 조용한 외침 소리가 들립니다. "나는 모든 면에서 점점 좋아지고 있다.", "나는 모든 면에서 점점 좋아지고 있다.", "나는 모든 면에서 점점 좋아지고 있다.", "미! 고! 사! 대!", "미! 아름다운 마음으로 미안합니다.", "고! 서로 높여 존중하며 고맙습니다.", "사! 진심으로 생각하며 사랑합니다." "대! 크고 작은 일도 함께 대화합니다."

세 아이와 함께, 매일 아침 일어나면 '자아 선언문'을 낭독합니다. 내가 나아지고 있음을 선택하면 성장할 것이고, 내가 나빠지고 있음을 선택하면 나빠질 거라고 일러 주었죠. 이 작은 습관이 어떻게 아이들의 잠재의식에 긍정적인 변화를 일으키는지 매일 관찰했습니다.

아이들에게 자신감을 심어 주고자 했습니다. 작은 습관은 아이들 스스로의 가치를 인식시키죠. 즉, 어려움에 직면했을 때 포기하지 않고 이겨 낼 수 있다는 힘을 길러 준다고 확신합니다. 인성 교육은 지식을 전달하는 게 아닙니다. 자신을 이해하고 자신의 감정을 조절할 수 있도록 돕습니다. 아이들이 자기를 긍정적으로 바라볼 수 있도록 격려하기만 하면 됩니다. 아이 내면에 잠재된 긍정적인 인성을 세워 주는 거죠. 인성의 씨앗을 많이 뿌려 놓으면 거둘 것이 많을 테니까요. 자신감은 앞으로의 삶을 살아가는 데 동력이자, 힘들거나 고통스러운 상황에서도 자신만의 방법으로 기회를 전환할 수 있는 나침반입니다.

화가 나고 속상한 일이 생기면 먼저 호흡을 깊게 세 번 정도 합니다. 그런 후 있는 그대로 이야기하며 감정을 해결하는 방법을 알려 줍니다. 누구나 자신의 감정과 생각을 선택할 수 있으니까요. 즉, 나에게 도움이 되는 생각을 내가 선택할 수 있습니다. 좋은 생각을 선택하는 연습을 계속 반복하면 자연스럽게 긍정적인 생각으로 이끌려 가게 되어 있죠. 얼굴을 찡그리거나 인상 쓰고 있을 때 의도적으로 인상을 펴라고 합니다. 웃는 표정은 다른 사람들과 대화와 소통하는 데 있어 기본 중 기본 태도이기 때문이죠. 다른 표현으로 말하면, 아이들의 성장에 있어 잠재의식은 중요합니다. 잠재의식은 행동, 생각, 감정을 지배하죠. 우리가 의식하지 못하는 사이에도 지속적으로 작용하며 인성을 형성합니다. 특히, 어릴 때의 경험은 인생의 배경이 되고 삶의 지침이 되죠.

"엄마, 오늘 저, 친구랑 싸웠어요."

둘째가 작은 목소리로 말합니다. 어떻게 된 일인지 물었죠. 친구가 자기 그림을 망쳐서 친구의 물병을 엎어 버렸다고 합니다. 관점을 바꾸어 '그래도 좋았던 일이 있었는지' 질문하죠. 그러면 자기가 그린 그림을 보며 선생님이 예쁘다고 칭찬했다며 신나게 답합니다. 그거 정말 멋진 일이라며 그 칭찬에 대해 어떻게 생각하는지 다시 질문했죠. 아이는 기분이 좋았다며 자신이 그림을 잘 그린다는 걸 알게 되었다고 말합니다. 여기서 다시 관점을 바꾸었죠. "그렇지, 넌 정말 재능이 있어. 그리고 친구와의 싸움에서도 중요한 걸 배웠겠지?" 아이가 미소 지으며 말합니다. 서로 이해하는 게 중요하다는 걸 깨달았고, 그래서 쉬는 시간에 친구에게 미안하다고 말했답니다. 정리하자면, 대화를 통해 아이들은 감정을 표현하고 어려움을 극복하는 방법을 배웁니다. 매 순간 아이들의 마음을 이해하고 그들이 성장하는 과정에서 긍정적인 태도를 장착할 수 있게 도와줍니다. 작은 대화들이 모여 아이들의 잠재의식에 긍정적인 영향을 미치니까요.

인간의 뇌는 자신의 감정을 느낄 때와 다른 사람의 감정을 느낄 때 거의 똑같이 작용한다고 합니다. '거울 신경 세포'라는 것이 있어요. 다른 사람의 행동을 보고 있기만 해도 자신이 그 행동을 하는 것처럼 거울 신경 세포가 작동한다는 겁니다. 서로를 귀하게 여기는 마음과 말과 행동이 거울 신경 세포도 반응하도록 만든 거죠. 결국, 바른 인성으로 발전하게 되지요. 인성은 타고나는 게 아니라 만들어 가는 것입니다. 아이들의 귀함을 늘 새깁니다. 있는 그대로 사랑해 주되 다른 사람의 귀함 역시 깨닫도록 존대하는 말, 행동, 태도로 모범을 보입니다. 그러할 때 함께 배우고 큰 그릇으로 성장하게 되겠지요.

최근까지도 매일 저녁 '감사 노트'를 작성하는 시간을 가졌습니다. 저녁 식사 후, 각자 그날 있었던 일 중 좋았던 일들을 종이에 적습니다. 기록 이상의 의미와 가치를 가지거든요. 감사 노트를 통해 아이들은 삶 속에서 작은 것들에도 감사할 수 있는 마음을 키웁니다. 때론 '오! 감사' 활동으로 즉석에서 놀이로 진행하기도 합니다. 일주일 동안 있었던 일 중에서 다섯 가지 감사한 내용을 적고 함께 나눕니다. 활동할 때만 감사하는 게 아니라 일상생활에서 정성을 다해 마음으로 감사하고 귀하게 여기라고 강조하였죠. 말 속에 존중이 없다면 그것은 가짜 감사에 불과하기 때문이죠. 이 활동 덕분인지 누군가를 고자질하거나 싸우는 일이 확연히 줄었습니다. 예전엔 동생에게 "야! 저리 비켜! 안 보이잖아."라며 명령조로 이야기했던 첫째. "초원! 비켜 줄래? 고마워.", "지후야, 이것 좀 도와줄래? 쌩큐!", "휴지 좀 가져다줄래? 고마워."라고 말합니다. 감사를 통해 아이들은 감정을 조절하는 법도 배울 수 있었습니다. 과거엔 툭툭 생각나는 대로 말을 했다면, 지금은 잠시 생각하여 말하는 습관이 생겼거든요. 게다가 가는 말이 고와지니 오는 말도 자동으로 좋아졌습니다.

"맛있는 저녁 차려 주신 엄마, 감사합니다.", "치킨 사 주신 아빠, 감사합니다.", "같이 놀아 준 작은 누나, 고마워.", "날씨가 좋으니 기분이 좋습니다. 감사합니다.", "비가 오니 우산 빌려준 친구, 고마워.", "아침에 눈을 뜨니 살아 있다는 존재 자체가 감사합니다." 등등.

감사 노트나 오! 감사 활동은 간단하지만 힘이 있습니다. 물론, 감사한 일을 찾는 게 쉬운 일은 아닙니다. 어린 시절부터 습관을 들이니 감사 대상이 다양해졌습니다. 분명한 건, 이 활동이 아이들의 잠재의식에 긍정적인 태도를 심어 주었고 삶을 대하는 태도까지도 밝고 긍정적으로 만들었다고 확신합니다. 인성 교육은 하루아침에 이루어지는 게 아닙니다. 매일의 작은 습관과 지속적인 노력이 중요하죠. 아이들이 점차 자신감으로 세상을 대할 수 있게 되니까요. 아이들의 잠재된 의식을 깨울 수 있는 건, 바로 이러한 믿음과 행동에서 비롯됩니다.

아이들뿐이 아닙니다. 우리는 모두 각자의 잠재의식 속에 무한한 가능성을 갖고 있습니다. 어려운 일처럼 보일 수 있습니다. 사실은 매일의 작은 습관에서 시작되죠. 자아 선언문 낭독, 일상에서의 작은 대화와 격려, 감사 노트 작성 등이 바로 그겁니다. 이것이 인성 교육의 진정한 힘이죠.

부모로서 할 수 있는 가장 중요한 일은, 아이들이 세상을 긍정적이고 희망찬 눈으로 바라볼 수 있도록 돕는 것입니다. 일상의 순간들이 모여 아이들의 인성을 형성하니까요. 완벽한 부모가 될 수 없습니다. 다만, 매일 최선을 다해 아이들에게 사랑과 격려를 온전히 나누기만 하면 됩니다. 우리는 이미 최고의 부모니까요!

7.

사랑과 온정의 이름으로!

오래전 스펜서 존슨의 책을 읽었습니다. 읽으면서 주사 한 대 맞은 듯 액체가 혈관을 타고 온몸으로 퍼지는 것 같았습니다. '스스로를 사랑하는 아이는 스스로 올바른 행동을 한다.'라는 단순한 진리를 깨달았거든요. 아이들이 자신에 대해 기쁘고 좋은 마음을 느끼게 도와주는 건 아이들이 바른 행동을 하게 만드는 열쇠입니다. 아이들과 소통하는 간단한 방법 세 가지가 있습니다. 그 위력이 궁금해졌습니다. 그날 이후 시행착오를 거치면서 '1분 엄마'가 되기를 선언했죠. 이제, 아이들과 마주하는 시간은 축제가 되리라 확신하면서요.

놀이터에서 놀고 있던 첫째. 동생들을 살뜰히 돌보며 다른 아이들과도 잘 어울렸습니다. 미끄럼틀 앞에서 동생의 손을 잡아 주고 그네도 밀어 줍니다. 계속 밀어 달라고 조르고 투정 부리는 동생에게 군소리 안 하고 놀아 주는 모습에 흐뭇했지요. 다섯 가족 모두 모인 저녁 식탁에서 첫째에게 말합니다. "오늘 놀이터에서 동생을 얼마나 잘 돌보는지 봤어. 네가 동생을 안전하게 지켜 주고, 함께 즐기는 걸 보니 정말 멋졌어. 넌 정말 좋은 누나야." 짧은 침묵 후, 엄지손을 치켜들며 "최고!"라고 아이를 환대해 주었지요. 순간, 눈이 동그래지고 눈동자는 반짝입니다. 어깨를 들썩이며 환하게 웃습니다. 약간의 침묵과 칭찬의 힘이었죠. 자신감과 책임감을 심어 주었고 맏이로서 자부심을 느끼게 한 거죠.

아이들이 뭔가 잘한 일을 찾아내는 것, 잠재 능력을 충분히 발휘하도록 돕는 것. 얼마나 놀라운 삶의 방식인지요! 부모로서 중요한 역할입니다. 그 과정에 아이들은 바른 행동을 찾아내죠. 관찰하면 칭찬할 거리가 보입니다. 우선, 30초간 아이가 무엇을 잘했는지 구체적으로 말해 줍니다. 그 행동이 얼마나 기분 좋게 만드는지 느낌을 말하는 거죠. 이어서 기분이 좋은 걸 아이가 느낄 수 있도록 약 10초간 침묵을 지킵니다. 아이가 흐뭇한 감정을 만끽할 수 있도록 오롯이 환대하는 거죠. 그 후 나머지 20초간 그 감정을 행동으로 표현합니다. 사랑한다는 말이나 포옹해 주는 등 긍정적인 제스처를 취하면서 칭찬을 끝냅니다. 아이에게도 뭔가를 발견하면 칭찬해 달라고 요청합니다. 1분이면 되죠. 짧지만 강력합니다. 잘한 걸 찾아서 말해 주면 아이들은 다음에 또 잘하고 싶어집니다. 누구든지 칭찬받으면 자신이 한 행동에 대해 기분이 좋아지니까요. 자신을 좋아하는 아이는 성공의 기쁨을 알게 됩니다. 궁극엔 스스로 바른 행동을 계속해서 하게 되지요. 누군가를 위한 행동이 아니라 자신을 위해서 말이죠.

"지금 몇 시니?", "엄마, 열차를 놓쳤어요!", "어딘데?", "홍대요. 얼른 갈게요" 12시 넘어서야 집에 들어온 아이. 조용히 문을 열고 겨우 들릴 듯 말듯 "다녀왔습니다."라고 말하며 체온 인사를 합니다. 떨리는 아이의 눈을 쳐다보았죠. 차분하면서도 단호하게 말합니다. "10시까지 들어 오기로 했잖아. 연락도 없이 약속을 어기면 어떡하니? 이 행동이 처음은 아니잖아! 실망스럽고 화가 났어. 게다가 걱정되기도 했고!" 아이의 잘못된 행동을 정확하게 이야기합니다. 그 행동이 나에게 어떤 느낌인지도 말해 주고요. 그 느낌이 아이에게 전달되도록 몇 초간 무거운 침묵을 유지합니다. 그런 다음, 크게 숨을 들이쉬고 긴장을 풉니다. 아이의 어깨 위에 손을 얹으며 "초원아, 엄마가 화가 난건, 네가 그런 행동을 하는 아이가 아니란 걸 알기 때문이야. 분명 그럴 만한 사정이 있었을 거야. 네가 얼마나 소중하고 가치 있는 아이인지 알았으면 해. 사랑해." 꼬옥 안아 줍니다. 아이는 참았던 눈물을 흘리며 "다음부턴 약속도 지키고요, 만약 늦게 되면 연락할게요. 사랑해요, 엄마."라고 말합니다.

훈계도 하나의 교육입니다. 사랑과 이해를 바탕으로 이루어져야 하죠.

아이들에게 올바른 방향을 제시하는 건 인성 발달에도 중요하니까요. 1분 훈계도 간단합니다. 아이가 스스로 한 약속이나 가족과의 약속을 지키지 않았을 때 미루지 않고 즉시 그 사실을 확인시켜 줍니다. 아이가 하기로 한 일을 정확히 이해하도록 알려 주고 훈계하는 거죠. 즉 용납될 수 없는 행동이 무엇인지 구체적으로 지적합니다. 관계가 더 나빠지기 전에 효과적으로 대처할 수 있는 비법일 수 있어요. 처음 30초간 아이가 무엇을 잘못했는지 구체적으로 꾸짖고 그것에 대해 내가 어떻게 느끼는지 명확하게 표현합니다. 이어서 긴장감을 조성하기 위해 약 10초간 침묵합니다. 아이가 나의 불편한 마음을 느낄 수 있도록 하기 위함이죠. 나머지 20초 동안 감정을 정돈하고 사랑을 표현합니다. 행동은 잘못되었지만 소중한 존재라는 인식을 느낄 수 있도록 상기시켜 주는 겁니다. 그리고는 아이에게 사랑한다고 말해 주죠. 이어서 꼭 안아 주며 훈계가 끝났음을 알리는 거죠. 아이도 이 훈계가 끝나면 그것으로 끝이라는 걸 알죠. 더 이상의 잔소리는 없다는 것을. 이 모든 건 1분 안에 끝냅니다. '1분 훈계'는 단순한 지적이나 비판이 아닙니다. 성장할 수 있는 배움의 순간이죠. 아이들이 자신과 타인을 이해하고 존중하는 능력도 개발할 수 있습니다. 사회적 상호작용을 배우고 갈등을 해결하는 데 필요한 기술도 배우는 기회가 됩니다.

매월 1회, 가족회의를 합니다. 가족 문화로 만드는 데 오래 걸리지 않았지요. 놀이처럼 했거든요. 돌아가면서 회의 진행을 합니다. 한 달 동안 달성하고자 하는 개인적인 목표들을 공유하죠. 지금은 아이들이 좋아하는 시간 중 하나입니다. 목표를 설정하면서 스스로 자신의 능력을 인식하고 지금보다 너 나은 성장을 꿈꿉니다. "매일 30분씩 수학 공부를 해서 중간고사 시험은 80점 이상 맞는다.", "하루에 5개씩 영어단어를 외워서 여행 가면 외국인한테 먼저 말을 건다.", "가족 봉사를 꾸준히 해서 용돈 10만 원을 모아 나이키 운동화를 산다."라고 목표를 적고, 그걸 이루었을 때 원하는 것도 적습니다. 모든 목표는 이미 이루어진 것처럼 씁니다. 목표가 이루어지기 전에 먼저 마음으로 볼 수 있도록 하는 과정이죠. 이루어지길 바라는 목표를 위해서는 지금 해야 할 일을 구체적으로 써야 하죠. 그리고는 언제까지 그걸 이루겠다는 목표 날짜를 씁니다. 자주 쓰고, 더 자주 반복해서 읽게 했죠. 가족회의 때 발표하고 격려합니다. 자신의 목표를 공유할 때 아이들의 눈은 반짝입니다. 자기 주도적으로 학습하고 목표를 세우며, 그것을 달성하기 위해 노력하는 태도를 배웁니다. 나아가 목표 달성 과정에서 마주치는 어려움을 극복하는 방법을 배우죠.

우선, 목표를 명확하게 정합니다. 개인 목표든, 가족 목표든. 가족 목표의 경우 서로 합의점을 찾기 위해 노력하죠. 목표는 1분이면 읽을 수 있도록 적습니다. 약 250자 내외로 종이 한 장에 적는 거죠. 언제 무엇이 이루어지기를 바라는지 정확한 날짜와 구체적인 목표를 씁니다. 이를테면, '나는 ~을 했다.', '나는 ~을 하고 있다.', '나는 ~방법으로 ~까지 했다.' 등.

그다음에 각자의 목표를 매일 반복해서 읽습니다. 루틴으로 장착하면 좋습니다. 매일 1분을 할애하여 그 목표를 살피고 행동을 살피고 그 행동이 목표에 맞는지 성찰합니다. 서로 격려해 주면서요.

현명한 부모는 아이에 대해 제대로 파악하고 이해하고 격려합니다. 아주 사소하고 소소한 경험이라도 꾸준히 실천하죠. 인성을 가르치는 것이 대단하고 어렵다며 지레 겁먹지 않아도 됩니다. 1분이면 되니까요. 습관으로 만들면 인생을 바꾸는 가장 확실하고 간단한 방법이 될 수 있다고 확신합니다. 칭찬은 아이들에게 자신감을 심어 주고, 그들이 긍정적인 자아상을 갖게 하죠. 적절한 훈계는 아이들이 갈등을 해결하고, 타인을 이해하는 방법을 배우게 하고요. 목표설정은 아이들이 자기 주도적으로 학습하고, 도전을 통해 성장하는 기회가 됩니다. 1분의 따뜻한 온정이 아이들의 미래를 밝게 비추는 등대가 될 수 있기를.

8.

행복한 인성 방정식

초등학교에서 인성 교육 프로그램을 진행할 때였습니다. 한창 활동하는데, 갑자기 남학생이 벌떡 일어나더니 교실 뒤쪽으로 이동합니다. 뒤에서 조용히 왔다 갔다 하더군요. 이유가 뭘까? 궁금했죠. 보통 아이들은 손을 들어 이유를 말하고 행동에 옮기는데 말이죠. 웃으면서 아이에게 다가가 물었더니 졸려서 뒤로 나왔답니다. 이어서 말합니다. "아까 지혜 카드를 뽑을 때, 수면 카드가 나왔어요. 자지 않으려고 일어났어요!"라고. 카드에는 이렇게 쓰여 있습니다. '수면(睡眠). 마음을 항상 깨어 있게 하고 바르게 잔다. 낮에 졸음이 와서 눈꺼풀이 무겁거든 일어나 두루 걸어 다녀서 정신을 깨어 있게 한다. 몸에 질병이 있거나 밤에 잠자리에 드는 경우가 아니면 눕지 않으며, 비스듬히 기대지도 않는다. 비록 밤중일지라도 졸리지 않으면 눕지 않으며, 다만 밤에는 억지로 잠을 막으려 해서는 안 된다.' 그러고 보니, 아이는 졸린 걸 참으려고 조용히 일어나 교실 뒤로 간 것이었습니다. 배움의 순간이었습니다.

　인성은 저절로 생기지 않습니다. 꾸준히 노력하고 공을 들여야 하죠. 한 번 공들여 형성된 인성은 그 향기가 지속됩니다. 인성 교육을 위해 구체적인 실천 방법과 액션 플랜을 제시하는 '시너지 카드'를 개발했습니다. 율곡 선생의 자경문(自警文)을 근간으로 하였죠. 평생 자기 수행의 지침으로 삼았기에 '시너지 지혜'라고 명명하였습니다. 카드를 적절히 활용하면 의미 있는 성찰이 가능합니다. 장담컨대, 인생의 목표를 점검하고 어디를 향해 가는지, 어떻게 자기 삶의 주인으로 살 것인지를 알아차릴 수 있습니다. 무엇을 하든지 자기 삶의 주인이 되기 위해서는 원칙이 있어야 하니까요. 확고한 신념과 목표를 자극하기 위해 자경문의 각 조항에 '시너지 덕목'을 매칭 했습니다. 총 12가지 지혜와 60가지 덕목을 최종 선별했죠. 카드의 키워드는 배움, 질문, 실천입니다. 즉, 자경문을 새롭게 재해석한 배움 카드, 배움의 확장을 위한 질문 카드, 일상생활에 적용을 위한 실천 카드. 누구든 쉽게 활용할 수 있습니다. 개인과 타인의 지속적인 성장을 돕고 그들의 잠재력 및 가능성을 촉진할 수 있는 선물이리라 확신합니다.

　오랫동안 현장에서 인성 교육을 진행해 왔습니다. 초중고 학생, 부모와 교사, 군인과 경찰, 교도소 및 기타 다양한 기관 등. 남녀노소를 막론하고 다양한 사람들을 만났지요. 실제 프로그램과 이론적 연구를 바탕으로, 사람들에게 인성 교육을 전하기 위해 '인성 방정식'을 만들었습니다. '시너지 카드'를 기반으로 사람들에게 소소한 성공 경험의 기회를 제공하고, 그들의 내면에 잠재된 역량을 일깨워 자아를 탄탄하게 돕고자 했죠. 나아가 지속적인 성찰을 통해 자신은 물론 타인의 생각과 감정과 삶을 긍정적으로 디자인할 수 있도록 고안했습니다. 궁극엔 세상에 존재하는 모든 것들과 연결하여 화합의 힘을 키울 수 있도록 깊이 연구하여 개발했죠.

인성 방정식(E=V*RES[1])은 실천적인 인성 교육 역량 강화 프로젝트입니다. 사람들의 긍정적인 변화와 행복한 성장을 위해 인성 역량을 일깨우는 활동들이 포함되어 있지요. 인성의 역량 강화를 위해 미덕의 언어를 사용합니다. 우리에게 닥친 역경과 어려움을 이겨 내는 힘을 길러 줍니다. 자신과 타인의 감정을 전략적으로 활용할 수 있으며 자기를 있는 그대로 믿고 수용합니다.

"엄마, 오늘따라 승단 시험이 걱정돼요." 둘째가 다가와서 힘없는 말투로 말합니다. 입꼬리를 살짝 올리고는 어깨를 가볍게 두드리며 격려했죠. "초원! 넌 항상 최선을 다하는 아이지. 엄만, 네가 할 수 있다고 믿어. 너에게 선물할게. 열정, 긍정, 인정!" 순간, 까칠하던 아이의 얼굴빛에 화색이

---

1) 인성 방정식(E=V*RES): Empowering=Virtues*Resilience*Emotional Intelligence*Self-esteem

돕니다. 긍정적인 말 한마디는 아이의 하루를 바꿀 수 있죠. 그건 어떤 도전에도 맞설 수 있도록 격려하는 거니까요. 즉, 자신의 능력을 믿고 자신감과 용기를 갖고 도전할 수 있도록 동기를 부여하는 원천이죠. 미덕의 언어로 말하면 '너는 그런 아이야. 너에겐 그런 힘이 있어.'라고 알려 주는 겁니다. 책임감과 존중의 미덕을 연마할 수 있지요. 그 과정에서 다양한 긍정 정서들을 경험합니다. 단언컨대, 내면의 잠재된 원석이 보석이 되는 순간이죠.

뾰로통한 말투로 조심스레 말을 합니다. "엄마, 오늘 친구들과 놀다가 넘어져서 창피했어요." 아이를 안아 주며 말했습니다. 괜찮다고. 우리 모두 가끔은 실수하고 넘어집니다. 중요한 건, 그 상황에서 어떻게 대처하고 다시 일어섰느냐입니다. 오늘 넘어졌을지 몰라도 집까지 왔다면 그 경험은 앞으로 더 강해질 수 있다는 증거니까요. 우리는 모두 실수로부터 배우고 그걸 통해 더욱 강해집니다. 그 일로부터 더 단단해지고 다음에 비슷한 상황이 올 때 더 잘 대처할 수 있지요. 이런 회복 탄력성은 실패와 실망을 경험할 때 극복하는 힘입니다. 어려움에 부딪혔을 때 좌절하지 않고 그 경험으로부터 배우고 성장할 수 있게 하지요. 부모는 아이들이 넘어졌을 때 회복할 수 있도록 지지하고 격려하면 됩니다.

"엄마, 누나가 놀려요." 떨리는 목소리로 말하며 울음을 터트립니다. 하던 일을 멈추고 아이를 끌어안습니다. 어깨가 미세하게 떨립니다. 적어도 아이의 감정을 이해하려고 노력하죠. 너무 기분이 나빴겠다며 그렇게 느낀 감정을 이해한다고 말해 주었죠. 우리가 자신의 감정을 표현하고 말할 수 있다는 건 중요합니다. 그것으로 자신의 감정을 이해하고 다른 사람과도 더 잘 소통할 수 있지요. 예를 들어, 슬픈 일이 생겼다고 가정해 봅니다. 우선, 자기가 느낀 감정을 이해하는 거부터 시작하죠. 뭐가 날 슬프게 하고 왜 그렇게 느꼈는지 생각해 보는 거죠. 그리고 사람들과 말할 때는 자신의 감정을 솔직하게 표현합니다. 그래야 상대도 내가 느낀 감정을 이해할 수 있으니까요. 감성 지능은 자신의 감정뿐만 아니라 다른 사람의 감정도 이해하는 능력입니다. 다른 사람과 더 잘 소통하고 관계에서도 더 많은 걸 배울 수 있게 해 주지요. 가끔은 어려울 때도 있습니다. 그래도, 자신이 느끼는 감정에 대해 말하는 건 더 성숙하고 이해심 깊은 사람으로 성장하는 기회지요. 아이들이 자신의 감정을 이해하고 타인의 감정에 공감할 수 있도록 돕습니다. 살면서 만나는 다양한 상황과 인간관계에서 긍정적인 방식으로 대처할 수 있도록.

평소 아이들 각자에게 특별한 재능과 개성이 있다고 말해 줍니다. 아이 각자의 눈을 바라보며 진심을 담아 말하죠. 첫째는 뛰어난 창의력을 가지고 있고, 둘째는 타인을 배려하는 따뜻한 마음을 지녔으며, 막내는 놀라운 호기심과 끈기를 가지고 있거든요. 있는 그대로를 인정하고 칭찬하는 건 아이들이 자신의 가치를 인식하고 자신감 습득의 기반이 되죠. 자존감이 높은 아이들은 자아상이 건강합니다. 스스로 자신의 능력을 믿고 삶의 다양한 도전에 당당하게 대처하죠. 자신의 강점을 활용하여 새로운 기회를 창출하고 자신의 꿈을 향해 나아가는 힘이 있으니까요.

인성은 아이들의 성장과 발달에 필수적입니다. '인성 방정식'으로 접근해 봅니다. 미덕으로 말하면 아이들에게 자신감을 심어 줍니다. 회복 탄력성은 어려움을 극복하는 데 도움을 주죠. 감성 지능은 자신과 타인의 감정을 이해하고 건강한 인간관계를 형성하는 데 이바지하지요. 마지막으로, 자존감은 자신의 가치를 인식하고 자신감을 가지고 삶에 임하도록 힘이 됩니다. 완벽한 부모가 될 수는 없습니다. 다만, 우리의 사랑과 노력은 아이들이 건강한 인성을 갖추고 행복한 삶을 살아가는 데 도움이 되죠. 일상의 작은 관심과 내 안에 깃든 사랑을 아이들에게 마구마구 전하길 바라며.

우리 아이
인성을 위한
페이지 5

흔들리지만 소신 있게
인성 교육 하려면

1 일관성

어떠한 상황이 직면하든 핵심 가치와 원칙을 고수합니다. 기분이나 편의에 따라
규칙이나 기대치를 바꾸지 않습니다. 집이든, 밖이든, 타인과 함께 있든. 교육적 신
념과 가치를 지속적으로 유지합니다.

2 인내심

인성 발달에는 시간이 걸리며 누구나 실수를 하게 된다는 점을 이해합니다. 아이가
진실을 말하거나 약속을 지키는 데 반복적으로 어려워한다면, 좌절해서 반응하기
보다는 매번 인내심을 갖고 지도합니다. 인내는 성장과 학습을 위한 선물이니까요.

3 모델링

아이가 배우기를 원하는 가치를 몸소 보여 줍니다. 만약, 아이가 공손하기를 기대
한다면 매 순간 다른 사람에게 공손하게 말하는 겁니다. 아이들은 말보다 행동을
보면서 더 많은 것을 배우거든요.

④ 공감

아이의 감정과 어려움을 공감하고 이해합니다. 만약 어떤 일에 실패하여 화를 낸다면, "실망한 점 이해해. 하지만 이로부터 무엇을 배울 수 있을까?"라고 질문합니다. 회복 탄력성과 신뢰를 가르치면서 아이에게 관심이 있다는 걸 보여 주는 겁니다.

⑤ 열린 커뮤니케이션

아이가 평가와 판단을 두려워하지 않고 생각, 걱정, 실수에 대해 편안하게 이야기할 수 있는 환경을 만듭니다. 만약 아이가 실수했다면, "무슨 일이 일어났는지, 다음번에는 어떻게 개선할 수 있는지 이야기해 볼래?"라고, 과거를 들춰 내지 말고, 매 순간 열린 마음으로 상황에 접근하면 됩니다.

⑥ 책임

자신의 행동에 책임을 집니다. 만약 어떤 상황에 대해 과민반응을 보였다면 인정하고 사과하면 됩니다. "목소리를 높이면 안 됐는데, 미안해." 자신의 실수를 인정하고 책임을 지는 것은 아이에게 진실성의 본보기가 되죠. 모든 인간은 완벽할 수 없으니까요.

⑦ 정서적 회복력

깊은 호흡, 일기 쓰기, 10초 동안 숫자 세기 등 감정을 다스릴 수 있는 휴식 방법을 가르칩니다. 아이가 자신의 감정을 안전하게 표현할 수 있는 공간을 제공하는 거죠. 만약 자전거 타다가 넘어져 낙담할 때 "넘어져도 괜찮아. 이번 넘어짐이 네가 자전거 타는 걸 익히는 데 필요한 과정이야."라고 말해 줍니다. 좌절은 포기할 이유가 아니라 성장을 위한 기회라는 걸 알려 주는 거죠.

8 **공평**

편애나 감정적 편견을 내려놓습니다. 규칙과 결과를 일관되게 적용하면서 공정하고 공평하게 대합니다. 만약 핸드폰 사용 시간에 대해 규칙을 설정했다면, 해당 규칙이 가족 모두에게 동일하게 적용되어야 하죠. 예외를 두면 혼란이나 분노를 유발할 수 있답니다.

9 **유연성**

모든 아이는 다 다르다는 점을 인식합니다. 내 아이의 인성 발달에 효과적인 것이 다른 아이에게는 조정이 필요할 수도 있거든요. 개인의 필요에 맞게 접근 방식을 조정합니다.

10 **긍정적 강화**

격려와 칭찬으로 긍정적인 행동을 강화할 수 있습니다. 강화하고 싶은 성격 특성이나 행동을 선택하여 그에 대한 기대를 분명히 합니다. 동생과 장난감을 나누는 습관을 강화하고 싶다면, 그 행동을 목표로 삼는 거죠. 원하는 행동이 나타나면 즉시 긍정적인 피드백을 해 줍니다. "동생에게 장난감을 바로 나눠 줘서 정말 자랑스러워. 정말 친절한 행동이었어."라고. 즉각적이고 구체적인 칭찬과 비물질적 보상(놀이 시간 연장, 함께 영화 보기, 특별한 외출 등)을 통해 아이가 원하는 행동을 반복하게 할 수 있지요. 나아가 일관된 보상과 긍정강화 차트(스티커 같은 시각적 도구)를 활용해 바람직한 행동을 내면화하게 되고, 긍정적인 습관을 장착할 수 있습니다.

마치는 글

"내가 말로 한 걸 책으로 엮으면 수백 권은 나올 거다."

엄마. 인생의 험난한 물살 속에서 나를 인도하는 등대이자 나침반입니다. 그녀로부터 수도 없이 들은 말입니다. 진정한 힘은 나눔에 있고, 사랑은 강력한 도구이며, 진실은 인성의 기반이라는 것을 몸소 보여 주었습니다. 말뿐이 아닌 살아 있는 증거입니다. 때로는 단순했고, 때로는 심오했으며, 때로는 무거웠습니다. 수년간의 물질과 농사로 인해 마모된 엄마의 손. 나에겐 지속적인 사랑과 희생의 상징이죠. 힘든 순간마다 나를 붙잡아 주었고, 나의 성취에 박수를 보내 주셨고, 내가 길을 잃었을 때 올바른 방향으로 인도했습니다. 비록 말하지 않은 걱정의 무게를 짊어지고 있지만, 마음을 치유하는 힘이 있는 진정한 따뜻함을 발산합니다.

나에게 엄마는 부모 그 이상입니다. 나의 친구이자, 멘토이며, 가장 큰 후원자입니다. 이타심과 흔들림 없는 헌신으로 특징지어지는 엄마의 삶은, 내가 매일 더 나은 사람이 되도록 영감을 줍니다. 진정한 위대함이 칭찬으로 측정되는 것이 아니라 내가 만지는 삶과 내가 주는 사랑으로 측정된다는 걸 가르쳐 주었습니다. 내 존재의 모든 조각에는 엄마의 유산이 담겨 있습니다. 우리 가족의 마음이며, 꺼지지 않는 빛이며, 흔들리지 않는 기둥입니다. 엄마는 나의 가장 위대한 영웅이고 앞으로도 그럴 것입니다.

그런 엄마가 되고 싶었습니다. 그러려니 어려웠습니다. 참 힘들었지요.
물려줄 재산을 쌓아 놓지도 않았고, 명예나 권력을 가진 것도 아닙니다. 셰익스피어나 조앤 롤링처럼 베스트 셀러 작품을 남겨 놓지도 않았습니다. 그렇다고 '엄마'라는 타이틀을 달고 밥해 주고 빨래해 주고 공부하라고 말만 하는 그런 엄마가 되고 싶지는 않았습니다. 그래서 악착같이 공부했지요. 결국, 내가 찾은 답은 '인성'이었습니다.

세 자녀를 키우는 여정을 되돌아볼 때, '인성'은 각자가 빛나는 존재로 안내하는 교과서였습니다. 인성은 추상적인 개념이 아니라 회복력의 기반이자, 지속적인 성공의 원동력이라는 사실을 알게 되었습니다. 즉, 인성은 우리 존재의 역동적이고 필수적인 부분이라는 것을요. 디지털 기기가 우리의 일상적 상호작용을 지배하는 세상입니다. 현시대에 가족 내 인성 교육의 중요성은 아무리 강조해도 지나치지 않습니다. 아이들을 양육하면서 나의 행동, 가치관, 일상생활이 그들의 성격을 형성하는 복잡한 방식을 발견했습니다. 특히 식사 시간은 단순히 함께 밥을 먹는 시간을 넘어 평생의 가치를 전달하고, 단단하고 탄력 있는 인격을 키우는 데 중요한 환경이라 생각했습니다.

　점점 소통이 줄어들고 있는 가족이 많습니다. 핸드폰에 열중한 아이들은 종종 부모와 연결이 끊어지기도 하죠. 나름대로 간단한 규칙을 만들어 아이들이 자신의 의견을 듣고 존중받는다고 느낄 수 있는 환경을 조성했습니다. 완벽함보다는 노력과 성장에 집중했지요. 아이들이 타인과 세상을 바라보는 시선을 확장하는 데 중추적인 역할을 한다고 믿었거든요. 밥상머리에서의 교육은 일반적인 태도를 가르치는 것 이상이었죠. 아이들이 휴식을 취하고, 자신을 표현하고, 자신의 능력에 대한 자신감을 키울 수 있는 안전한 공간을 만드는 게 목표였습니다. 일상에서 일어나는 사건과 경험을 공유하며 끝도 없이 질문하고 토론했습니다. 그 과정에서 아이들에게 심어 주고 싶은 행동과 가치의 모범이 될 수 있었지요. 특히, 아이들이 돌아가면서 '오늘의 하이라이트'를 공유하도록 격려했습니다. 이 활동은 아이들의 의사소통 능력을 점점 나아지게 만들었고요. 긍정적인 일상의 경험을 감사하고 누군가에게 표현하도록 가르칠 수 있었죠. 수없이 직면하는 어려움에 대한 반응을 통해 그저 묵묵히 인내심과 회복력을 보여 줄 뿐이었죠.

아이들에게 실패를 극복하고 성공하도록 가르치는 것은 인성 교육의 중요한 측면입니다. '성공은 단순히 승리하는 것이 아니라 실패로부터 배우고 성장하는 것'임을 아이들이 이해하기를 바랐습니다. 어려운 상황을 마주했을 때 좌절보다는 도전으로 여기도록 격려했고, 장애물을 극복한 나의 경험을 공유하여 끈기와 긍정적인 사고방식이 성공의 열쇠라는 생각을 강화하였습니다. 자원봉사를 통해 타인에 대한 공감과 이해심을 심어 주고자 했으며, 갈등을 해결하고 사회적 상황을 헤쳐 나갈 수 있도록 아이의 잠재된 능력을 지지했습니다. 아울러 내면의 평화와 인식을 키워 강한 정서적 기반을 장착하도록 마음 챙김과 명상을 실천하도록 독려했습니다. 종종 소란스럽고 불확실하다고 느끼는 세상을 헤쳐 나갈 수 있도록 말이죠.

인성 교육! 때로는 실천이 어려울 수 있습니다. 하지만 여전히 아이들의 발달에 강력하고 지속적인 영향을 미친다는 건 분명한 사실입니다. 다행인 것은, 가족 내 인성 교육의 여정은 도전적이면서도 보람 있는 일이라는 거죠. 효과적인 의사소통에 중점을 두고, 식사시간을 학습 환경으로 활용하고, 회복력과 공감 능력을 교육함으로써 멘탈은 강하고, 마음은 자비로우며, 매 순간에 자신감 있는 아이로 성장시킬 수 있습니다. 사랑, 따뜻함, 사려 깊은 관찰자의 시선! 어쩌면 아이들이 성장하고 다재다능하고 도덕적 기반을 갖춘 성인으로 성장할 수 있는 양육 환경이 아닐까요. 인성 교육에 대한 이러한 총체적인 접근 방식은 우리 가족에게 도움이 되었습니다. 나아가 보다 더 자비롭고 회복력 있는 사회에 기여할 것입니다.

살아가면서 다양한 상황을 마주합니다. 기억하고 싶지도 않은 괴로운 상황이 있고, 최고의 기쁨과 만족을 느껴 그 순간을 간직하고 싶은 상황도 있습니다. 그 경험들이 인생의 지름길이 되기도 하지만 때로는 걸림돌이 되어 발목을 잡기도 합니다. 다만, '절정 경험'을 체험하면 어떤 상황을 마주해도 만족감과 행복감을 느낀다고 합니다. 매슬로우는 자아실현을 하는 사람들이 종종 경험한다고 했죠. 장담컨대, 엄마의 사랑이 나에게는 절정 경험이었다고 확신합니다.

최근에 몸살로 고생한 적이 있습니다. 코가 막혀 숨쉬기가 힘들었죠. 숨만 제대로 쉬어도 살 것 같았습니다. '아! 이렇게 숨을 쉴 수 있는 것이 거룩하고 소중한 일이구나!'를 깨달았습니다. 이후, 절정 경험은 매일 일어납니다. 마다할 이유가 없거든요. 내 삶 자체에 신비로움과 만족감을 주니까요. 아이들을 마주할 때마다 있는 그대로의 마음을 풀어놓습니다. 마음을 표현하는 데 인색하면 너무 아깝거든요. 두 번 다시 없을 인생이기에. 아이들과의 시간은 풀어야 할 숙제가 아니라 매 순간 즐기는 축제입니다.

인성과 태도는 사람들과의 관계에서 지대한 힘을 발휘합니다. 우리가 하는 선택에 영향을 미치죠. 미묘하면서도 심오한 방식으로 일상의 경험을 뒷받침합니다. 아울러 사람들이 표현하는 다양한 행동을 이해하고 공감과 연결을 촉진합니다. 결국, 인생의 수많은 길을 통해 개인을 단단하게 안내하는 청사진이지요. 매혹적인 인성의 영역을 통과하는 이 여정에 함께해 주셔서 감사합니다. 이 책을 통해, 자신의 성격을 되돌아보고 자신이 원하는 독특한 존재로서의 축복을 감상할 수 있는 영감을 얻길 바랍니다. '나'라는 기적은 지금부터 시작됩니다. 지금, 여기에서.

①

인성 방정식(E=V*RES)

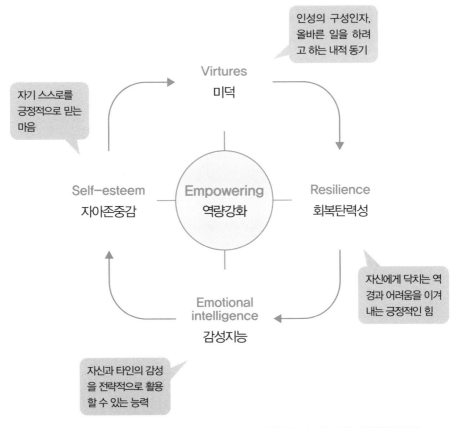

인성의 구성인자, 올바른 일을 하려고 하는 내적 동기

자기 스스로를 긍정적으로 믿는 마음

자신에게 닥치는 역경과 어려움을 이겨내는 긍정적인 힘

자신과 타인의 감성을 전략적으로 활용할 수 있는 능력

Virtures
미덕

Self-esteem
자아존중감

Empowering
역량강화

Resilience
회복탄력성

Emotional intelligence
감성지능

– 『인성으로 가슴 뛰는 삶을』 이은정(2012, 2017)

(2)

시너지 지혜(율곡 선생의 자경문)

입지 · 立之   과언 · 寡言

정심 · 正心   근독 · 謹篤

독서 · 讀書   소제욕심 · 掃除慾心

진성 · 盡誠   정의지심 · 正義之心

감화 · 感化   수면 · 睡眠

용공지효 · 用功之效   성장 · 成長

시너지 덕목

꿈 희망 비전 목표 도전	중용 균형 선택 존중 경청
여유 안정 평온함 휴식 믿음	정직 · 진실 진정성 예의 · 단정
확신 열정 몰입 긍정 통찰	절제 · 나눔 너그러움 배려 봉사
책임감 깨달음 소신 결심 즐거움	정의로움 현명함 용기 협동 · 우정
용서 성찰 수용 사랑 감사	초연 인내 자각 활기 건강
한결같음 근면 일관성 성실 노력	겸손 창의성 탁월함 평화 행복

④

리더를 만드는 결정적 네 마디, 미고사대!

美 아름다운 마음으로 '**미안합니다!**'

高 서로 높여 존중하며 '**고맙습니다!**'

思 진심으로 생각하며 '**사랑합니다!**'

大 크고 작은 일도 함께 '**대화합니다!**'